射向我心臟

내 심장을 쏴라

丁柚井 정유정・著
游芯歆・譯

目次

楔子

精神鑑定審查委員會——下午二點

精神鑑定審查委員會在上午九點開始，鑑定審查對象共有七人，平均一個人的審查時間是三十分鐘。這麼長的審查時間可說史無前例，大概是因為國家人權委員會要來現場觀摩，才會如此吧。不然的話，據我所知，每個人通常都不會超過五分鐘。而且能接受現場審查的人，算得上是幸運兒了。大部分的人連書面審查都無法通過，只能收到一紙「繼續留院」的通知書罷了。也就是說，審查委員在書桌上的決定，就斷送了那些被強制收容入院的精神病患重獲自由的唯一出路。因此「現場審查三十分鐘」，就幾乎等同於「神的禮物」那般珍貴，而我正是其中第七名受惠者。

下午二點，我走進審查會場，正面對著一張長長的桌子，五個人坐在桌子後方。一關上門，所有人的視線都集中到我身上，一股不安的感覺襲來，這樣的場景似曾相識。很久以前，一個以三項罪名起訴的神經病小子，也曾站在類似的場景裡全身顫抖地接受法院的判決。

有人叫我坐下，椅子就擺在我面前。

「等了很久吧，不覺得無聊嗎？」

坐在最左邊的女人問。看著放在她面前紙做的名牌，我搖了搖頭，那上面寫著「精神科專科醫師朴惠信」。鄰座稍顯老態的男人是臨床心理醫師，正中間位置上的中年婦女是市立保健福祉局局長，也是這次審查委員會的委員長。她旁邊的律師，是個戴眼鏡的男人。最右邊位子上的人是由國家人權委員會派來的，也是裡面最年輕的一個。五個人身後有一扇大大的窗戶，窗外橡樹枝葉在風雨中瑟瑟發抖。墨色烏雲也張大陰暗的眼睛，窺探房間裡的一切。

「李秀明，男，一九八〇年出生在首爾。」

律師手裡翻弄著文件，率先開口。

「在公州感化院待過兩年，出院後的兩年期間，曾在四家醫院轉院過……」

他把我的陳年往事巨細靡遺地說出來，就在他沒完沒了說著會對我的審查結果造成不良影響的話時，我只能無聊地斜眼偷看牆上的時鐘。二點零三分三十秒，零四分，零四分十秒。時間一分一秒地過去，我開始感到焦躁。

「那天是二〇〇四年六月九日。」

我突然開口打斷他，律師透過眼鏡望著我，眼神充滿怨念。

「那天也像今天一樣，是個下雨天，我在街上已經徘徊了好幾個小時，不僅疲倦，還被雨淋得濕透，而且心裡很不、不安……」

臨床心理醫師雙手交叉在胸前，頭靠在椅背上，臉上雖然顯出厭煩的表情，但並未阻止我說下去。我把汗濕的手掌在褲子上抹了抹，長長地吸了一口氣，反覆告訴自己，一定要鎮定，該走的路還很遙遠。

我挺直背脊，抬起眼，依序看過面前的五個人。

「我只想回家。」

第一章　當阿呆遇上阿瓜

我想回家，如此而已，也只是因為如此。暴雨傾盆而下的星期三傍晚，我跪在陌生地方的派出所裡，罪名是性侵未遂。

十九歲以後就沒剪過的頭髮，被人扯了好幾把，就像被火燒得雜亂無章的樹叢一樣。眼睛整個腫了起來，什麼都看不清楚。鼻孔裡塞了一團衛生紙止血，害得我只好用嘴巴呼吸。每次吸氣，肋骨就像針扎似地一陣刺痛。襯衫釦子也掉了，連鞋子都不知去向，只剩下一雙髒兮兮的光腳。

父親在向警察求情，還不停地向暴打我的男人和扯我頭髮的女人低聲下氣道歉，請求他們看在我一個禮拜前才從精神病院出院，是個腦袋有毛病的傢伙，饒了我這次。

父親整整求饒了一個小時，我才被訓斥一頓之後釋放，這時派出所牆上掛鐘的時針指著八點。父親開著老爺車把我載回「新林書店」，這裡是他的工作場所，也是我們的家。途中他只拿起手機給某個人打了一通簡短的電話，然後就一直沉默不語，連平時像口頭禪一樣掛在嘴上，說要把我送到全韓國最便宜、設備最爛、一堆惡人聚集的精神病院關一輩子的狠話也沒吐出。我心裡升起不祥的預感，父親不說話的時候，才是最危險的人。

「背包收一收。」

一走進書店，父親就吐出這麼一句毫不留情的話。我拔出鼻孔裡的衛生紙想丟，卻發現垃圾桶不在原來的位置。父親盯著我手上的衛生紙看，我只好把衛生紙又塞回鼻孔裡。

「這次進去，到死都別想出來。」

背包從來都沒打開過，這下也不用再收拾，只要走進我在書店一角的房間，拎出來就行。

一個頭戴洛杉磯道奇隊棒球帽的男人站在結帳台旁邊，身上穿著塑膠雨衣，蒲扇般的大手掌上，抓著一條粗繩。他搶過我的背包，把我的手臂反剪到身後，五花大綁起來，一副聽說我挾持飛機不成、被抓到派出所去的模樣。

書店前停著一台白色廂型貨車，是傳聞中的「一六九宅配車」，屬於一家民間宅配業者的車輛，只要客戶下單，就算是非洲水牛也能逮了宅配到精神病院的病床上。我回頭看了一眼站在書店入口的父親，但父親當著我的面，拉下了書店鐵捲門。

道奇帽男打開廂型車的後門，中間放了一台連床單都沒鋪的移動式護理床。右車窗旁邊掛著氧氣筒，前排座椅靠背處則立著一根球棒。我趕緊爬了進去，貼著氧氣筒坐下來，生怕道奇帽男會把我的腦袋當球打。如果我的胃口好一點，會恨不得把那該死的球棒給吞下去。

車門砰的一聲關上，廂型車開動，我愣愣地望著逐漸遠去的書店。

一大早，也可能是中午吧，父親門都不敲就闖進了我的房間，看上去心情不太好，一面收拾被褥，一面劈頭就罵。

「早上睡覺，中午睡覺，晚上睡覺，吃飯、拉屎、抽菸，一整天就知道窩在房間裡，還會做什麼？」

「還會看書。」

我亮了亮正在看的小說，父親一把搶了過去。

「都二十五歲的人了，你知道嗎？」

厲聲詰問的父親，氣到臉紅脖子粗，粗短的白髮已然怒髮衝冠。

「到外面去吹個風不行嗎，還怕有人會吃了你？」

生存本能亮起黃燈，父親推著我的背，催我趕緊出去，還威脅我，不出去就宰了我。無奈之下，我只好出門。沒地方去，身上也沒錢，我只能埋頭往前走，就像個睜眼瞎子一樣走下去。等我回過神來，才發現自己正經過某所小學旁邊的道路，周圍連隻麻雀都沒有。沒有住宅，沒有商店，甚至連個路牌都沒瞧見。人煙稀少的道路上，只有暴雨肆虐而下。這時我才看清自己活生生就像個乞丐，腳上各穿了一隻不成對的拖鞋，下身是被菸頭燒出好幾個洞的運動褲，上身穿著父親的舊襯衫已經被雨淋得濕透。不記得什麼時候戴在頭上的草帽，連老鼠都不屑叼走的髒兮兮帽簷下方，雨絲成串落下。

那天，我第一次看了時鐘，校舍屋頂上有個鐘塔指著四點十五分。我滑坐在圍牆下，濕透的身體縮成一團，努力回想自己到底走了多久，經過了哪些路才走到這裡來。這裡是什麼地方？

我有個本領，不管出於有意或無意，只要看過一次，就能過目不忘。新林書店架上所有書的書名和位置，都像電話號碼簿一樣，在我腦子裡整理得一清二楚。別以為這不算什麼，新林書店可是出了名的二手書店，號稱「這裡沒有的書，國會圖書館裡也不會有」。

話雖如此，但我可沒有睜眼瞎子視而不見、卻能回憶起一切的本事。我始終想不起回家的路，因此我做了最簡單也最想做的事情——埋怨父親。

從出院的那天起，父親就把我支使得團團轉。一放下背包，就給了我一個地址，要我到地政事務所去申請一份房產登記謄本回來。八坪大小的套房，不是父親感興趣的房子。然後又叫我去戶政事務所，申請戶籍謄本。又去銀行繳稅金，去大賣場買菜，準備晚餐。好不容易面對面坐在餐桌兩側，情況如何呢？父親吃飯，我挨罵，說別人一個小時就能做完的事情，我得花上老半天。心中的疑惑終於獲得證實，父親故意支使我做一些多餘的事情，只為了鑑定我是否還是可用之途。我一下子沒了胃口，「鑑定」這種事情，在醫院就已經受夠了，所以後來我才會裝聾作啞把自己關在房間裡不出去。現在迷了路，在街上徬徨無措，也起因於此。一副乞丐模樣，坐在學校圍牆下，基本上也歸咎於此。

啊，我真的很想知道，父親為什麼見不得我窩在房間裡，過我安穩的生活。把自己唯一一個兒子趕到淒風苦雨的街上去，會讓他書店老闆的人生變得不那麼無聊嗎？父親就這麼沒一點度量，不能寬容自己兒子過著平靜的生活嗎？

五點左右，一個骨瘦如柴的女人出現在學校前面。她抓緊雨傘和手提包，斜眼偷瞧著我，快步走過，就像附近小孩路過大門上掛著「內有惡犬」牌子的住家。我只是想問路，才跟上了那個女人。「大姐，請問新林本洞要怎麼走？」

如果那時我沒有像個笨蛋一樣結結巴巴地說話；如果那女人沒有不分青紅皂白就亂揮雨傘，高聲尖叫；如果我沒有在驚慌之餘不小心拉扯了女人手臂；如果沒有剛好經過附近的年輕人，一上來就揮拳相向……

這一連串的「如果沒有」，讓我鬱悶不已。到死都別想出來？一輩子？

頭靠在氧氣筒上，我望著對面車窗，汽車前照燈連成一條深黃色的線，掠過窗外。到誰死？我？父親？還是兩人中隨便哪一人？

兩隻眼睛慢慢失去焦點，父親祝您長命百歲，千年萬年，活到膩為止。

睡意攫住了我整個意識。

「那傢伙怎麼回事啊？」

高亢的聲音頗為刺耳，我眯起了眼睛，卻什麼都看不清楚，刺目的閃光從四面八方照射過來。

「那傢伙，就是個神經病！」

是道奇帽男。雖然看著後面，嘴裡神經病罵個不停，但似乎不是在說我。他的頭從後窗方向轉往左邊車窗，我的頭也隨著相同的軌道移動，睡意全消。

一輛藍色轎車打著雙黃燈，越過中央車線，對向車道也有燈光在移動。因為暴雨、水花和黑暗的關係，看不清車體，但明顯看得出車子正以飛快的速度接近。光線的角度逐漸擴大，廂型車後面一輛像是消防車似的紅色大型吉普車貼靠上來，車前粗壯的保險桿不時觸碰廂型車尾，還挑釁地明滅大燈，猛按喇叭。

藍色轎車加快速度，一下子超越廂型車，朝著前方疾馳而去。車前輪濺起水花，車子在道路上飄移，看起來就像一台在跑道盡頭正要起飛的戰鬥機似的。我不自覺地咬緊牙關，蹬了一下腳。道奇帽男撕扯著椅子靠背，嘴裡發出慘叫，「那，那，那……」

白色反射光線背後，一輛大型翻斗卡車迎面駛來，藍色轎車突然插入廂型車前面，我嚇得閉緊眼睛，隨後就是一陣刺耳的喇叭聲混合尖叫聲。車胎摩擦路面的煞車聲刺進耳膜，後車體轉了個圈，我的身體也像保齡球瓶一樣被彈飛出去，脊背狠狠撞上，不知滑落在哪裡。脊椎骨一連串嘎嘎作響，我扭動身體，忍著不發出呻吟。我不敢睜開眼睛，別說是當場死亡這種事情，只要是可怕的場面都別看，這是我生活的信條。

「喂！你動不了了嗎？」

道奇帽男的聲音從近處傳來，我偷偷睜開一隻眼睛。藍色的帽簷出現在我額頭上方，兩眼全睜開，我才發現自己正躺在前排座椅靠背的下方。

「要我把你搬回原位？」

才不要！我扭了扭腰，撐起身子，雙膝著地爬回原來的位置重新坐好，這時才發現廂型車正停在路肩。道路上空無一人，沒有藍色轎車，沒有紅色吉普車，沒有大型翻斗卡車，連來往的車輛都沒有。但仍舊一片嘈雜，天雷咆哮，雨珠啪啪地打在車窗上。收音機裡傳來某個女人輕飄飄的聲音，不斷說著話。

「世上哪裡有無憂無慮的地方？如果有，我一定飛奔而去。《綠野仙蹤》裡的桃樂絲也一定是同樣的念頭，才會幻想出彩虹另一端的世界。如果能像電影一樣，腳跟觸地三下就能到自己想去的地方，那該有多好！現在就讓我們以布拉姆斯開始《夜與音樂》的第三段節目，請聽布拉姆斯第一號交響曲第一樂章C小調稍微綿延地—快板（Un Poco Sostenuto-Allegro）。」

連續的定音鼓聲掩蓋了天雷，響徹車廂，低音提琴的渦流沖刷掉大雨聲，廂型車再度開動。我透過後車窗向外窺視，二線道的道路緊隨在後，道路右邊的護欄外側，是一片連綿的森林，對向車道護欄外，一條鐵軌尾隨而來，我的心裡湧起陣陣不安。

從我會聽話的時候起，收音機就一直是我的時鐘。《夜與音樂》第三段節目的開始，代表時間是子夜過了十分鐘。離開新林書店已經超過三小時，如果目的地是之前住過的龍仁羅丹醫院的話，算上惡劣天候和交通狀況，也應該在十一點以前就抵達。再說前往那家醫院的路上，並沒有鐵軌，因此可以斷定，廂型車並非朝著那地方而去。

這人，究竟要把我帶到哪裡去？我伸長脖子往前窗看。時鐘的端部出現兩條岔路，還有一塊路標。

水里↗二十公里

廂型車駛向路標所指方位，原本還稀稀落落出現的住家燈火，此刻完全消失，道路就夾在山水之間蜿蜒而去。開車的人嘴裡碎碎念個不停，關於天氣，關於彎彎繞繞的山路，關於在暴雨中橫衝直撞的某個惡棍，關於另一個惡棍開的紅色進口吉普車「悍馬」，關於自己的苦命，開著快報廢的廂型車，宅配一個腦子少根螺絲的傢伙。

當午夜一點的新聞開始播報之際，道奇帽男用手機打電話，突然我的名字冒了出來，我趕緊豎起耳朵，但聽不見通話內容，只聽見收音機裡的新聞播報聲，夾著吱吱喳喳的雜音傳送過來。

「九日下午……正在調查世宙百貨公司物流倉庫大樓新建工程工地起火事件的……已故世宙集團董事長柳元錫的三子……以縱火嫌疑被通緝中。另外……限制出境……」

我放棄偷聽，望向前面車窗。左右快速搖擺的雨刷之間，出現了三塊釘在鐵柱上的路標。

水里水壩　一點五公里↑

水里遊樂場　三點五公里↑

水里希望醫院　一點二公里↱

通往醫院的路口有一座橫亙在水流上的水泥橋，一輛藍色轎車撞在路口欄干上，停在那裡不動。旁邊的悍馬吉普車開著遠光燈並排停在一起。往水里水壩方向，也有一輛轎車開著遠光燈正在停車。強烈的光照，讓汽車看起來只是一團朦朧的光影。就在兩車大燈交會之處，一場打鬥正拉開序幕。不，那不是打鬥，而是兩名男子的腳掃向一名穿著黑西裝的男子，黑西裝被一陣無影腳掃得滿場亂飛。因此，該說是兩名男子正在修理黑西裝男才對。

廂型車略過悍馬駛上橋面，我出於無聊就透過後車窗向外繼續觀戰。一名男子的腳掃向黑西裝男的腰部，另一名男子的腳則踢在黑西裝男後頸上，戰爭就此告終，黑西裝男的下巴陷進泥漿裡去。

快駛離橋面的時候，我才看清停在水壩方向那輛車的全貌，是一輛小型白色休旅車，車身輕巧得如同一輛賽車。

開車的司機繞過寫著「水里希望醫院」的立牌，左轉進入林蔭道。狹窄的水泥路畫出一個飽滿的半圓，延伸出去。這段全都是上坡路，周圍一片蓊蓊鬱鬱的高大喬木。一分鐘，頂多過了兩分鐘吧，有燈光照在後窗上。當確定光源來自紅色悍馬的時候，那輛車已經緊貼在廂型車後方。司機嘴裡咒罵連連，也只能把廂型車停靠在路旁。悍馬像要衝撞上廂型車側面似地，飛掠而過，消失在森林之中。廂型車戰戰兢兢喘著氣，繼續攀爬剩餘的上坡路。

終於到了路的盡頭，一道巨大的鐵門出現在眼前，在黑暗的森林中，彷彿要攔路打劫似地，就這麼突兀地露出真容。沒有經過什麼盤問程序，鐵門就大大地開啟，撐著雨傘的警衛揮手做出通過手勢。警衛室在大門的左邊，醫院則位於離警衛室三十多公尺距離上坡的正方形盆地裡，是一棟如火車一樣長長的白色五層樓建築。各樓層中央部分都突出一長條的陽台，從病房窗戶裡透出青幽的光線。醫院四周圍著一圈鐵絲網圍牆，圍牆頂端每隔十多公尺間隔，掛了一盞盞水銀燈，對著在風雨中晃動不已的周遭樹叢，以及水霧瀰漫的前院，灑下蒼白的燈光。

廂型車經過中間玄關，轉向大樓右側，迎面出現地下停車場入口。旁邊的牆壁上有一道標示緊急出入口燈號的白色鐵門，三名看似職員的男子穿著雨衣站在那裡。悍馬停在那前面，廂型車也跟在悍馬之後停了下來。

男職員之一走近廂型車，道奇帽男抓著我的背包從車上下來，和男子一起走到後門來。

「出來！」

道奇帽男邊開門邊喊。我從雜亂下垂的髮絲間隙偷瞄跟隨在後的男子，這人雙眉之間生了一塊小指甲蓋大小的黑色斑痣，令人印象深刻。

「幹什麼？叫你出來沒聽到。」

道奇帽男高聲催促，大黑痣男則給了我比雙眉間的黑色斑痣更令人難忘的歡迎儀式。

他突擊似的伸出手揪住我的髮梢，像抓著垃圾袋一樣把我拖了出來。拖出來之後，又推了一下才放手。我踉踉蹌蹌退了好幾步，才勉強穩住重心。腰桿才剛挺直，這下子又換成粗暴的雨絲掃我耳光。才稍微乾了一點的襯衫瞬間又被淋濕，腳也泡在泥水裡。直到此刻，我都是光著一雙腳。

悍馬車上也發生類似事情，黑西裝男被兩名男子抓著雙臂從車上拖下來，慘不忍睹的一張臉，和我不相上下。也跟我一樣，雙手反剪到身後被五花大綁，比我站得更不穩。黑西裝男被交到另一名職員手裡，拖往白鐵門方向。我也被交到大黑痣男手上，我的背包則交給剩下的一名矮矮胖胖身材像郵筒的職員。

走到鐵門前，我回頭看了一眼。廂型車和悍馬以和來時相反的順序倒車駛離，兩車的車燈很快就消失在大樓轉角處後方。心中交織著複雜的情緒，一種再度遭世界驅逐的失落感，還有對鐵門內的世界至少應該會比外面安全的期待感，也有一股想衝進暴雨中拚命逃走的衝動，膝蓋蠢蠢欲動。

「在幹什麼？」

站在我身後的大黑痣男用手指使勁戳了一下我本來就很痛的腰際。

才剛走進去，後方就響起沉重而牢不可破的聲音，卡噠，鐵門的自動上鎖裝置啟動了，外界大門就此關閉。如果父親真的實現說到做到的美德，那麼這也是對我宣判無期徒刑的聲音。展開在我面前的，是一條又黑又長的走廊。

用力蜷曲了一下腳趾，我才邁開步子。地面滑溜到令人不快，忍不住打了一個冷顫。大黑痣男緊貼著我肩膀右後方走。

走廊不寬也不窄，兩個人走還有點空隙，三個人並排走就有點擠。雖然已經全部熄燈，但還是可以看清周圍情況。因為只要有人經過，感應器就被啟動，從天花板上灑下暈黃的燈光。這是一條穿過對外診療室的走廊，最先入目的是裝置在天花板上的監視器，接著是院長室、總務部長室、精神科第一、第二診療室。另一邊則是神經科、放射線／CT（斷層掃描）室、ECT室／候診室。我本來只是隨意經過，卻突然站住。轉過頭，再一次確認上面的牌子：**ECT室**。

電痙攣療法（Electroconvulsive Therapy）室，我以為已經成為過去二十世紀的傳說，原來還實際存在，這讓我大吃一驚。我竟然會站在這個房間前面，真令人不快。我一面想著自己應該不會有機會進到那裡頭吧，一面覺得後腦杓發涼。加上大黑痣男的手指頭又戳著我的肋骨，讓我連脖子上的青筋都暴露出來。

「你對那個房間有興趣？」

胡說八道些什麼，我又再度邁步前行。另一群人就走在離我們兩、三步遠的前方。高得像根電線桿的男子，抓著黑西裝男的一隻手臂走著。提著我背包的矮胖子，則緊跟在兩人之後。黑西裝男的個子似乎只比電線桿男要矮一點，說不定是因為垂著頭，才會看起來比較矮，但他似乎仍舊站不穩，隨時要摔下去的樣子。他肩靠電線桿男，步履蹣跚，不自然地拖著腳走。可是從他的背影來看，卻又散發出豹子蓄勢待發的危險味道。這種感覺沒什麼根據，就只是一種感覺。而且有這種感覺的人，還不只我一個。快走到物理治療室的時候，大黑痣男突然高聲大喊：

「前面的，抓緊他！」

矮胖子和電線桿男嚇了一跳回頭看，黑西裝男抬起頭來，一下子挺直了背脊。然後事情就爆發了！黑西裝男以全身的力氣用力把電線桿男撞向牆壁，再用頭對準他的鼻梁撞過去。提著我背包的矮胖子一臉驚慌不知所措的模樣，於是下巴就吃了一記鞋尖。

再下去我就沒看到了，不是基於遵守我的人生信念，而是因為在走廊地板上出了一點差錯。情況是這樣子的，黑西裝男狠命掃來的長腿，連我的臉也不放過，為了避開那一腳，我往後退了一步，但這後退的支撐點偏偏是大黑痣男的腳背。

大黑痣男馬上就像頭野豬一樣耍起脾氣來，推了我的背一把。雙臂反剪被綁住的我什麼都做不了，只能像一根湯匙一樣直直倒下去。

幾顆星星在我的眼前明明滅滅，接著一切歸於黑暗。

嘎吱嘎吱，聲音逐漸靠近，是他從連接二樓住家和書店的木梯上走下來的聲音。我握著電話機，猛按一一二[1]，只聽到通話中的訊號音。第二次，第三次，不管按幾次結果都一樣。嘎吱嘎吱的聲音曾幾何時變成了嘎啦嘎啦的聲音，掛了鎖頭的樓梯門晃動得如一片枯葉。我對著撥號盤亂按，一一九，一一三，一一四……天花板上的日光燈被打爛，門扇整個掉了下來，電話機從我手裡被搶走。那東西來了，握著長刃剪刀的手，戴著海軍陸戰隊戒指，又大又粗的手。我死命搖頭，嚇得一直往後退。但才退了不到兩步，就被成堆的書絆倒，摔了一跤。黑暗中開始響起陣陣的笑聲，就像從腹中翻湧而上，狂氣十足的笑聲。外面街道上風雨交加，閃電從黑漆漆的天空裡伸出無數隻電光觸手，其中一隻青幽幽地照亮書房時，剪刀也刺穿了我的頸子。

我知道，清楚地知道，這只是夢，一個相同情節不斷重演的噩夢。但即使知道，我也擺脫不了。身體完全無法動彈，剪刀用力地刺進我的頸子，並施加壓力。慘叫聲被吸進了肚子裡，黏膩如血的唾液堵住了我的氣管。死亡般恐怖的時間延續著，我好怕自己會被永遠禁錮在噩夢之中。這樣的狀態如果再多延續幾秒，或許也有可能，但多虧一陣突如其來的咳嗽，我才好不容易從剪刀下解放而出。

黑暗如潮水般突然退下，視野裡一片慘白。物體的輪廓變形，糾結成一團。讓我雙眼聚焦的，是看得到正面的一個黑點。我抬起頭，想看清楚那究竟是什麼，結果一下子從頸骨、脊椎、小腿骨到腳趾骨，全身骨頭從上到下逐一碎裂似地發出劇痛。眼皮裡的已經不是眼珠，而是曬了三年的乾柿子，不過我也靠著這乾柿子得到了幾點情報。

---

1 韓國的緊急求救電話號碼。

我現在身處一個狹長的白色房間，牆壁、天花板、日光燈，連腳底方向的鐵門都是白色的。牆上連一扇窗戶都沒有，只有鐵門上一個巴掌大的小窗而已。看似一個黑點的東西，是裝在門框上的監視器，也是讓我確定自己沒死的東西，因為我沒聽說過陰間裡有監視器。只不過我活下來的模樣很難看，四肢被防止自殘用束縛帶——寫是這麼寫，但我想理解成綁綑用才是正確的——給束縛住，以高喊萬歲的姿勢躺在鐵床上。身上穿著藍色條紋病人服，褲腰露出一截導尿管般的橡皮管，一端通過尿道插入膀胱後，以一個小水球固定住，讓尿液直接導出來。唯一沒變的是，我依然光著腳。

意識一點一點慢慢恢復過來，我掌握到了自己目前的處境，以及未來的變化。

白色的長條房間，是封閉病房的隔離室，只有這種地方，才會在門上面開一個小窗。對於這點，我沒什麼好抱怨的，剛住進精神病院的患者，必須先推到隔離室，再送往普通病房，這就和剛動過手術的病患，必須先推到恢復室，再送往病房，是一樣的道理。比較讓我煩惱的，是骨頭的劇痛和乾柿眼。這不是因為和走廊地面親密接觸所造成的後遺症，而是來自藥物的副作用。過來收拾情況的「鎮壓小組」，把我也當成脫逃者，強制注射了藥物，算是必死無疑的再度確認吧。他們應該是用了「好度液」（Haloperidol，精神安定劑），這是控制狂躁病患所使用的第一階段用藥。問題就出在這裡，我和好度液之間，存在無法妥協的矛盾，會出現專業用語是「錐體外症候群」（Extrapyramidal symptoms），病患用語稱為「樹懶」的藥物副作用。如果真的用了好度液，而且繼續規律性地注射超過兩天，那情況就會變得很嚴重：像豬一樣不停流口水，頭和四肢抽搐，走路就像帕金森氏症患者一樣。還會尿不出來，急得團團轉。肛門會像喇叭一樣擴張，稀屎拉個不停，甚至會連喘氣都嫌麻煩，只想靠在窗邊行光合作用。

都怪那傢伙，神經病一個，一身五花大綁還想打倒三名壯漢。我看他不只精神有問題，還是一個對精神病院連基本的尊敬都沒有的傢伙。一關閉就自動上鎖的大門，坐在監控室裡觀看監視器的警衛，加上緊急按鈕，他有什麼辦法能通過這三道關卡出去？我能想像到的方法只有一個，用頂頭功殲滅蜂擁而來的敵人，搶過萬能鑰匙，比汽車還快地望風而逃。

門外傳來鑰匙轉動的聲音，我趕緊閉上眼睛，屏住呼吸裝睡，只有耳朵還在聆聽。我聽到門被打開的聲音，還有腳步聲，不是一個人，而是一群人湧進來的聲音。

「李秀明，請睜開眼睛。」

肚臍眼旁邊傳來女人的聲音，還散發出好聞的味道。受此誘惑，我微微睜開了眼睛，看到一位穿著白色兩件式套裝，脖子上掛著護理長證件的中年婦女。背著手站在一旁的中年男子，是一個頂上無毛的大禿頭。眼神利如猛禽，但臉色發青，矮小的身體上穿著白色立領襯衫和黑色長褲，不知是否為神祕主義的擁護者，所以沒有配戴任何身分證件，屬於身分不明人士。看起來像是醫生，也像是簡單穿著的司祭，更像是一名裝扮成司祭的食人魔漢尼拔。

後面站著兩名男子，穿著天青色醫護袍的男人，看起來大概三十多歲，容貌和體格都顯精明強幹，宛如軍人似的。假設他的證件不是借來的，那麼他的名字叫崔基勳，職務是護理師。穿著青綠色醫護袍的男人，身上別著「護工朴正哲」的名牌，是入院當晚見過的男人。除了雙眉之間的那顆痣之外，兩邊眼皮都一片瘀青，給人留下更強烈的印象。無庸置疑的，那是和黑西裝男進行肉體溝通之後留下的痕跡。

「這是一起入院的人？」食人魔博士轉頭問護理長。

「是的，主要症狀是幻聽和偏執性思考……」

「監護人來過了？」

「什麼?喔，昨天只通過電話，說有點事情，下週五會過來。」

護理長的回答慢吞吞，食人魔博士的臉上則是一副急躁厭煩的表情。

「轉院來的嗎？」

「喔，不，不算是。上個星期才從龍仁羅丹醫院出院，然後……」

「闖禍了？」

「是的，那個，聽說是在大街上糾纏女人，被抓到派出所。」

食人魔博士低頭看著我，我也看著他，他的嘴唇就像白菜菜蟲一樣，慘綠綠的，肥嘟嘟的。

「看上那個女人?還是幻聽的聲音唆使的？」

羅丹醫院的主治醫師可不是因為我很可愛，或很性感想帶回家疼愛才讓我出院的。被我稱為「那傢伙」的聲音，早在六個月前就已經消失，抗精神病治療藥也從兩個月前開始每兩天才吃一次。主治醫師對此的看法是：「症狀成功地獲得緩解」，但我決定不告訴他們這件事情。根據我給食人魔博士看相的結果，這種事情說了也是白說。

「由精神一科看診的嗎？」食人魔博士回頭問崔基動。

崔基動以稍息的姿勢回答：

「不是的，部長。在精神二科科長到來之前，院長決定先由他來看診。」

說話的語氣也像軍人一樣有條不紊，食人魔博士輕輕點了點頭。

「移到普通病房去，在整個醫院引起騷動之前，先整理一下頭髮吧。」

這次換成大黑痣男回答。「放心吧，舅舅。」

食人魔博士斜睨了大黑痣男一眼，卻非舅舅對外甥充滿愛憐的眼神，而像是甩出一記鉤子死死釘住的惡毒眼色。大黑痣男卻似乎一點也不在意，只是看著我，露出一種詭異的笑容。不知為何，那笑容讓我心裡很不舒服，而食人魔博士的命令，也透出一股不祥的味道。能將「整理頭髮」和「引起騷動」連接在一起的情況並不多，是說洗洗頭髮？還是噴一頭ＤＤＴ殺蟲劑？不會是叫人給我剃頭吧？食人魔博士沒有給出一個答案，就走出了隔離室。崔基動和護理長也一起出去，我身邊只剩下大黑痣男。

「原來你一直在龍仁羅丹啊？」

大黑痣男握住導尿管猛然抽出，下半身火辣辣的疼讓我氣息一滯，彷彿聽到尿道破裂發出「啵」的聲音。他一定是沒有先清空水球裡的水就直接拔出來，我吞下了呻吟。大黑痣男嘴角揚起，發出一個無聲的微笑，他的犬牙又尖又長。

「看來你也是嬌生慣養長大的，有一點你最好先給我記住。」

大黑痣男逐個解開我手腕和腳踝上的束縛帶。

「這裡不像羅丹，不會有人慣著你，也不會有人對你用『李秀明先生』這種稱呼，和那家醫院的待遇可說完全不同。過兩天，你大概就會習慣了這種軍事紀律。」

大黑痣男的手指頭在我的肋骨上建立軍紀。

「起立！」

我馬上起立站好。

「像子彈一樣出去。」

這是不可能完成的事情，因為四面都是牆壁。但是房間地板馬上向我的額頭進攻，膝蓋兩下子就被弄彎，腳踝以下一點感覺都沒有，搞不清楚是自己在走，還是被拖著走。我很想問問大黑痣教官，您不曾學到移動病床或輪椅之類的移動工具，是何時使用的嗎？難道是搬運屍體的時候？

一走出門外，又遇上了崔基動，雙手交叉胸前，就站在隔壁標示「玫瑰」牌子的房間門口。我原先所在的房間是「百合房」，大黑痣男背靠百合房門站著，對我說：「站在那裡。」我依令行事，不僅站穩身體，還可以思考一下食人魔博士的不祥言論，順便參觀四周風景。

我們所在位置是病房中央部位，百合房的左邊依序是玫瑰房、保護室、護理站玻璃前台排成一列。玻璃前台旁邊有圓柱，圓柱旁邊則是直線延伸出去的長廊。長廊入口的天花板上，並列著標示5-A的牌子和監視器。前面的休息室，只有小學教室的大小。沿著A棟牆邊擺了一排綠色沙發，最裡面的沙發上方，黏貼了一塊公告欄。休息室正面對著一塊玻璃牆，可以看到玻璃牆外面一個作為陽台的空間。靠近中間的地方，有一道玻璃門，上面的牌子寫著「吸菸室」。沙發對面的牆面上，安裝了一台大型電視機，再上面則掛著一副日曆和掛鐘。百合房右邊也有一條走廊，標示5-B的牌子和監視器掛在和A棟相同的位置上，走廊的型態也完全一樣。

總而言之，整個結構就是以百合房、玫瑰房、監護室、護理站為中心，向兩邊各延伸出一條走廊。百合房旁邊是B棟走廊，圓柱旁邊則是A棟走廊。護理站前面是休息室，休息室前面則是吸菸室。

「幹什麼拖拖拉拉的？」

崔基動往玫瑰房裡面看了一眼問，裡頭傳來男人用英文說著什麼，聲音又粗糲又痛快。聽起來似乎不是什麼有品味的好話，看在說話流利這點上面，我可以給他五顆星評價。崔基動也不遑多讓地用流利的韓國話嗆回去。

「我說過不要講英文。」

一個男人出現在門口，一面按摩手腕，一面慢悠悠地走出來，和崔基動迎面對立。這個人是誰，我一看就認出來了。像被挖土機鏟斗修理過的臉上，長滿一層青黑的鬍碴，身上雖然穿著病人服，那副豹子伺機而動的味道，還是一點都沒變。這個男人就是黑西裝男。他泰山壓頂似地，低頭看著矮了自己半個巴掌的崔基動，咧嘴一笑。

「崔基動護理師和狗有親密的性關係，這句用韓國話講出來，你不就要氣炸了。」

崔基動把矮了自己一個巴掌的我拉過去，擋在黑西裝男前面。

「柳承民，這傢伙你記得嗎？」

我在非自願的情況下，不得已和這個名叫柳承民的傢伙成對峙狀態，心裡有點不爽。瘀青發紫的眼睛，從高高的上方俯瞰著我。我的視線一往下，就看到短了一截的褲腳在他的腳踝處晃蕩。我的褲腳長到足以蓋住腳背，還拖了一大截在走廊地板上。如果說我們之間還有什麼共同點，就是兩人都光著腳。

「前天晚上，因為你的關係，這傢伙見血了。他也是你的同伴，名叫李秀明。」

承民咻咻吹了兩聲口哨，臉上的笑意像紙船浮了上來。

「你們好好相處，兩人年齡相當，智商也差不多。」

「哈哈……」

承民吊兒郎當地晃了兩下身體，對上了我的眼睛。雖然只有眼睛在笑，卻給人整張臉都在笑的感覺。蓄勢待發的猛豹印象霎時粉碎，那裡站著的，只是附近一個小混混而已。我忍不住懷疑，這傢伙真的是在玫瑰房裡睡了一覺的人嗎？被注射的藥量應該跟我差不多，但說話的語氣和表情都太正常、太自然了。

「走吧！」

崔基勳抓住承民的手肘，轉身往A棟方向走去。大黑痣男又戳我側腰。

或許這是理所當然，不過承民擺出的身段和入院當晚實在差太多。他不再拖著腳走路，步履也不再蹣跚。螳螂似地邁開長腿，大踏步走到護理站玻璃前台。腿短的我，只能小跑步跟上。

護理站的玻璃前台，很像公車總站的售票處。一整片的玻璃，只有下方開了一扇蘋果箱子大小的推窗。玻璃前台和圓柱之間，隱藏著一個像壁龕一樣凹進去的空間，那裡就是這棟樓層的大門，是一道白而高大的鐵門。

過了圓柱，一走進A棟，就是一連串的病房。吸菸室一側大樓正面的是單數病房，五〇九號、五〇七號、五〇五號、五〇三號。圓柱一側大樓背面的則是雙數病房，五一〇號、五〇八號、化妝室、淋浴室、五〇六號，全都是八人房，門扉上貼了八個名牌。只有走廊盡頭的五〇一號和五〇二號房間，是四人房。在走廊上時，看不到一個A棟的住戶，只有在淋浴室前面，看到運送洗滌桶的手推車而已。足以放得下一隻熊的大塑膠桶裡，髒衣物裝了半滿。

崔基勳拖著承民走進五〇一號房，我和大黑痣男也跟著進去。這個房間只是側面看起來很長，其實只有兩人房的大小，但人口密度高達兩倍。相對地，室內設計超出常理的情況，也同樣是兩倍。

正對房門的，是一扇幾乎占據了整面牆的窗戶。寬約四十公分左右，就位於天花板的正下方。對承民來說，是一扇窗，但對我而言，則是裝了鐵窗欞的通風口。窗戶下面，擺了四張比單人床還窄的木床。兩兩拼在一起，一雙靠左牆，一雙靠右牆，牆與床之間嚴絲合縫，連一點縫隙都沒有。兩側的木床中間，留有一條足夠移動病床進出的通路，朝門的兩邊床尾，各裝置了一個雙層儲物櫃。房門右邊有散熱器，下面則擺了一個連蓋子都沒有的垃圾桶。門框上面則並排安裝了一個小夜燈，裡面有一個藍色小燈泡，以及形似短管手槍的監視器。天花板上面則被雙管日光燈、電風扇、送風口給占滿。日光燈和小夜燈的開關，則裝置在房門外。

「坐到自己的床位上。」

崔基勳指著右邊的兩張床，床頭上各貼著一張名牌，依序寫著姓名、性別和年齡：

柳承民／男／二十五歲

李秀明／男／二十五歲

這瞬間，「同伴」的意義顯得格外分明，承民靠通道，我靠牆壁，我們是床伴。我的床上鋪了新床單，上面放著我的背包、裝了所有物品的塑膠袋，還有天藍色毛毯和枕頭。承民的床上只有毛毯、枕頭和物品袋而已。對面兩張床空著，從毛毯還疊著沒打開，名牌上什麼紀錄也沒有的情況來看，床位暫時還沒人睡。

承民先朝著自己的床位走去，同個時間垃圾桶嘩啦啦吐出各種垃圾，飛向對面床上去。崔基勳眼帶責備地瞪了一眼承民的腳，承民也眼帶責備地瞪了一眼垃圾桶，彷彿垃圾桶沒事絆了自己的腳之後，畏罪逃往對面去了一般。

崔基勳站到對面床的旁邊去，承民坐在自己的床沿上，翹起二郎腿，腳底黏著紙屑，也沒想揭下來。我在我的床尾坐下，大黑痣男的眼光盯著我，在散熱器上面坐了下來，嘴角掛著一絲在百合房裡見過的詭異微笑。

「現在宣布病房規定。」崔基勳以稍息的姿勢站著，開口說：「早上六點三十分起床，晚上十點就寢。這之間不可以到病房外面。發生緊急狀況時，可以按窗戶下方的紅色按鈕。兩週後才允許監護人探視或電話聯絡，絕對禁止私人對外聯絡。偷放鴿子被逮的話，關隔離室三天。」

「突然有急事要聯絡的人怎麼辦？」承民坐在床上抖著二郎腿問，黏在腳底板上的紙屑也隨之抖落下來。

「填寫聯絡申請書，提交到護理站，內容檢查過之後，代為轉達。」

「內容檢查後代為轉達——你們憑什麼那麼做？」

毫無顧忌的態度，粗魯無禮的語氣。雖然事情與我無關，但還是為他捏了一把冷汗。一個無禮對待護理師或護工的人，大都不好相處。這些人在守規矩的領域上，屬於造詣深厚的種族。

崔基勳直勾勾地看著承民，一臉糾結，不知該讓這小子現在就開始守規矩，還是以後再慢慢守規矩。這時，有個穿灰色工作服的男人走進房間，臉上表情十分陰鬱。頭髮像剛退伍的軍人一樣剃得很短，頭以六點五分的角度傾斜。雙肩下垂，雙腳像上了鐐銬一樣拖著腳跟。背上背著一個幼稚園小朋友用的背包，和頭呈同樣角度歪斜。他一走到對面床尾，就開始收拾床單。

「無論是哪種情況都嚴禁喝酒。」崔基勳又開口說：「被逮到的話，關隔離室三天，就算只是持有也一樣。不過，吸菸可以到吸菸室去。休息室公告欄上貼有日程表和規則一覽表，想在這裡過得舒服一點，就好好看一看。違規一次，記警告一個。警告三次之後，就可以去搭隔離室特快車，同時在自己所屬小組裡降一級，個人所享有的對外聯絡、親友探視、外出、散步等福利也暫停一個月。床上放的紙袋裡裝了個人消耗品，好好保管，不要被人偷了。禁止持有尖利的長鐵片、玻璃杯、玻璃瓶、鏡子、行動電話、打火機等物品。尤其是超過十公分的繩子，無論種類為何，一律禁止持有。」

崔基勳望著我說：「你的背包裡也一定少了一些東西，像是背包帶、耳機、鋼筆、墨水瓶、私人衣物。在醫院裡禁止穿私人衣物，書寫工具只准使用以消耗品分發的原子筆。按照規定不可以配戴手錶，但因為不是金屬製品，就算了。」

最後一句話是對承民說的。承民右手手腕上戴了一支合成橡膠錶帶的白色手錶。錶身看似橡膠材質，大小有飯碗這麼大。

「對外聯絡的規定，你什麼時候才要說啊？」承民突兀地問。

「兩週後才可以對外聯絡，是否能夠直接通話，就要看你自己的表現。評核標準按照順從度來計算，舉個例來說，你現在說話的語氣，只能打個D⁻。」

收拾床單之後，灰色工作服男就走出房間，掛在手指上的兩條床單順便擦地板，一路拖行而出，我想床單一定也很鬱悶吧。

「每週五下午二點到三點，也就是現在這個時間，是全體沐浴和理髮的時間。醫院規定，男的至少每半個月一次。」

直覺之箭，每次總命中最糟的靶子。剛才說的理髮，竟然驗證了我的直覺。我猛然站了起來，有點不太對勁，我必須知道究竟哪裡出了差錯。

「我，我有話要說，我……」

我還沒進入正題，大黑痣男就大步走過來，壓住我的肩膀，迫使我蹲了下去。為了讓我閉嘴，甚至用手指頭捅我的聲帶。我的頭好暈，胸口像要爆裂似的，好想喊著救命逃出去。

崔基勳繼續說：「最後要說的，也是最重要的事項，凡試圖脫逃或行使暴力的行為，不論理由為何，一律關隔離室五天。前天晚上那樣的事情，注意不要再發生。如果同時違反這兩項規定，我就無法保證要關多久了。這次屬於初犯，就到此為止，但下次就會讓你們多吃點苦頭。」

我拚了命讓自己鎮定下來，想要好好評估一下情況，做出正確的判斷來。根據我所知道的「事實」來整理的話，結果如下。我已經在隔離室被關了兩天，現在必須剪頭髮。父親一個禮拜之後才會來。我對整個情況的猜測便是如此，雖然不明白到底是怎麼回事，但診斷書應該還沒送達。聲名赫赫、精通這方面治療的院長，八成只看了我在藥效發作後睡著的模樣，就發出住院指示。因為只有菜鳥才會和別家醫院聯絡，打聽病患的病歷。所以結論也是一樣，我必須自己直接提出診斷內容。

我甩開大黑痣男壓在我肩膀上的手，站起來說：「我不能理髮，我……」

「不接受異議，理髮是為了全體人員的清潔和衛生所規定的事項，不容許有任何例外。現在淋浴室爆滿，你們可以在床上等通知來了再去。」

崔基勳隨即走出房間，連一點讓我說話的餘地都不留。大黑痣男推了我一把，也跟著消失。我無力地跌坐下來又站起身，死命衝向門口，雖然感到承民的眼光在後面跟隨著我，但不予理睬。現在最優先要解決的問題，就是別被拖到理髮師面前。在崔基勳和大黑痣男走到護理站之前，在他們從監視器畫面監看我之前，我得先躲起來再說。解決事態的妙招，之後再研究。

背靠門框，我觀察了一下走廊，一個人也沒有，只有淋浴室傳來笑鬧的聲音。大黑痣男和崔基勳並肩走在走廊上，並不互相交談，只顧著往前走。憂鬱洗滌工也不見身影，運送洗滌桶的手推車停在五〇三號附近，目測大概十步以內的距離，實際上我花了六步就到達了。

我把髒衣物盡可能地掏出來抱在懷裡，躲進了桶裡。洗滌桶的桶口卡住我的胸口，要進去不是那麼容易，然而一旦進去坐了下來之後，這一點反而讓我安心，有種完全掉進儲水槽裡的感覺。我把懷裡抱著的髒衣物往頭頂堆，這時才想起了護理長，但也沒辦法了，只能期望她不是監視器畫面的熱愛觀眾。蜷起背脊，頭藏進雙膝之間，後脖頸上貼著濕糊糊一股臊味的東西，我也顧不上了，因為我聽到人說話的聲音，還感覺到有髒衣物丟到我頭頂上。然後，就是一陣嘎啦啦的聲音，和從地板傳來輪子滾動的感覺。推車正被推向某個地方，走一走停下來，又堆上一堆髒衣物，很慢很慢，彷彿沒有盡頭般遙遙遠遠。

肚子裡傳出咕嚕嚕的聲音，這是腸子絞動收縮時所發出的。狼狽感攫住了我全身，為何在這關鍵時刻，好度液開始耍心機。推車沿著順時針方向轉了半圈之後，終於停了下來。

「麻煩開門。」

鬱悶的聲音說，然後從稍遠的地方傳來等一下的回答。我咬緊牙關，內臟扭曲得快要痙攣似的；腹部大動脈像心臟一樣搏動，敲擊我的腹壁。洗滌桶外響起輕扣玻璃的聲音。

「我忙得很，趕緊開門。」

「大忙人幹嘛搞到現在才來？」是大黑痣男的聲音。「廁所檢查過了嗎？有些傢伙會把內褲插進馬桶後面。」

「沒有那種傢伙，你先開門再說。」

鐵門開啟的笨重金屬噪音響起，推車慢吞吞滑動，大黑痣男的聲音從前方傳來。

「到底還要多久才到？離電梯有十里那麼遠嗎？」

聽到電梯這話，我嚇得髮梢都豎了起來，難怪總覺得忘了什麼事情似的，原來是忘了洗滌車的終點站就是洗衣房這個顯而易見的事實。

塑膠桶底部晃動起來，彷彿要塌陷下去似的，看來推車已經進入電梯內部了。強烈的不安升起，纏絞的下腹糾結成撞球那麼大的一團。腦子裡出現想大喊「等一下！」的衝動。

「女子淋浴室也去看過了吧？」大黑痣男問。

鬱悶的聲音回答：「女人洗澡的地方，我怎麼可能進去看？我只撿了丟在外面的東西。」

「算了，你這個白痴，不教你連撒了尿要甩兩下都不知道。你以為女總務班做事就周全啊？」大黑痣男心有不甘地嘖嘖咂舌。「我在這裡等，你五秒內給我回來。如果有什麼漏了沒拿的，我就把你再叫回來讓你用嘴巴叼過去。」

鞋子拖在地上的腳步聲往電梯外逐漸遠去，洗滌桶外面一片靜寂，無聲得讓人感到不安，不安得讓人五內俱焚。腦子裡的糾結越發激烈，還不如出去自首算了，可是這樣就會被動彈不得地綁到理髮師前面。還是索性就跑到洗衣房？那裡會有地方可以躲起來嗎？一個不小心就會被丟進房屋大小的洗衣機裡，倒上一頭洗劑，身體咻咻轉個不停的景象在我腦中浮現。身上被倒了一身的熱水，洗淨之後，以高速迴轉擰乾，再經過壓縮之後，高溫消毒處理，那麼我的身體……

下腹裡的撞球如今成了保齡球，我再也忍不住，就算現在馬上要死，也得先去上了廁所再說。我猛地一下站起身，髒衣物從頭頂上嘩啦啦掉了下來。全掉光之後，我就和大黑痣男對上了眼，他的手還按在開啟的按鈕上，大張著嘴呆愣地站在電梯門前，臉上的表情就和在幽深的池塘裡碰上水鬼的垂釣者一樣。不久後一聲怒吼才從他大張的嘴裡爆出來。

「你在那裡做什麼？」

說的也是，我也很想問這句話！什麼時候跟上來的，承民竟然就站在大黑痣男的背後。承民身後，正門張開了一張大嘴。他到底有什麼方法，竟然能避開護士的眼睛溜到這裡。

「給我出來！」

大黑痣男還在吼叫，承民已經對著他的背飛去一腳。大黑痣男就站著朝我飛了過來，我忘了自己還站在洗滌桶裡，就往旁邊閃身避開，結果我就和洗滌桶一起從推車上倒栽了下來。抬眼一看，洗滌桶也滾到了我旁邊，承民輕輕一躍跳過桶子，站進電梯裡。大黑痣男腰掛在推車上，整個人翻倒過來。

電梯門關上，隨即向下，啟動按鈕上的燈號顯示，即將抵達地下一樓。大黑痣男手撐著推車底部，搖搖晃晃站了起來。承民對準他的屁股中央一腳踢去，慘絕人寰的痛嚎聲響起的同時，大黑痣男的屁股也翻落到推車的另一邊。我蹲坐在電梯啟動按鈕盤下方，這兒可是觀戰的最佳位置。

就如普通醫院的電梯一樣，這家醫院的電梯內部空間也非常寬，寬到簡直匪夷所思的程度。五〇一號房間裡的四張床全都放進來，還綽綽有餘。大黑痣男就在這寬敞空間的最裡面，他的前面是手推車，手推車前面則是承民。也就是說，手推車就橫在站著的承民和四腳朝天的大黑痣男之間。

承民跳上手推車，抬起腳用力往大黑痣男身上踩下去。大黑痣男則抬手用力推動推車，誰能先馳得點，不需要伸長脖子等待結果，因為推車輪子滾動的同時，承民也失去重心滾下了推車。趁機站了起來的大黑痣男跨過推車，往承民的腰際踢了過去。踢了一下，要踢第二下的時候，承民扳住大黑痣男的腳踝，翻轉過去。他們雙雙滾在地板上，開始翻來覆去拉扯起來。角落裡的監視器，就這麼歡樂地看著兩人的格鬥現場，頭頂上的緊急警報器也震天價響。電梯廂就像雲霄飛車一樣晃動，經過了一樓，往地下墜去。電梯門很快就打開了。

我支起身體，只伸出一個頭，向外張望。右邊被牆壁擋住視線，正面則是掛著「洗衣房」牌子的鐵門和電氣室、管理室的門並列一排。左邊有一道鐵門，掛著地下停車場的標示板。我還來不及尋找緊急逃生梯的位置，洗衣房、電氣室、管理室的門就同時打開。我反射性地按下關門按鈕，男人們的高喊聲從闔起的電梯門縫裡鑽了進來，「給我站住！」

電梯停在一樓，門一開就看見手持棍棒的警衛們跑向電梯前面。我一腳把洗滌桶踢到外面去，警衛們嚇得跳起來，趕緊往旁邊避讓，電梯門再度闔起，接著飛快地向上升去。我的煩惱也就此開始，這下子該如何是好，身後正在進行格鬥，頂上緊急警報器響個不停，每一樓層都出現逮捕小組，我的下腹也快撐破了。

電梯終於抵達頂樓，廂門開啟，到這時為止，我一直抱著陣陣疼痛的肚子，煩惱個不停。承民坐在大黑痣男的身上，正打算給他最後的一擊。電梯前面崔基動和穿著灰色制服的男人們呈包圍隊形站在那裡。其中兩個男人秀出手上刺眼的東西——亮光閃閃的黑色棍棒。

我恭敬地低下頭，雙手必恭必敬地合攏在一起，打算獻給崔基動。我看到棍棒就怕，束手就擒可以少挨點揍。這也可以作為一種解釋，說明我所追求的不是「脫逃」，而是「藏身」而已。承民抬起的拳頭也悄悄放了下來，咧嘴一笑。

「我們沒有要逃跑啦！歐巴說的沒錯吧，秀明？」

我想都沒想就點點頭，慢了半拍才意識到「歐巴」[2]二字不對勁，不過現在不是計較這點的時候。承民指著墊在自己屁股下面的八爪魚模樣的大黑痣男說：

「是這傢伙慫恿我幹一架，我才騎在他身上的。對吧，秀明？」

我猛點頭，不能同意更多了，只盼著有助於息事寧人。

「兩個都舉起手出來，手按牆站好。」崔基勳說。

我們照做，背後開始舉行精采絕倫的亂打秀。

「凡試圖脫逃或行使暴力的行為，一律關五天，還記得嗎？」崔基勳問。「兩項同時違反的話，就是無限期，這話也還記得吧？」

於是，我被綁在百合房的病床上，承民則去了玫瑰房。我們一無所得，一切回到原點。不，從狠狠地挨了一頓好打，和必須無限期躺在床上這點來看，我們可說損失慘重。有關我快忍不住拉肚子的事情，這我就不說了，有些事情還是不要聽比較好。崔基勳送上一句祝福後退場。

「希望你們會滿意我們的服務！」

果然是銷魂的服務，銷魂到讓我擔心連一口氣都給銷沒了。房間裡二十四小時開著日光燈，周公都被耀眼的燈光趕跑了。託福，我也不用擔心會作噩夢。束縛帶防止了從床上滾落的不幸事件發生，吃飯也有人固定餵食，我只要像金魚一樣張大嘴就行。如果連這都嫌麻煩，搖頭不吃的話，說一句插胃管用注射器餵食，就能讓我領悟勤勉老實的美德有多重要。大小便也都在床上解決，取代了免於掉進廁所馬桶裡溺斃的骯髒死法，我得到了以身體勘查糞盆的科學家生活。還不只如此，護士每天都給我的屁股賞「一針」，藥名不詳，只記得她們說這是具有魔法的藥，可以安定心神，抑制衝動的本性和野蠻性。但對我來說最重大的課題，卻是「從魔法的藥中活下來」。

打完針之後，全身骨頭都會湧起一種難受又劇烈的疼痛，就像在火裡炙烤蜷縮起來似的。還會口乾舌燥，心跳加速，有種心臟要從胸腔裡跳出來的錯覺。下巴和脖頸的肌肉扭曲僵硬，因此也無法好好咀嚼食物，連吞嚥口水都很困難。眼球也引起了劇烈的痙攣，房間地板成了一片白色的水波盪漾，升到頭頂上，天花板則跑到腳底下顛簸晃動，讓我達到了前所未有的副作用新天地。

伺候我的人，是灰制服二人組。稱為「總務班」的這類族群，羅丹醫院也有。一般都是正在戒癮的酒精中毒者或毒品吸食者，屬於在工作人員和病患之間來來去去的特殊階級。他們只要能戒掉癮頭，不只變得比較正常，還能做許多不同的事情，可說是一項重要戰力，只需要支付少許工資，就能用處多多。因此，環境越惡劣的醫院，對總務班的依賴性也更高。從伺候病患、打掃洗衣之類單純勞動、美化或修繕病房之類技術勞動，到處理

2「歐巴」是女孩對兄長的稱呼，男孩應該稱「兄」。

病患騷動的鎮壓小組等等，都可以活用。水里希望醫院的情況也一樣，隔離室裡的大部分雜務，都是由總務班經手處理。我入院當天晚上見到的矮胖子和電線桿男，也屬於他們一員。醫師連個影子都沒看見，護士也只有打針的時候才會出現。在我都快忘記的時候，護工才又冒出來，查驗一下服務的滿意度。

過了五天半之後，我才得以走出百合房。這個時間比預期要短，但足以送我上西天。我是怎麼計算出時間的？隔離室裡當然沒有時鐘這類的東西，也沒有窗戶，連日夜都分不出來。更不會有人告訴我現在是什麼時候，但我還是有方法知道。人家不是這麼說嗎？一個人單獨關久了，就會養起蟑螂，還會用筷匙作畫。正如我前面說過的，我有過目不忘的本領，當矮胖子和電線桿男二人組進來解開束縛帶的時候，我剛結束第十七次的餵食。

和進來的時候不同，出去的時候我沒法用自己的腳走出去。沒有力氣支起身子，還是靠矮胖子和電線桿男抓住我手臂，像待宰豬一樣給拖出去的。百合房前面看熱鬧的觀眾多到連個落腳的地方都沒有，想來我也沒讓他們感到失望。一隻頭髮上沾滿糞便，築了六個如鳥窩般的打結頭髮，身上散發沖天臭酸味和臊味，猛翻白眼的豬，還是很值得觀賞吧。我低著頭，用頭髮遮住臉孔，不是因為出於羞恥心，而是想掩蓋住嘴角的流涎。心裡一方面也在期待，遊街儀式已經舉行過了，這下子洗漱洗漱，就可以回房間了吧。

這個期盼實在太天真了。淋浴室鐵門前面，大黑痣男就站在那裡，樣子和幾天前又不一樣。臉盤上取代鼻子的，是貼上了一支熨斗，看來這次是鼻梁被打斷了。瘀青未消的深陷眼睛裡，閃著令人背脊發涼的光芒，眼神就像在敲鐘，宣告第二回合的比賽就此開始。

淋浴室裡的情景也充滿肅殺之氣，絲毫不遜於大黑痣男的眼神，讓我有種被拖進奧斯威辛毒氣室的感覺。內部空間有新林書店那麼大，天花板中央位置以一肩之寬的間隔安裝了數十個灑水器模樣的蓮蓬頭。兩邊牆壁上有放了香皂的香皂盒、洗臉盆、鋼架鏡子，鏡子上還裝了一個長條置物架。

電線桿男讓我跪到左邊洗臉盆下面去之後，就站到我背後。一會兒另一個二人組把承民也拖了進來，他們把承民的兩隻手臂壓到身後，讓他跪在我對面。矮胖子就站在我和承民之間，手上拿著一支理髮用剪刀。

我的腦子裡警報聲大作，快逃，快逃。

「就從這傢伙開始吧！」

大黑痣男從上衣口袋裡掏出某件工具，指著我說。慌亂中，我仍舊看清了那件工具的真面目，是一支名為「凱利鉗」的外科手術用止血鉗，尾端用鋁箔紙包了起來。

「把沾了大便的地方先處理掉，如果再像上次一樣亂剪，小心我宰了你們。」

大黑痣男剝掉鋁箔紙，對半掰開的刮鬍刀片便露了出來。我嚇得一屁股向後挪移，晃動的視野裡閃現幾年前見過的某個場景。

重感冒發高燒被送到急診室的晚上，我旁邊病床上躺著一個車禍頭部受傷的年輕女人，她陷入昏迷狀態，正在等待進行緊急手術。這時，正在做術前準備的實習醫生手上便拿著一支夾著刮鬍刀片的凱利鉗，他晃動了幾下凱利鉗，髮絲就如乾草一般堆落在急診室地板上，女人的腦袋看起來就像被削皮刀削了皮的馬鈴薯一樣。大黑痣男也想向我展示他削馬鈴薯皮的手藝吧，儘管我不明白他的動機和目的。

事實上我也不想花心思去理解，光是已經理解的事實，就讓人喘不過氣來。而現在，則是大難臨頭的時刻，無論如何我得逃走才行。然而，我卻無路可逃，面前站著一個拿著剪刀的矮胖子理髮師，旁邊則有握著凱利鉗的大黑痣男守著。電線桿男以膝蓋壓在我肩膀上，手緊緊固定住我的腦袋。我就像固定器緊緊夾住的木頭一樣，動彈不得。

我的喘息變得越來越粗，睡夢中做過無數次的噩夢，又如火焰般熊熊燃燒。恐懼似烏雲罩頂，這是我早該習慣、卻到死都無法習慣的恐懼。我緊咬住牙關，拚命壓抑下湧到嘴邊的尖叫。

住過這塊地方的人就知道，精神病院不是治療機構，而是教育機構，也是學習順從的場所，反抗只會給自己招來更艱難的處境。就算大聲呼喊求人幫忙，也不會有人站出來。但就算我再怎麼清楚，受不了的事情還是受不了。那也是一種警鐘，喚醒野獸的警鐘。

當明晃晃的剪刀穿進後頸髮隙的時候，腎上腺素讓我全身血液沸騰，終於忍不住大聲尖叫。我敢說，這是足以寫下歷史紀錄的尖叫，因為連我的耳膜都快被自己的叫聲給刺破。矮胖子雙手摀住耳朵，往承民的方向退去。電線桿男和我一起尖叫，死命扯住我的頭髮用力猛晃。大黑痣男則以拳頭要我安靜下來，我的下巴歪到一邊，胸口、腹部、腰際都被連續打了好幾拳。我更用力地掙扎，不停地尖叫。不痛，一點都不痛，我一點都不怕拳頭，如果靠拳頭就能被制伏的話，那就不是野獸，是小貓。

大黑痣男似乎後來才了解到這一點，看了周圍一眼，抓起立在牆邊的拖把跑了過來。那東西馬上就被掃進了我的嘴裡，我嘴裡咬著濕答答的拖把，重重地摔落到地板上去。尖叫聲停止了，我不停地咳著，喉嚨裡卻只發出哨子聲似的喘息。胃裡開始作嘔和冒酸水，全身也不斷抽搐，喉嚨像氣球一樣膨脹起來，霎時就堵住了氣管。但這時，拖把還死勁地卡著我的嘴唇和舌頭。

該來的終於來了，我再也無法呼吸，黑色的潮水席捲而來。在那潮水淹沒這個世界之前，我看到承民甩掉二人組的手飛奔過來，踹開大黑痣男的憤怒臉孔。

我彷彿漂流在夢境與死亡之間的大海上，海裡有著夢的記憶和幻覺的島嶼。溫柔又帶著強勁力道的潮流帶著我，將我沖向其中一座島嶼。我感到自己時而坐在新林書店的角落裡看書，時而走在通往地下書庫的樓梯上，時而站在通往二樓的樓梯門前，透過鎖眼窺視裡面的動靜。又像是坐在公園長椅上發呆，也像在奇怪的街道上，抬頭望著天空。太陽是灰色的，空氣也是灰色的，街道上到處都是灰色的人影，像沙漠中的仙人掌一樣站著不動。

最後我又回到了新林書店。十九歲，九月的某一個清晨。書店外面擠滿了人，街上警笛聲響個不停。世界在我的腦子裡爆炸，我抓起書就往街上丟，用肩膀撞翻書架，用腳踹冷氣機弄個稀巴爛。父親像個幽靈一樣站在升騰而起的白色塵霧裡，刺耳的警笛聲在書店前面停了下來。手持警棍的兩名警察衝了進來，這時，一個巨浪打來，我被巨浪捲走，新林書店也消失得無影無蹤。

睜開眼睛，一個流淌著慘白光線的房間，周圍一片模糊，像在霧裡看花。一個男人像棵樹一樣站著不動，臉孔雖然看不清楚，但能感覺到男人正注視著我。或許是我問了些什麼，男人說「現在是凌晨」，還有彷彿在問我「睡得好嗎？」的聲音。

我分不清是夢是真，時間有點錯亂，那男人是誰？當我思考這點的時候，房間裡只剩下我一個人。視野裡還是慘白一片，模糊不清。現在是清晨，或是已經深夜？我不知不覺閉上了眼睛，進入非睡非醒的寤寐狀態。我又回到了那一天，從我的人生被驅趕而出的日子，十九歲九月的某一天，世界爆炸的清晨，手持棍棒的警察衝進書店的那一刻。

警察把我帶走，送進了羅丹醫院，應該是父親要求到那裡去的。我後來才知道那家醫院也是母親生前住過的醫院。

承辦科長建議住院治療，父親過了很久才開口。

「請問，這是一種遺傳病嗎？」詢問的聲音顫抖。

醫師回答：「這不是遺傳病，但還是無法忽視家族病史。」

我被關在一個小小的房間裡，褐色木門上開了一扇小窗，百葉窗簾遮蔽了大半的窗戶。一位女醫師坐在窗戶前面的椅子上，她說了很多事情，我進來的地方是一個封閉病房的隔離室，目前暫時得在這裡度過，自己是我的主治醫師等等。

我搖著頭，因為驚慌和恐懼而直發抖，一再強調：「我沒有瘋。」

我的問題不在精神上，而是我的耳朵。正確地說，是住在耳朵裡面的那個傢伙。

那個傢伙是在我高中二年級的時候開始對我說話，那時母親才剛去世一、兩個月。一開始我聽不懂那傢伙在說什麼，因為那聲音就像春天的風一樣微弱。雖然有時聽起來又會像是江水奔騰一樣有力，有時又像是從遙遠的火車站傳來的火車聲音；也曾像是呢喃哼唱的歌聲，或是像是心情愉快的笑聲。雖然深奧，但聽起來就像哲學家難以理解的長篇大論。

後來我才明白，是那聲音自己鑽進了我的耳中。集中精神一聽之下，也能聽懂到底在說些什麼。隨著時間過去，我們熟悉了彼此的語言，最後終於得以交談。

「秀明啊！」

我永遠忘不了那傢伙喊出我名字的瞬間，也記得那令人毛骨悚然的羞澀喜悅。你，竟然知道我的名字！

作為開始交談的紀念，那傢伙要我說故事給他聽，這個要求實在讓我很為難。主要是為了那傢伙，為了那個喊出我名字的傢伙，我已經做好一切準備，但不是說故事。從小就沒有人逗我說話，在這附近、學校、孩子們之間大家都在傳，說早上跟我說話，要到傍晚才聽得到回答。在某種程度上確實如此，我是個說話極結巴的人，一慌張結巴得更厲害，話都顛三倒四說不清楚。到最後急了，我就會用尖叫代替說話。

有一次，作為書籍倉庫的地下室因為漏電起火，我又慌又急，跑上樓去找父親。但就在我拚命想說出「地下室著火了」這句話之際，地下室的書已經被燒毀大半。從那之後，父親不再和我交談，取而代之的，是遞紙條給我。多虧了我天生記憶力驚人，才得以免於去上特殊學校。雖然總是被人當成傻子，但我在學校的成績還是獨步眾人之上。

那傢伙總是鼓勵我：**「結巴沒關係，顛三倒四沒關係，大聲尖叫也沒關係，我都可以聽得懂。」**

於是我打開了話匣子，把傳達不出去、囤積多時快要爆炸的口袋打了開來。故事蜂擁而出，孤獨寂寞的童年故事，喜歡的作家和書的故事，從我喜歡的書裡剽竊而成的故事，單純是我自己編的故事，有時一說就是幾個小時，有時一整夜，甚至有時故事會連續說上好幾天。那傢伙在該笑的地方笑，在該哭的地方哭，在該生氣的關頭絕對會生氣，把李秀明吹捧成世上最會說故事的高手。我使勁地說，也覺得好快樂，飄飄然不知該如何是好，覺也不睡，飯也不吃，珍惜一分一秒的時間。那時，我的血管成了風雨交加時候的大河，裡面流淌的不是血液，而是故事的洪流。而我，也不再結巴了。

那傢伙教給我人生的喜悅，每天晚上在棉被裡都會有這樣的事情發生。

「秀明啊，你還記得剛才在書店裡看過的畫報嗎？一看我就受不了了。不是啦，不是

啦，你少裝純潔！不是足球的球，是潘蜜拉．安德森[3]的乳房。足球的球只有一顆，她那裡可有兩顆呢！喂、喂，你把自己的那根握在手裡看看，一直搓揉到身體像在騰雲駕霧，腦子裡有火花炸開的時候為止。」

白天的時候，我就一直窩在地下室裡，鎖上門，在老舊的索尼電唱機插上耳機，聽搖滾樂。電唱機是我偶然在地下室書堆後面發現的，同時還找到數十張舊唱片。恰比．卻克（Chubby Checker）、傑瑞．李．路易斯（Jerry Lee Lewis）、比爾．哈利（Bill Haley）、貓王、吉米．亨德利克斯（Jimi Hendrix）……原來的物主是誰，至今我還一無所知，我只是猜想，或許是年輕時候的父親吧。

連接電唱機亂七八糟的電線，到能插上插頭使用，我整整花了十天的工夫。但讓貓王在轉盤上起死回生，只要十秒就夠了。我們瘋狂得大叫，高興極了。我在想像中如同傑瑞．李．路易斯一樣彈奏鋼琴，如吉米．亨德利克斯一樣彈吉他，如恰比．卻克一樣跳起扭扭舞，如艾維斯一樣抖腳。李秀明孤家寡人的時代，就在故事、手淫和搖滾的祝福中，落下帷幕。我是如此相信的，也相信那傢伙會一直是我的朋友，相信他是我的同伴。

然而好景不長，冬去春來，我們的蜜月期也結束了。那傢伙開始疏遠我，我越是靠近，越是依賴，他就越往後退。不管我說什麼故事給他聽，他的反應總是不屑一顧。就算

3 潘蜜拉．安德森（Pamela Anderson）：加拿大演員兼模特兒，身材性感。

放那傢伙喜歡的恰比・卻克唱片，就算扭到腳快抽筋，他也一點都不高興。只是不停干涉我，挑我的毛病，提出讓我難堪的要求。

「你能替我去死嗎？咬斷舌頭就可以。」

「做不到？做不到的話就去把你父親的舌頭咬下來。」

如果我不理睬他的要求，毫不手軟的懲罰就會隨之而來。他不跟我說話，喊他也不回答，一直要到我流著眼淚，懇求他的原諒，發誓會對他千依百順為止，他都對我不理不睬。和那傢伙之間的爭吵，每次都是我輸。輸的原因就如「人有兩個鼻孔」的事實一樣，不言自明——因為我想維持和他之間的關係，因為無論如何我想回到那段美好的時期，因為我害怕自己又變回孤家寡人一個。那時我才初次明白，只有不曾孤單過的人，才最害怕孤單。那傢伙所想要的，也如我輸的原因一樣清清楚楚——他想要完完全全掌握我的人生。他的喜怒無常和毫無意義的要求，其實只是不停地想確認自己的影響力罷了。

「過來這裡！」

「閃那邊去！」

「我說的是這裡啦，你這個笨蛋！」

學校操場成了白天的操練場，書店則是夜晚的操練場。父親對此毫無所悉，書店一打烊，他上了二樓之後，到第二天清晨之前都不會下來。同樣的，我也不知道父親是如何打發夜裡的時間。自從母親去世之後，我就再也不曾在主屋裡睡過覺。而且，還有一件事情是我們父子之間絕口不提的，就是有關母親和「那天晚上」的事情。那是我們無法觸及的傷疤，嘗試揭開傷疤本身，無異於去踹在草叢裡睡覺的毒蛇一樣危險。最好的方法，就是不去接近，不去正視，小心地過日子。然而那傢伙卑鄙地開始去碰觸這塊傷疤。

「**你母親不是發瘋了才自殺的！**」

我搖搖頭。

「**你知道那天晚上是誰把剪刀插進你母親脖子裡的嗎？是你父親！**」

我再次搖頭。

「**我看到了啊！**」

我無力地搖頭，卻說不出「你騙人」這句話來反駁。如果要說出這句話，就必須提起「那天晚上」的事情。若要提起，就必須開啟被我深鎖在心底的大門。門一旦打開，那些我拚了命禁錮住的記憶，就會被放出來，讓我無法呼吸。記憶必須留在原處，就像冬天的蛇冬眠就好。不，最好像死者一樣長眠不醒。因此，我只能硬撐下去。

上課的時候，我摀著耳朵趴在桌上，或是躲在桌子底下的模樣，激起老師的憤怒。我對著看不見的對手發火，大吼，懇求對方住手的樣子，成了同學的笑柄。那傢伙變得越來越執著，越來越大膽。從我的耳朵裡跳出來，自四面八方，同時用數十個聲音慫恿我、辱罵我。要我為母親報仇，要我拿剪刀刺進父親的脖子裡，不然連我自己都會和母親落到同樣的下場。

我怕那傢伙，我怕我自己，怕自己會真的相信那傢伙的邪惡低語，怕自己會真的照那傢伙的話犯下大錯。我最怕的是睡覺，簡直怕到快發瘋了。因為一睡著，那傢伙的耳語就會成為故事的框架，以噩夢重現出來。手持利剪的人，從母親變成了父親。扮演脖頸被刺穿的人，總是由我來擔任。不管我的意識再如何抗拒，但無意識狀態下，還是無法戰勝洗腦的攻擊。

對剪刀產生恐慌性精神障礙，也是從那個時候開始的。過去頂多是不願意碰觸剪刀的程度而已，但接二連三的噩夢之後，抗拒進化成名為恐怖的怪物。三個月之後，我一看到手持利剪的人，就會變得全身僵硬。所以說理髮這種事情，那根本是不可能的。

決定休學是在我上高三，七月的時候。事情的開端源於班導把父親叫來學校，建議父親送我就醫。然而，被送進醫院的人卻不是我，而是班導。

父親的憤怒表現，只能說是「拒絕」的一種型態罷了。因為父親的心裡懷著一個神話，期待自己的兒子也能成材，所以他拒絕承認兒子無法成材。很久以前，父親就難以接受從「這裡」跨越警戒線到「那裡」的事情，大概是因為他不想在我身上看到妻子如惡靈的影子。他固執地認為我沒病，不到最後一刻，他都拒絕接受這個事實。因此一直拖到九月，父親都沒有帶我去醫院，他的固執除了如此解釋之外，還能怎麼說。

父親每天一大早就會把我趕去上學力鑑定考試補習班，我堅持不去上課，我只想待在自己房間裡。父親雖然很可怕，但外面世界更可怕。只要出了書店，那傢伙就會在背後推我，把我推向奔馳中的汽車前面，推向漢南大橋欄干，推向地鐵鐵道，推向學校天台。我只能躲在別人家的牆角下，躲到大樓廁所裡，躲到公園垃圾桶後面。因此我成了派出所的常客，每次父親來帶我回家，樣子就像個魔鬼。

那天早上的事情，是父親和那傢伙連袂演出的作品。一如既往，父親對著想賴在家裡的我揮舞掃帚，那傢伙就慫恿被趕到書店角落握著拳頭發怒的我，要我搶下掃帚，把那殺人犯痛打一頓。我摀住耳朵，於是他在我耳朵裡爆發了。

「你不如死在外面算了，笨蛋！」

「不敢死？那把書店一把火燒了算了！」

「不然就搞得天翻地覆好了！」

我相信自己做了最好的選擇。把書店一把火燒掉，和把書店搞得天翻地覆，後者至少還是比較有可能復原的。當然如果是站在父親的立場，或許他會認為我去死才是最了不起的選擇，不過我不想做到那麼了不起的程度。

主治醫師很在意我這麼小的年紀就發病，也很在意家族病史，但還是強調情況是樂觀的。從能抗拒幻聽，主症狀良好，經歷了母親死亡這種重大事件才突然發病，智能並未因此受損這幾點來看，只要幻聽症狀有所緩和，恐慌障礙應該也會同樣好轉，也就能夠回歸到正常生活，這是醫師最終的診斷。這個樂觀的診斷似乎讓父親有了更多的耐心，讓我在說得好聽是治療環境和醫療團隊優秀，法定用語是非健保給付項目超多，一般的意義就是入院費可恥得昂貴的羅丹醫院裡，一直接受治療。

治療的過程非常緩慢，從住院之後開始，我和那傢伙之間就展開了猛烈戰火，也是藥物與那傢伙之間的戰爭。藥物對身體嚴刑拷打，我甚至認為自己不是因瘋而瘋，是被藥物給逼瘋的。那傢伙誘惑我不要吃藥，他會像過去一樣聽我說話。他要我把藥吐出來，一起聽搖滾。他一直恐嚇我，說藥會弄死我。到了最後，甚至還想說服我一同赴死，說死比生來得真實，比生來得公平。他還親切地提供給我一百零一種死法。

主治醫師教我如何抵抗的方法，做別的事情、看電視、和他人對話、唱歌等等，我選擇了置之不理，發揮了一半的效果。只要不回答，那傢伙也會安靜下來。倘若不小心回答了一句話，他肯定會沒完沒了。因此我決定，乾脆連話都別說了。當我開始保持沉默之後，那傢伙也狡猾地躲在我耳朵深處裝死。之前的那段期間我不斷反覆住院、出院，就是因為被他騙了過去、開口說話的緣故。

去年冬天，那傢伙終於離開了我，雖然沒有道別，但我清楚地知道。我再也捕捉不到那傢伙依稀可聞的呼吸聲，即使過了十天，過了一個月，還是一樣的情況。甚至我開口說話了，他也沒有再回來。在我身體裡棲息了七年的那傢伙，終於毫不拖泥帶水地甩手離開。確定了我倆離別的那天，我躲在廁所偷偷地哭。十八歲的孤單少年哭了，雖然他是一個讓我害怕，讓我憎惡，把我整個人都搞垮的傢伙，但在我的人生裡面，也是我唯一的摯愛。

「和聲音談戀愛的人，又不是只有秀明你一個人。這醫院裡多的是被多巴胺施了魔法的人。」看著鬱鬱寡歡的我，主治醫師鼓勵地說。「不要為了魔法消失而難過，回歸正常人生活的大門已經為你開啟了！」

她說當務之急是克服恐慌障礙，我要做的第一項任務，就是與人交談。她希望自己能成為我交談的對象。但我不想和她交談，不想和她保持任何關係。我怕深刻了解我的她，也會像那傢伙一樣束縛我、干涉我，想行使自己的影響力。因此，我就把不具「關係和影響力」的筆記本，當成了交談的對象。

我寫下了星星點點的回憶，一閉上眼睛就會浮現眼前的新林書店，懷念的書香，和那傢伙一起在我房間、在地下倉庫裡大跳搖滾的回憶，住院後和那傢伙之間所展開的長期殊死搏鬥。但我只寫了一個月就停筆了，一點意思都沒有。筆記雖然沒有危險，但也沒有回應，甚至無法在情緒上產生共鳴。打開筆記本，就有種進入秋收結束，空曠田野的感覺。我想念那傢伙，偶爾，不，事實上是……

每天。

「睡得好嗎？」

崔基勳捧著手術托盤站在床頭，毫無疑問的，這是和說「現在是凌晨」同樣的聲音。在他身後來回拖著地板的人，是憂鬱洗滌工。房間光線明亮，什麼都看得很清楚，房間的地板也不再起伏。骨頭的疼痛和偏頭痛也消失了，手臂上則插著針管連接著一袋黃色的點滴液。

「你陷入精神錯亂的狀態有四天了，昨天才總算好好睡了一覺。」

崔基勳從沒有掛點滴的另一邊手臂上抽血後，裝在檢驗試管裡，再把白色的針劑打入點滴管裡。

「你得在這裡再待幾天，等身體恢復到某種程度……」

他的聲音變得越來越縹緲，越來越遙遠。當我再度睜開眼睛，看到一位年輕醫師，他自我介紹是我的主治醫師，也是精神二科的科長。他告訴我，幾天前父親帶著診斷書過來和主治醫師面談，等我回到普通病房之後，就會按照羅丹醫院所開的藥給我吃等等。但他完全沒有說明「對我做過了什麼」，我也不會小心眼地追問到底，甚至連半點知道的興趣都沒有。

護工們比之前更小心地照顧我，護士每天規律地為我抽血，再注射白色針劑，意識隨著藥效起起伏伏。打過針之後，我就睡著了。但卻是與平常不一樣的睡眠，連個夢都沒有的深淵，一片死亡般的靜謐黑暗。藥效一旦減弱，我又馬上回到現實，迎接我的主要是捧著粥碗的總務班，我只要像個機器娃娃一樣張嘴吃就行。

夢與現實無數次反覆之際，鬆脫的生理時鐘緩緩地重新上緊發條，五感一一甦醒，欲求、直覺、思考、認知能力也回來了。羞恥心是在我發現自己包了尿布的時候回來的，因為從下面那個地方不斷飄散出惡臭。

打針的次數也慢慢減少，睡著的時間變短，醒著的時間變長。護理站要我一天一次，到百合房的外面遛遛。一開始是總務班的人把我放在輪椅上，推著在A棟走廊上繞繞。身體好了一點之後，我就自己抓著助行器走。走廊上總是一片昏暗，什麼人都沒有。總務班的人告訴我，因為是午睡時間才這個樣子。一回到百合房，我又會被繫上束縛帶在病床上躺著，這種時候，束縛帶才算執行了它防止自殘的原本任務。

或許你不相信，我從來不曾企圖自殺。只不過在想像的世界裡，我已經死過千百遍。每次那傢伙說一起死吧的時候，每次自己想死的時候，我就已經死了。如果那時每次都拔一根頭髮作為死亡紀念的話，相信現在也不會為了理髮的問題吃盡苦頭，因為我已經成了和食人魔博士一樣的大光頭了。不曾嘗試的原因很簡單，因為我怕。不是怕死亡本身，而是對死亡的瞬間感到恐懼，甚至不願去想像那一瞬間，就像剪刀手亂舞的噩夢一樣可怕。

但是百合房的每一天，恐懼無隙可乘，只有疲倦。同樣的騷動一再發生，我已經沒有了活下去的力氣。我想死，也決心要死，問題就在於沒有合適的死法。餓死要花太多時間，護理站也不會放著不管讓我餓死。咬舌自盡?哎呀，那太可怕了。我只想不見血地一下子就死掉。此刻，就在我思索著有沒有能一下子死得漂亮的方法時，神把搗蛋鬼送來了。房門被悄悄打開，大黑痣男走進來，用著沙啞的聲音向我問候。

「好久不見！」

是不是真的好久不見，這我不清楚，不過可以確定的是，這是理髮騷動之後我們第一次見面。大黑痣男的模樣和那時又不一樣了，這次大概是扭到了頸骨，脖子上戴著名為「托馬斯頸圈」（Thomas Collar）的頸椎護具。這是承民授予他的新徽章，可說無人不知、無人不曉。

「上次我們還有些事情沒做完，對吧？」

大黑痣男從口袋裡掏出凱利鉗，剝掉鋁箔紙。我感覺自己緊張地不停吞嚥口水，他算好我無力抵抗，想趁機把我的頭髮剃光才跑進病房裡來的，就像要強姦我一樣。

「今天就做個了結吧？」

我瞇著眼睛瞪視大黑痣男，雖然我如落網之鼠，無力可鬥，但我身上還留有可用之物——二十八顆結實的咀嚼工具。我把力氣集中在下巴上，只要他敢靠近過來，我就咬住那以令人費解的信念和變態重武裝的手。我要一直咬住不放，直到兩人之中有一人完蛋為止。

神有時候是公平的，送來了搗蛋鬼之餘，也不忘送來能讓搗蛋鬼放棄搗蛋的搗蛋鬼。崔基動推著移動病床走了進來，看到大黑痣男的凱利鉗，馬上就察覺出情況。

「放下。」

「什麼？」大黑痣男斜睨著崔基動，因為托馬斯頸圈的緣故，他的頭轉不過去。

「叫你把凱利鉗放下。」

「您幹嘛這樣？這種傢伙又不是第一次見到，難道看不出來他是在裝模作樣嗎？不曉得從哪裡學到那不倫不類的癲癇發作……」

「你出去吧。」

崔基勳推開大黑痣男，把移動病床靠在我的病床旁邊。大黑痣男瞪大眼睛，眼神充滿反抗，嘴唇不停抖動。

「舅舅知道的話，可能會不太高興喔！」

「治療病患的人不是部長，是科長，當然也與你無關吧？」

「什麼與我無關？我啊，因為這傢伙的關係，已經兩次差點走上黃泉路了。你以為我戴這個是為了充時髦嗎？」

大黑痣男用夾在凱利鉗上的刮鬍刀片摳摳地敲了兩下托馬斯頸圈，這動作讓我那吃了不少苦頭的雙腿嚇得發抖。

「這樣就放過他的話，會出現很多把我們當成軟柿子、不守規矩的傢伙來。那麼頭痛的可就是和這些傢伙直接接觸的我們，而不是高尚的崔基勳護理師您，或是科長了。」

「據我所知，你好像還在病假中吧？」

崔基勳的聲音裡夾雜著危險氣息，大黑痣男眼中帶著居心叵測的算計，瞪了崔基勳一眼，轉過身去。

「你等著，我很快就會回來上班！」

他用力地甩上門出去，臨去前給我撂下這句話。崔基動鬆開束縛帶，把我抱到移動病床上去。我出於本能地瑟縮了一下身體。

「不用緊張，洗個澡就把你送回病房去。」

推往淋浴室的路上，我仔細觀察崔基動的眼睛，努力想找到一絲令人相信的眼神。是表示以後不會再動我的意思，真的嗎？但我什麼都沒讀取到，那是一雙花崗岩般的眼睛。崔基動從移動病床置物箱裡拿出新的病人服和毛巾，放到淋浴室架子上面，看似要親自幫我洗澡。他從上衣口袋裡掏出乳膠手套，開始往手上戴。很快地，我身上的病人服就被剝了下來，我的臉一下子紅了起來，胸口發出急促喘息的聲音。我自己會脫衣服，自己會洗澡，也有不想被人知道的祕密，這人是不是以為「羞恥心」這個詞只有自己的字典裡才有？

我縮起雙腿，抬頭看著崔基動。崔基動低頭看著我，他一開口，無情的話語如一記重錘落在我的額頭上。

「腳張開，給你脫尿布。」

承民比我早回到病房。房間裡空無一人，但一眼就能看分明。所有的床上不分彼此都是一片混亂。皺巴巴的床單上全都印著髒兮兮的腳印，散亂未疊的棉被上，零零碎碎的東西滾得到處都是。長長拉散開的捲筒衛生紙、塑膠袋、電動刮鬍刀、襪子、水杯、指甲剪。兩個枕頭全都掉落在房間地板上，懶人風骨可見一斑。

「有什麼事情想跟科長說的話，可以到護理站提交面談申請書。」

崔基勳把移動病床靠在我的床尾邊，我自己下了移動病床，用手把侵占我床鋪的東西隨便掃開，床又回歸到主人手上。

「雖然有點辛苦，不過你要吃飯還是直接到餐廳去吃，身體多動動，才會恢復得快一點。」

窗外下著雨，是要破窗而入的傾盆大雨。我對著牆壁躺了下來，一陣嘮叨對著我後腦襲來。什麼餐廳在B棟第一個房間啦，餐廳對面有會客室啦，其餘全都是女生病房，不要在那附近閒晃啦，偷窺女生淋浴室被打破頭的話，沒人會為我縫傷口啦。

崔基勳退場一分鐘之後，外頭便響起刺耳的鈴聲，走廊也開始人聲鼎沸起來。大醬湯的味道隨著潮濕的空氣傳了過來，我一百八十度轉了個身。承民床鋪的角落，有一個揉成乒乓球大小的空菸盒丟在那裡。比起食欲，我的菸癮先甦醒過來，我支起身體下床。

右邊兩層的置物櫃，上層是我的，貼著名牌，還插著一把鑰匙。消耗品袋子裡空空如也，連背包裡也空無一物。兩件內褲、三雙襪子、裝了兩百塊錢的皮夾、乳液和洗髮精、乾電池和充電器，甚至連綁頭髮的橡皮髮圈也不見了。只剩下一根缺了牙的塑膠叉匙在櫃底滾來滾去。

我的腿不停地發抖，幾乎到了不抓緊置物櫃就無法站立的程度。最爛的醫院，連人家內衣都偷的一群人，想來住院費一定也是很具有誘惑力的水準吧。我很想打電話給父親，告訴他「您平時掛在嘴上的詛咒現在實現了，您一定高興得瘋了吧。不過您要是瘋了，我們也最好不要在同一家醫院裡碰面」。

或許，我真正想說的話是這個——父親，您真的不要我了嗎？

把缺了牙的叉匙握在手上，這把破爛的生存工具，讓我撇開了腦中的混亂，正常的心智又如春燕歸巢。我很快地振作起來，朝著一個方向去思考。過去的幾天，就當作我倒楣，碰上了一群差勁到極點的人。現在，我已經不再想死了，我要堅強地活下去，看看自己能走到哪裡。

鎖上置物櫃，鑰匙塞進上衣口袋裡。空的消耗品袋子也被我揉成一團丟掉。轉過身，我確定了一下對面床位上的名牌：

走道：洪萬植／男／六十六歲

牆壁：金庸／男／四十二歲

從病房出來，到我走到圓柱前為止，幾乎花上了一輩子的時間。實際距離多少不重要，感覺上就像全程馬拉松一樣長。請想像一下，一個一手握著叉匙，另一手抓著走廊牆壁上的安全扶手，朝著餐廳行軍的光腳樹懶的樣子吧。褲子又長又大，走一步踩到褲腳，害得我差點跌倒，走兩步褲腰就直往下掉。滴滴答答落下來的口水，也得抽空擦兩下。不知內情的人看到了，八成以為是一個女的脫光光兩腳大張躺在地上。丟臉之餘，我還真想找個空罐子掛在脖子上算了。

這之間，我還碰到了一個異常忙碌的男人，三十多歲的樣子，以競走的速度從對面走過來。靠近一看，才發現他的眉毛和鼻子像雪人一樣歪歪的。嘴角和下巴還明顯留著吃過飯紅紅的痕跡，一截菸蒂夾在耳廓上。上衣和褲子被汗水弄得濕透，腳上沒穿鞋，連襪子也濕到腳背上。這並非表示「以腳底出汗的程度走路」的意思，而是一份以襪痕來陳述自己繞了哪些地方的供詞。男人大踏步地踩著地板，從我面前經過，和襪痕一起留下的，還有餿臊味。

當我走到淋浴室前面時，回頭看了一眼，男人已抵達中途點，又繞了回來。正當我感嘆他走得真快時，他已經像一陣風一樣掠過我身旁。經過護理站玻璃前台，到消失在B棟走廊為止，前後不到五秒鐘。看來他把兩邊走廊當成了跑道，正在進行田徑賽。從比賽項目是競走來看，他的比賽對手是以雙足走路的禽獸。如果是火車或汽車的話，他會用跑的。如果是飛機或太空船的話，他大概就會在空中飛來飛去了。

玻璃前台前面一個高個子的男人站在那裡，是剃了軍人三分頭的承民。

「到底為什麼不行？」

一走到圓柱，就聽到承民這麼說。連玻璃前台內側崔基動的聲音，也聽得一清二楚。

「你就老老實實待著吧，監護人一個禮拜前才剛來過。」

我靠著圓柱站著，決定在這裡聽個究竟。

「你說是我的監護人那傢伙，和我一點關係都沒有，只是一個代理人而已，我要打電話的對象另有其人。」承民說。

「醫院不是無法無天的地方，不可能由代理人送來住院。」

「我說，崔基動先生，你眼前就有這麼一件。明明不是我的家人，你堅持是我的家人，難道就真的成了我的家人嗎？我說，我要和戶籍上的家人坐下來對話。」

承民提高了聲音，一副根本不在意別人是否會聽到，因此我也也一點都不在意地決定繼續偷聽下去。

「我頂多只能幫你傳話，再多的免談。」

承民雙手撐在窗台上，臉孔貼上了玻璃。

「我想直接通話，我說了有重要的事情。」

「想直接通話的人一般都說有重要的事情，這裡有情報局人員說有緊急事件要向青瓦台報告，也有白金漢公主說必須邀請各國高峰共進晚餐。我可以幫你介紹，你們不妨開個聯誼會，如何？」

承民把額頭抵在玻璃前台上，一動也不動，好半天都不說話。我觀察起大門前方的空間來打發時間，通往護理站的鐵門，就在大門的左邊。對面圓柱後方的牆壁上，有一個消防栓箱子。我隨手就拉了拉把手，箱門一點聲音都沒有一下子就打開了。我吃了一驚趕緊關上箱門，抬頭看著天花板。原以為那處應該裝了監視器，沒想到竟然也沒有。記憶開始倒帶，停在了電梯事件發生的時候。承民能毫無困難地跑到大門外面去的原因，我好像知道了。A棟的監視器只照A棟，B棟的監視器只照B棟，休息室則沒有監視器，因為護理站透過玻璃前台可以直接看到，所以不需要。正門前面算是監視器的死角。

「申請書提交之後，會馬上幫我聯絡嗎？」承民的聲音打破了長長的沉默。

「下星期一。」

「真是的，才不過一通電話而已，需要花上兩天的時間嗎？到底這家爛醫院……」

「二選一，你可以繼續在這裡發火，不然就填完申請書去吃飯。」

一會兒之後，承民轉身走進B棟，競走選手經過我面前，走進A棟，看來他已經在B棟走廊繞了一圈回來了。我走到承民站過的位子，該我辦自己的事情了。

護理站裡一個人都沒有，可能那裡有個外面看不見的房間，可以做點私事吧。一個可以喝喝咖啡，吃吃飯，換換衣服，舒服地坐下來打個盹的地方。迎接我的，只有用橡皮筋綁住，吊在窗框上的五個打火機。窗台上放著原子筆和便條紙，玻璃窗內側桌子上，丟著一張對摺兩次的便條。我伸長抖個不停的手，撿起那張便條紙。雖然聽起來像是強辯，不過這勾當真的不是我做的。是在藥效發作之下，神智不清的樹懶伸手犯下的錯誤。就像打開消防栓箱門一樣，隨手而已。

聯絡處：自稱監護人
內容：接受一切交易
條件：柳在民親自前來

柳在民、柳承民，如果是按照輩分取名的話，兩人是親兄弟的機率很高。是哥哥，還是弟弟，與我無關，連內容也很無趣。護理站玻璃窗上，豆莖似地貼了一堆亂七八糟的注意事項，我把便條紙推回桌上，回頭看了一眼休息室。最先映入眼簾的是月曆和時鐘，七月二日，星期五，下午六點四十分。原來不是只過了幾天而已，我竟然在隔離室過了二十二天。我像個傻瓜一樣呆呆地站在那裡，直到崔基勳突然從護理站空調後面冒出來。

「李秀明，站在那裡做什麼？」他徑直向我走來。「吃過飯了嗎？」

我給他看了消耗品空空的塑膠袋，他一看就懂。崔基勳從桌子下面拿出新的消耗品袋子，推到玻璃窗外側，還問了我球鞋尺寸。承民的便條他看也不看一眼，直接塞進上衣口袋裡。我在玻璃上寫二百五十[4]。「男鞋沒那麼小的，女鞋也可以嗎？」

我本來就不在意男女之分，衣服可以穿就好，鞋子也是合腳就行。但這雙中國風大紅色球鞋，還是讓我有點難為情。在取得第一份財產的同時，我也順便用叉匙戳戳打火機，就像用魔術棒輕輕一點似地，一包THIS菸就放進了我的手裡。

「規定量是一天一包，對身體不好，少抽點。」

先抽一根，還是先把塑膠袋拿去放？就在我煩惱之際，吃完飯出來的人一窩蜂擁向休息室。男人全都像個退伍軍人一樣理三分頭，女人則都理成小平頭，其中一個女人竟然剃了個尼姑頭，她身上有大黑痣男的味道。

我決定先把塑膠袋拿去放好，就朝房間走去，走一步都要喘上五十下，五〇一房比來時還遠了兩倍的樣子。肚子裡餓狼在嚎叫，全身汗如雨下，走起路來就像附近喝醉酒的大叔一樣步履蹣跚。可惜走沒多久，在淋浴室前面就被一隻手抓住了我的肩膀，我尖叫一聲，轉過身來。承民嚇了一跳高舉雙手，宛如我剛才喊的是「把手舉起來」似地。

「我啦，我，不認得我嗎？」

這麼問著我的承民背上，貼著一個怪老頭，一個頭上戴著裝了頭前燈的礦工用黃色安全帽的老人。兩隻細瘦的手臂勾著承民的脖子，兩腳緊緊盤在他的腰際。老人一副穩如泰山的姿態，讓我覺得他背的不是人，而是一個背包。

「先祝你活著回來。」承民向我伸出手。「大家好好相處吧！」

我看了一眼手，再看了一眼承民，他還是像過去一副吊兒郎當，只有眼睛在笑的樣子。

「幹嘛？還不快跟歐巴握個手。」

---

4 韓國鞋子的尺寸以腳長的公釐數計算，二百五十即等於二百五十公釐。

好好相處，很好的一句話，崔基動也這麼建議。何況握手也不是法律上禁止的行為。但是為什麼從這友善、合法、謀求和睦的行為中，卻散發出極端不懷好意的味道。驚慌之下，我轉身就跑。

「你要逃到哪裡去？大家要好好相處啊！」

粗魯的手扯住我的手肘，我拿起消耗品塑膠袋一丟。袋子朝著遠離標靶的地方飛了過去，掉在地板上，袋子裡的物品四散開來。捲筒衛生紙、新的內衣、襪子、手帕、拖鞋、塑膠杯、牙刷、牙膏、紅色塑膠盆，還有其他雜物。

「你這傢伙脾氣真怪，我只不過叫你握手，你發什麼神經啊？」承民在射程之外叨念個不停。

老人開口問承民：「多別爾，菸呢？」

「等一等啦，沒看到我正在跟隔壁蜜絲李進行商務交涉啊！」

多別爾？隔壁蜜絲李？商務交涉？我撿起散亂一地的東西，放進袋子裡，手抖得厲害，一半放進去又掉出來，一半忘了撿。香菸跑到哪裡去了……

「會給你留一半。」

抬起頭，只見承民往休息室方向走。

老人嘻嘻笑著，晃了晃手上的菸說：「蜜絲李，他說的話不能信。」

我感到全身無力，承民每走一步就對著我那些散落四處的東西罵髒話。牙膏肚子爆了，內衣被踩了一腳，洗臉盆也飛到牆角去。幸免於難的東西還被競走選手踩得稀巴爛，我只好去討要第三袋的消耗品。

「哈囉！」

一走進房間，坐在金庸床上的男人就跟我裝熟。這人長相俊美，搞不好以前是個藝人。不過他臉上表情尷尬，有點像偷了東西被逮到的小孩似的。我直接朝著自己的置物櫃走去。

「我是金庸！」

從上衣口袋裡掏出置物櫃鑰匙，插進鎖孔裡，這動作比用駱駝穿針眼還困難，手抖得已經到了痙攣的程度。金庸從床上下來，悄無聲息地走了過來。

「聽說你是斯契佐（Schizo，精神分裂症）？」

鑰匙好不容易終於插進鎖孔裡，我盡量不讓金庸看見，只把櫃門開了一半擋著，從袋子裡拿出弄壞的消耗品。崔基勳沒有好心到願意發給我三次消耗品。而且沒給我菸，反而給了一條我根本不想要的軟膏，還提醒我這不是拿來吃的，是讓我抹在生了尿布疹的屁股上。從他一臉教誨的表情來看，他不是在故作幽默。

「我是白潑辣（Bipolar，躁鬱症）。」

金庸上上下下打量我一番，我把消耗品整修了一下，堆放在置物櫃裡。一聽到「白潑辣」三個字，我連瞄都不瞄金庸一眼，我怕一瞄之下對上眼，那就糟糕了。斯契佐是精神分裂症，白潑辣是躁鬱症的縮寫。會用「我是白潑辣」來搭訕的躁鬱症患者，很多都已經進入亢奮期。亢奮期的白潑辣，除非把嘴縫起來，否則會滔滔不絕，而且牛皮吹得天花亂墜，說自己乘落葉飛越大同江這種程度的戰力，根本算不上什麼，得說自己可以在月亮上倒掛金鉤，手舉地球，才算是真正的白潑辣。與白潑辣和平相處的方法只有兩種，迎合他們的牛皮，再不然就是從一開始就不予理睬。模稜兩可對待的話，後果就可能掃到颱風。因此，我選擇了後者。我很好奇他怎麼知道我的病名，護理站裡可沒有病患現況板，至少從玻璃窗前面可見的視野角度裡，沒有這種東西。

「我原本也不跟斯契佐講話的，說話顛三倒四，聽都聽不懂。不過我們既然已經成為一家人，問候一下還是需要的。」

我雖然無法同意他說的話，但用意還是可以理解的。精神分裂症和躁鬱症之間，存在著階級矛盾。躁鬱症的人一有機會就會強調自己的病名，意思就是「我的腦子裡可沒有少根螺絲，我只是善變而已」。精神分裂症患者也有自己的話要說，——我們瘋是瘋了，你們則不只是瘋了，而且還很聒噪。

「作為回歸病房的紀念，我還想跟你說說那傢伙的八卦呢！那個把夾了刮鬍刀片的凱利鉗放在醫護袍口袋裡的傢伙，你應該見過了吧？」

哇啦哇啦說個不停的話，突然中斷，似乎在觀察我的反應。明知如此，我還是忍不住回頭看他，因為我急著想知道後續。金庸咧開嘴笑了。

「那傢伙只喜歡女人，不過只限於剛住院的菜鳥。刮鬍刀片一貼上去就大聲尖叫，哭哭啼啼地求饒，以為他要剝了自己的頭皮，其實他只是享受這個過程而已。這裡的女人都繞著那該死的刮鬍刀片走，不過被他剃過一次頭的女人，他就不會再碰第二次。不走回頭路，大概就是他的人生觀吧。他也絕對不會碰男人，當然是因為怕的關係。尤其是我，他連瞧都不敢瞧一眼。」

他聳動著肩膀，像拳擊選手一樣揮動拳頭，像是敢來就揍他兩拳的意思。

「他如果會對一個男人動手，就表示在他眼裡把那個男人看成了女人。說白了，你長得實在有夠雌雄莫辨。都二十五歲的人了，不長鬍子，喉結也不明顯。」

最後一塊拼圖終於拼上了，大黑痣男詭異的微笑，深陷的眼睛裡閃爍的曖昧光芒，那其實是一種性衝動。他濫用頭髮規定，公然遂行其個人的變態性欲。我不能理解的是，護士為何會對此置若罔聞。

金庸很快看出我的疑惑，解釋說：「還不就因為他是老闆的外甥嗎？腦子太笨，當不成白領，只好放到這裡來。」

我鎖上置物櫃，躺到床上去，心情說不出的鬱悶。

「以後自己身體多小心，一旦被那傢伙盯上了就沒完沒了。」

我把毛毯一拉蒙上臉，讓金庸沒法再跟我多囉唆。夾著刮鬍刀片的凱利鉗，在毛毯裡跳起劍舞，我趕緊閉上眼睛，但凱利鉗輕易地割開我的眼皮鑽了進來。我在腦子裡翻找，我和凱利鉗之間橫著什麼東西。找啊找的，幾個小時就過去了。

承民一直到點名時間才回到房裡來，傍晚見過的那位戴安全帽的老人已經在他背上睡著了。我很想問問他，要不要換個人當床伴，雖然不知道為什麼他會背著老人到處跑，但兩人看來就像天生一對似的。承民把老人背到洪萬植先生的床位去，從門過去，頂多三步的距離。但才走那三步而已，房間裡的東西已經紛紛位移。垃圾桶飛到中間通道，旁邊靠牆放的掃帚滑到金庸床底下去。把老人放在床上躺好，轉過身來的時候，小腿又撞上了我的床，一下子又把放在床下的塑膠臉盆踩個粉碎。金庸翹著屁股，四下看了看地板。

「今天還是一如既往地三步就將房間化為焦土，你是戴著望遠鏡走路嗎？」

我把頭髮垂在前面，雙手圈成望遠鏡的模樣放在眼睛上偷偷試了試，全方位觀察一遍之後，只看得見前方，不轉頭的話，上下左右都看不見。趁著別人還沒發現，我趕緊結束掉這場實驗。簡單說一句你這傢伙走路不看路，有這麼難嗎？

「這些垃圾你幾時清理？」

金庸用下巴指指地上問，承民以飛快脫下襯衣丟過去作為回答，該脫掉的拖鞋卻還穿在腳上，就這麼躺上了床。

「難道今天又要我這個做哥哥的來打掃？」

承民雙手十指交握，墊在頭下，這才後知後覺地發現自己還穿著拖鞋，就躺著抖腳，把拖鞋給抖掉。一隻鞋迫降到老人的腳邊，另一隻則飛到窗戶下方。一個菸盒丟到了我床頭來，明明說會給我留一半，裡面卻只剩下兩根。

「按規定，由新來的負責打掃。」

金庸的第三次發言，是對著我說的。我假裝沒聽見，眼睛盯著承民的身體看。從右邊的手肘開始，經過鎖骨到肋骨附近，共有三道又長又紅的疤痕。乍看之下，也可以看出是大手術之後留下的痕跡。我想起了在高速公路上第一次見到他的情景，疾風暴雨中奔馳的藍色轎車，撞上水泥橋欄干的藍色轎車，這兩個場面就足以猜測出他身體被切割的原因，這傢伙究竟是什麼來歷？

承民翹起二郎腿，晃著比我的手指頭還長的腳趾頭，瞪著監視器看。一臉凶惡的表情，彷彿瞪著的不是監視器，而是某人揍了自己鼻子的拳頭。早知道我就該在此時結束對他的探究，那麼我也不至於像個盜壘不成的一壘跑者慌亂不知所措。當承民扭過下巴和我四目相對時，我被他的眼神給雷得動彈不得。

那是一雙漆黑如暮色的眼睛，一雙恍如夜半時分突然冒出，被汽車大燈籠罩住的飛禽利眼。但那絕非瘋子的眼睛，你問我怎麼知道，我只能回答這是一種識穿非我族類的動物性直覺罷了。

多餘的好奇心裊裊升起，幾小時前看過的承民那張聯絡便條，這下有了意義。柳在民是誰？他對承民提出了什麼要求？承民的要求很簡單，天下同胞一定都知道，就是出院。

那麼，承民手上又握有什麼牌？

承民歪著頭，又彎著眼睛笑咪咪的樣子。一邊的眼皮緩慢地閉上之後，又向上捲起。據我所知，這種動作世上稱為送秋波。

「既然大家都很無聊，來練練拳如何？」

一開口就是噁心的聲音，我轉身對著牆壁坐，生平第一次碰到把「不要再盯著我」這種話說得這麼色情的傢伙。

夜深人靜，不知是因為下過雨，還是因為這裡是山谷，雖然已經七月初了，房間裡還冷颼颼的。我翻來覆去地輾轉難眠，床底下的尿壺被我反覆拿出來放進去不下十次。但我一滴尿都尿不出來，或許去廁所情況會好一點，但是出不去。值夜的護工在熄燈之後，就把門從外面鎖了起來。呼叫鈴形同虛設，這也沒什麼好驚訝的，我事先已經聽說過，除了崔基動之外，沒人會在晚上還開著呼叫器。告訴我這件事的金庸，正乖乖躺在床上，和看不見的存在討論神學。承民也沒睡，雖然眼睛閉著，但呼吸紊亂急促。只有老人鼾聲雷動地睡著。

夜晚的聲音從窗外鑽了進來，風的聲音、啪一聲樹枝斷裂的聲音、貓頭鷹的叫聲，還有遠遠地從走廊那頭傳來「咚咚」的聲音。有人在敲門，一會兒之後，不知是女人還是男人的聲音開始哀嚎，「賢善啊，賢善啊……」接著又爆出一陣嘎嘎大笑，再來又變成哭到喘不過氣來的嗚咽。我感到頭皮發麻，頭髮倒豎，懷疑自己聽到了鬼哭。

就在哭聲逐漸減弱的時候，走廊傳來皮鞋聲，是夜班出來巡房了，徑直走向五〇一號房，金庸趕緊閉嘴闔眼。房門被打了開來，護工和一名總務班人員的身影出現。我還來不及說要上廁所，只想著來了啊的瞬間，他們又走了，只剩下從外面鎖上門的聲音。

腳步聲一挪往五〇二號房，承民馬上睜開眼睛，把手錶靠近眼前，摸了一下什麼地方。數字板上亮起橙光，二點零四分。

承民閉上眼睛，金庸重啟討論，我抱著小腹趴著。

第二章　水里希望醫院

起床鈴聲響起，噠啷啷、噠啷啷，就像火災警報器似地。

這是我回到五〇一號房之後所迎來的第四個清晨，但讓我一直習慣不了的，就是起床鈴聲。這鈴聲不是要把人叫醒，倒像是要讓人心臟麻痺。

護工們忙著打開各房間的門，總務班的人吹著哨子，敲著門扉，在各病房之間打轉。這是告訴病人「光明的早晨已來到，快點起床做早操」的每日活動。

我動彈不得地只能眨眼睛，完全起不了身。一隻強壯的手臂卡在我脖子上，一條長腿跨在我腰際，結實的身軀快把我的胸口壓碎，還有震耳欲聾的鼾聲。我沒辦法呼吸，氣息也不順。這傢伙到底知不知道，每天晚上，吹著號角的八爪魚就會朝著我的夢裡大舉進攻。按照我的脾氣，我早就把他一腳踢到床底下去了。但我缺乏支撐脾氣的力量，才淪落到現在這副模樣。

「你們兩個，拖拖拉拉在幹什麼？」

二人組出現在門口，用力吹著哨子。承民睡眼惺忪地睜眼，眨著失焦的眼睛猛盯著我瞧。瞧了一陣子之後，才後知後覺地發現墊在自己下面的不是床單。這才一翻身躺到另一邊去，也自動清除了壓在我身上的手腳。我坐了起來，卻不敢下床。因為礦工帽老人就站在對面那張床上。

昨天，前天，大前天早上，老人都站在那裡，眼睛瞪得像燈泡那麼大，雙手扠腰，像哨兵一樣動也不動地注視著前方。他的外貌令人不敢相信只是我父親那輩的年紀，說是祖父那輩的還差不多。滿是皺紋凹陷的眼睛，雞冠似的鬆弛下巴，無牙乾癟的嘴型，頭戴黃色礦工帽，穿著——如果那也能說是穿的話——印花平口內褲，瘦骨嶙峋的身體，看起來就像穿著內褲的火柴棒，讓人不禁擔心用那麼細瘦的一雙腿，究竟能不能走路。我也忍不住猜測，是不是因為如此才老要承民背著他到處跑。不過就在承民起床的那一瞬間，我才知道這只是無謂的擔心。老人大喊一聲「多別爾」，便飛身而起。不過眨眼工夫，已經穩穩地貼在承民的背上。

金庸對此解釋說，承民是老人的第十七代「多別爾」。元祖多別爾是老人在馬戲團表演馬術時代的愛馬，九千九百九十八回的表演中，有九千九百九十七次得到起立鼓掌，再來一個的喝采高達九千四百八十次，從來沒發生過一次落馬意外，因此得以躋身大師隊伍，可說是一對馬和表演者的最佳拍檔。基於對大師的禮遇，人們尊稱老人為「萬植先生」，我也決定如此禮遇老人。我聽說曾經有人喊他老阿公或老人家，就被他的雙腳像鐵鉗一樣夾住下巴。雖然無關緊要，不過聽說第二代多別爾是之前睡在承民床位，礦工出身的中年馬。第十六代多別爾則是同床位的十七歲小馬駒。

多別爾的存在，可說是神的特別安排，是除了承民之外，可以保證「我們」背部安全的合約書，也是不用倒退走的許可書——這也同樣出於金庸的解釋。即使知道原委，但每次只要一站在萬植先生前面，我的背就忍不住瑟縮，凡事總有個例外，不是嗎？

「五〇一號！還不快點出來？」

二人組猛敲著門扉，承民躺著裝睡，死撐著不起來。老人則站在那裡，死撐著等待。我坐在床上，死撐著不下床，打算在承民起床之前，絕對不動一下。最後二人組只好進來抓人。

「每天一大早吵什麼吵啊？有沒有一點常識啊？」

承民被逮個正著，不情不願地起床，嘴裡還抱怨個不停。兩秒鐘後，垃圾成了雪花飄飄，垃圾桶快如子彈穿過走廊，消失在五〇二號房裡。承民的背上也多了一個萬植先生。

A棟的人面向護理站排成一列縱隊，這個隊形也嚴格地列入病房規定裡。每個房間的八個人都有自己固定的位置，四人房的五〇一號和五〇二號視為一組。我的位置在金庸的後面，承民和萬植先生則排在我後面。

天花板上的喇叭播放音樂，體操開始。總務班的人吹著哨子喊口令，大家一絲不亂地跟著做動作，做的是大韓民國的男人都會的「軍操」，但是連軍隊附近都沒去過的我所「不會的體操」。因此，我就做起了我「會的體操」，不一會兒就氣喘噓噓，腦袋嗡嗡作響，手腳也不能自然彎曲。但我還是盡力動動身子，希望能刺激僵硬的神經和肌肉，也讓因藥物麻痺的心臟和血管重新開始循環，恢復靈敏的知覺和靈活的四肢。至少要讓囤積在膀胱裡的阿摩尼亞水，能順利地排放出去。

承民沒做體操，背著萬植先生在我後面一屁股坐在地上哈哈大笑。每次體操時間，他一向如此。

他為什麼笑，我不是不明白，甚至很能理解。我那如蕨類植物一般遮蓋臉孔的及腰長髮；一擺手就如風車隨之晃動的身軀；大紅色中國繡花鞋；不隨著音樂，也不管和他人之間的協調，自顧自做的體操；以及一不小心就會把自己絆倒的褲腳。這麼精采的表演自然大大地取悅了那傢伙，但理解與寬容卻是兩碼子事。

我正在奮鬥，和想一屁股癱坐在地上數羊的欲望戰鬥中，努力不要墜落到自閉的山谷裡。為生存而奮鬥，這可不是一件好笑的事情，我真想拿起我的繡花鞋對著那大笑的嘴巴打下去。

做完體操之後，開始分發日用品，大家都擠到護理站，我則手腳並用地往廁所跑。膀胱發出了緊急信號，快打開閘門放水。

一站到小便斗前面，監視器便以探索的眼光對準我的下身。身體瑟縮了一下，尿道只放出兩、三滴黃濁的尿液就關閉閘門。這下我急了，臉憋得通紅，咬緊口水直流的牙關，一面抖著手，像擠牙膏一樣用力擠著尿道。拜託，再多放幾滴出來吧……偏偏就在這個時候，承民走進了廁所。不知道他把萬植先生怎麼了，只看到他一個人。這傢伙跑到我的旁邊一站，頭就上下擺動，一下看看我的手，一下又抬頭看看我的臉。然後露出潔白整齊的牙齒，嘻嘻笑起來。我轉過身拉起褲子，用手背擦擦口水。這人真是的，直接問我在做什麼不就好了，笑什麼笑啊！

「秀明！」承民的手臂從後面摟住我的脖子。「你就這麼喜歡歐巴？」

我嚇了一跳，想把脖子掙脫出來，卻一點也撼動不了他的手臂，反而把自己搞得氣喘噓噓。

「你每天晚上都自己鑽進我懷裡，是真的喜歡我吧。但是就算你真的喜歡，也不能每晚在我臂彎裡流上一碗口水吧，這就有點那個了。你說歐巴覺得髒不髒啊？」承民把拳頭舉在我面前晃了晃，兩次。「再那樣你就死定了。」

我瞪著走進座便器隔間裡承民的後腦杓，絞盡腦汁想要回敬他幾句，腦子卻一點也不靈光。白天一睜眼就成了樹懶被藥物副作用折磨，晚上睡覺又被吹著號角的八爪魚襲擊，膀胱也讓人操心得半死，這種情況之下，腦子還能正常運作嗎？眼睛瞪到最後，也只能委屈地嘩嘩掉淚。

承民坐在馬桶上哼歌，半遮的門裡看得到他的腳，一面喊著拿衛生紙過來，突出在拖鞋外面的長腳趾頭，還不停地隨著旋律打拍子。我把隔壁間的垃圾桶拎過來，全部倒在他的腳趾頭上面，自己挑來用吧！

配給品好像已經發完了，護理站前面冷冷清清的。才值夜過的護工扔了一包香菸和兩小袋三合一咖啡給我，嘴裡還威脅說：「下次再遲到就不給你了。」我掏出一根菸叼在嘴裡，用打火機點燃。吸了一口之後，腦子就變得清醒多了，但沒有像昨天一樣雙腿無力，一屁股坐到地上去，看來身體狀態正逐漸好轉。我快步向吸菸室走去。

吸菸室其實就是我住院那天晚上看到的大樓中央部位的陽台，A棟是從五〇九號前面開始，延伸到餐廳中間為止的狹長空間，也是視野最好的地方。首先窗戶的大小，就像陽台形狀一樣痛快，是一整面的窗戶。窗台位置大約到肚臍眼的高度，向前方突出，醫院周圍的風景可以盡收眼底。要說有什麼美中不足的，就是空間不夠寬，特別是餐廳前面的部位更窄。這裡排放了一張乒乓球桌、兩台舊式踏步機。相隔兩公尺距離的地方，還吊了一個沙袋，內側牆壁上則裝了一顆拳擊速度球（punching ball），空間太複雜了，大家都不怎麼喜歡過來。真正的吸菸室，是在五〇九號房前面。沿著牆壁安放了一排木製長椅，還有幾個醬罈子充當菸灰缸放在那裡。隨時隨地都俯視著我們的監視器大人，則占據了最內側牆壁。

那天的吸菸人潮也全擠在五〇九號房前面，雖然兩台抽風機不停運轉，還是一片煙霧瀰漫。但無論男女老少對此毫不在意，大家一律平等開心地吸菸。這是外面的世界裡難得一見的情景，只屬於精神病院的傳統美德，甚至白髮蒼蒼的老人還會把火借給乳臭未乾的小子。我也是在醫院裡學會吸菸，還把這種傳統美德刻進了骨子裡。因此在出院之後，曾經當著父親的面吸過菸。結果人類歷史上最為悠久的法律——家長的拳頭——馬上端正了傾頹的家風。父親可是神鬼聞之色變的海軍陸戰隊出身的喔！

這種風俗從何而來，或許可以從「鰥夫最懂寡婦心」（同病相憐）這句俗話中找到答案。香菸與咖啡可以緩和抑制精神病藥物副作用所帶來的痛苦，原理不太清楚，只知道效果十分卓越。醫院方面會規畫吸菸室，提供香菸和咖啡，是有其一定的道理。如果說暴力、隔離和藥物是控制手段的話，那麼這兩種嗜好品，就是安撫的奶瓶，一塞進去，馬上安靜下來。當然，奶瓶錢就得有法定監護人支付。如果沒有監護人，或監護人沒錢、監護人不願付錢、監護人認為忍一時之痛可免未來罹患肺癌的話，那就請自行解決。不管是戒掉、去搶、去偷、去乞討，或是用勞役換錢都可以。

我吸著監護人為我買的奶瓶，朝著乒乓球桌方向找了個位置。乒乓球桌前面，金庸在高談闊論。從他充滿自信的聲音和堅決的手勢，我想他以為自己正在參加世界高峰會議吧。他對面的另一位高峰，正是崔基勳曾經說要介紹給承民認識的白金漢公主。她半白的小平頭上戴著一個王冠髮箍，指間夾著菸，表情朦朧地站著。

我在沙袋邊的窗戶旁停了下來，這個位置擁有特殊的魅力。兩天前我才偶然發現，這處的一根窗條有問題，我無意間用手抓著搖晃了兩下，輕輕一拉，竟然就從窗櫺裡拉了出來。寬了兩倍的窗櫺縫隙，比世上任何縫隙都深具誘惑力。眼睛湊上去，外面的風景就能完整呈現，不會被窗條分割開來。鼻子伸出去，還可以直接聞到森林裡飄來的新鮮空氣。

我拔下窗條拿在手裡，眼睛湊上窗縫。濃霧瀰漫的清晨，橢圓形的前院，連接醫院和大門的丁字路，鐵絲網圍牆上尚未熄滅的水銀燈，醫院左邊一片蓊鬱的森林，森林之間一條道路蜿蜒而下通往大門。醫院右邊是白樺林，還有被林子遮住，只看得見尾端部分的水壩，從水閘門裡傾瀉而下的深藍色水流，對面懸崖峭壁不斷的連綿山峰，觸目所及，全都是白茫茫的一片。

我吐掉菸蒂，用力吸了一口氣，乾燥的鼻腔變得潮濕起來，霧氣被吸進肺裡，冰涼涼帶著土腥味。

水里希望醫院所在地，是江原道旌善郡裡的某個山谷。聽說方圓四公里內，連個村莊都沒有。唯一有人居住的地方，只有水壩對面的希望農場。那裡是一處殘障人自給自足的農場，養狗，養蜂，種植香菇等農作物，也是2-B棟智能障礙者勞動的地方。農場前面的道路總是安安靜靜的，頂多只看到遊樂園的接駁車和小轎車經過而已。這裡名副其實，就是山谷偏僻處的一家精神病院，能看的風景只有湖、山和天空。

背後冒出奇怪的動靜，有人躡手躡腳地，像是想要悄聲靠近，再哇一聲大叫嚇我似的。我回頭一看，瞬間一記拳頭向我迎面飛來，這一擊差點要了我的命，眼前什麼都看不見，酸水從胃裡湧上喉頭。手裡握著的窗條從我手中鬆開，鏘啷一聲掉落在地板上。是大黑痣男！

「力氣還真大，這是您親手拆下來的嗎？」

大黑痣男撿起窗條，貼著我眼前晃動。他眼皮上的瘀青已經消失，但脖子上還戴著托馬斯頸圈，矮胖子和電線桿男直直地杵在他的身後。已經遺忘的警告又再度憶起——你等著，我很快就會回來上班。

「幹嘛，難道這次你想拿鐵管亂揮？」

怎麼可能，我搖了搖頭。

「那這是什麼？棒棒糖？」

窗條對著我劈空而來，我嚇得一低頭跌坐在沙袋下。窗條掃過我頭頂，鏘地一聲撞上窗框，同時響起的唉唷聲，大概出自大黑痣男嘴裡吧。他低頭狠狠地瞪著我，甩動握著窗條的那隻手。

「你還坐在那裡，打算坐著找死是吧，嗯？」

我猛烈地搖頭，饒命啊！這時從莫名其妙的地方有人伸出援手。

「朴主任，在那裡做什麼？」

這裡是吸菸室入口，說話的人是崔基勳，我連看都不敢往外看，只能縮在沙袋下面豎起耳朵聽。

「不忙的話，就去給五〇八號房朴宇進換個衣服。」

大黑痣男向後退了半步，嘴裡一連說出「很好，很好」，才轉過身去。看似打算退場，朝著入口方向踏出一步。我從沙袋下面出來，才剛站起身，一記鞋尖就掃向我的胯下，我痛得跪了下去。吸菸室在我眼前燒了起來，大黑痣男的聲音就在這把地獄之火中響起。

「這是第一次的警告，你要是敢再動窗條的話，我就把你劈成兩半。」

吃過早飯之後，廣播通知，書販子已經到休息室來了，該還書的還書，想借書的趕緊去借。所謂書販子，就是每週二早上，從樓上圖書室把書用手推車推下來辦理借還書手續的總務班人員，這是有一天金庸手上拿著一本書回來的時候告訴我的。承民還趴在床上睡覺，萬植先生跨坐在承民的屁股上修理礦工帽的頭燈。我下了床走過去，雖然擔心會碰上大黑痣男，但書的誘惑勝過一切。

真是一條遙遠的路，別人只要花三十秒就可以走完的距離，我至少花了五分鐘。這也是為什麼我無法脫下這雙讓人難為情的中國風繡花鞋，因為我如果穿著拖鞋就更難以走路了。

休息室裡一個人都沒有，也沒看到書販子，只有憂鬱洗滌工坐在沙發上用原子筆撓頭。他皺著眉頭在看的東西，是解簡單的一次方程式題目的練習本。我虛咳一聲，他抬起頭說：「自己隨便挑，書名記一記。」

然後丟了一本借書紀錄簿過來，就又回到他的方程式上面去。哇，真是多才多藝的人！根據目前所掌握的資料，他已經擁有三種職稱——週二和週五下午，他是憂鬱洗滌工；每天傍晚，他是拿著拖把拖走廊和病房地板的憂鬱清潔工；週三早上則是憂鬱書販子。

我看了看手推車，大部分都是些舊雜誌，也有幾本漫畫，小說則只有一本，而且還少了封面和前面整整二十多頁。可惜我別無選擇，只能在借書紀錄簿的書名欄位裡，寫下《高窗》[1]兩個字。才剛寫完，不怎麼令人高興的廣播又響起，讀報教育時間到了，大家停

1《高窗》（*The High Window*）：美國推理小說大師錢德勒的作品。

下手邊的事情，趕緊到餐廳集合。

餐廳算是整棟樓裡最寬敞的地方，也是唯一能容納所有病患的場所，是一個多用途的空間。可以充當教育室、工作室、娛樂室、吃飯時間的餐廳，因此裡面的東西可說應有盡有。左邊靠牆有一台飲水機和上了鎖的營業用冰箱，對面牆邊有兩架文件櫃和層疊到書桌高度的一堆報紙，中間則排放了八人用餐桌椅十二套，這也是和體操隊形一樣按照房別規畫的位子。每個人都必須在自己的位子上坐好吃飯，五〇一號房和五〇二號房共用放在靠門口的一張餐桌。

讀報教育時間的座位安排卻和平常有點不同，是把椅子在餐廳裡排成三排，餐桌都推到靠門的地方去。座位也沒有特定的安排，五〇一號、二號房的人都隨便挑了位子坐。大黑痣男在窗戶底下擺了一張椅子，坐在那裡看報。我趕緊坐到最右邊的位子，前面有成堆的報紙，大黑痣男比較不會注意到我。「識時務者為俊傑」，這才是基本生存之道。要不是某人成事不足敗事有餘，我甚至可以偷偷躲著看書，而這個某人正被一個床這麼大的垃圾桶給絆倒。二人組架著承民的雙臂，走了進來，身為附屬品的萬植先生，也跟著進來。

「放手，我自己會走。」

承民甩開二人組，明明空位這麼多，偏偏要大動作地湊到我旁邊來。他每走一步，堆放在一旁的餐桌不是被他撞得滑開，就是彼此互撞，翻倒在地，這人真是一個走路從來不看腳下的人。大家開始有點騷動，大黑痣男一臉快氣炸的樣子看著如此局面便開始找出氣筒。

「李秀明、于勇才，起立！在那裡幹什麼？」

我先站了起來，名叫于勇才的男人這才畏畏縮縮地起身，他躲在最左邊冰箱的旁邊，屬於五〇二號房裡的一員，擁有超乎尋常的大肚腩。大家一般都叫他「街頭樂師」，而不喊他的名字，他把一支迷你口琴當成珍寶似地隨身攜帶，不過我從未聽他吹奏過。

「還不快去把餐桌扶正，到教育時間結束為止，給我跪在那裡別動。」

大黑痣男指的地方在成堆的報紙下面，這傢伙不只變態，連算計都很奇怪。作為坐在成堆報紙後面的懲罰，竟然叫我扶正承民弄倒的餐桌，然後跪在成堆報紙的下面。但我連一聲都不敢吭，只能乖乖照做。靠牆的地方，承民坐的椅子後面，我和街頭樂師兩人低頭跪著。

「今天要討論的主題是有關『向主人開槍的狗』這篇報導。」大黑痣男開始讀這篇報導的內容。「最近在美國發生了一件主人被自己養的獵狗開槍打死的事件。英國《電信報》報導，上個月三十日住在緬因州的一位名叫詹姆士．李的三十七歲男子……」

街頭樂師一隻熊掌大手把玩著麻雀大的口琴，像要數清有幾根羽毛似地，動作小心翼翼。半睜的眼皮上，有著遮陽板一樣濃密的睫毛。他這雙眼睛同樣超乎尋常，不亞於他的大肚腩。這雙充滿魔力的眼睛會盯著一個人看，直到對方想睡了才罷休。就在我開始萌生睡意，整個身體放鬆、視野朦朧的時候，街頭樂師突然抬起頭來。眼皮一捲，遮陽板睫毛向上翻，眼睛裡射出精光。精光所到之處，是承民的椅子。

承民雙臂垂到椅背後面，伸長了腿，用屁股晃動椅子，那姿勢都快躺了下去，也讓人不禁懷疑，他是不是受到大黑痣男的特別照顧。萬植先生像坐翹翹板一樣，跨坐在承民大腿上。每次椅子一晃動，就發出咿啊咿啊的聲音，連接椅腳和椅面部位的兩根長釘都鬆脫了大半。再這麼搖晃下去，椅子八成就垮了。

街頭樂師伸手過去，我出神地看著他的動作。熊掌大的手顫抖著伸向長釘，大拇指摸了幾次釘頭，彷彿被鎚子敲過似地，長釘被按進了木板裡。這麼一來，就會認為是釘孔變大，釘子才會鬆脫出來。因此他乾脆連別的長釘也拔出來，在旁邊的位置上重新壓進去，光靠拇指，壓！椅子不再咿啊作響，我卻全身不寒而慄，也想起了金庸告訴過我的話。

「那傢伙是五層樓裡經歷最豐富的人，脫逃經歷啦、隔離室經歷啦。他力大無窮，聽說二十歲的時候，就單手掐死了自己的弟弟。在公州監獄裡待了十二年，刑期屆滿釋放之後，家人不願意接受他，才會被送到這裡，不過他倒是從來沒有掐過我們的脖子。他的口琴吹得很棒，是這裡最受歡迎的。只要一根菸，什麼曲子都能點。有那傢伙在，我們就可以開舞會，所以大家才稱他街頭樂師。不過現在他已經不記得怎麼吹口琴了，口琴算什麼，他連他老娘的名字都忘了。來這裡不過三個月就被送進ＥＣＴ室，出來以後就成了那副熊樣。」

街頭樂師又回去玩他「熊掌摸口琴」的遊戲，眼皮上的遮陽板也下垂到原來位置。我也垂下了眼皮，就怕和他對上眼，他會把我的脖子看成長釘。我一點一點往旁邊挪動膝蓋，心裡其實很想挪到他的拇指碰不到的地方，但真要這樣，就得穿牆過去了。我能挪開的距離，頂多只有二十公分而已。但能拉開一段距離，至少在心理上給了我一些安全感。我一面警戒那可怕的拇指和大黑痣男的眼睛，也多出了一點做別的事情的心情。我把小說放在膝蓋上，大概看到四十多頁的時候，餐廳的門被推開一條縫，憂鬱書販子探頭說：

「柳承民，有訪客。」

不知何時，椅子上只剩下萬植先生一個人。我和街頭樂師嘔心瀝血整理好的餐桌，這下成了被機關槍掃射過的牛群一樣，東倒西歪。大黑痣男一把摘下脖子上的托馬斯頸圈，從椅子上跳起來，抓著頸圈的手氣得發抖，看來是好不容易才按捺想把頸圈往承民腦後丟過去的衝動。承民最後把我們房間用的那張餐桌給踹了之後，就從餐廳裡消失了蹤跡。大黑痣男找上了代罪羔羊。

「第二次警告。」托馬斯頸圈和黃牌頂在我額頭上。「誰讓你在討論時間偷看書啊？」大黑痣男當著在座的醫院所有住戶面前教訓我一頓，當然不是單純的罰站而已，而是要我在教育時間結束之前，必須嘴裡叼著書，害我口水流個不停，雙手舉高罰站。這堂課讓我深切體會到「恨不得找個地洞鑽進去」這個慣用句的意思。

房門一關上，整棟樓就安靜了下來。現在是午睡時間，萬植先生一躺下來馬上就睡著了。承民翹著二郎腿躺在床上，不知道在想些什麼。金庸在窗戶和房門之間走來走去，觀察著承民的動靜，想伺機和他說話。我則把枕頭當成書桌，正在奮筆疾書重要文件——科長面談申請書。抖個不停的手好幾次都握不住原子筆，也重寫了不下數十次。表達的方式改來改去，其實想說的只有一個，我想搬到別區的病房——沒有大黑痣男的地方——去住。

「你沒地方去啦！」

頭頂上傳來金庸的聲音，我抬眼想搞清楚他在說什麼。

「這裡按照區別分科，如果你真想去的話，也不是沒辦法。」

我遞了一根菸過去，金庸牙齒咬著菸，表演用菸敲鼻頭的才藝老半天。我只好又獻上一根，這才得到答案。

「拉屎抹在牆壁上就行，馬上把你送到二區病房。」

接著他又七零八落地解釋醫院的診療系統，如果把他的話照章全搬，那就太對不起大家，只好摘要說明。

希望醫院共有四個病房區域，總務班所在的是一區，和收容失智患者、智能障礙者的二區屬於半開放式區域，三區和五區屬於封閉區域。院長是七十多歲的醫師，主要工作就是每兩週一次在特殊病患病歷上，下達all repeat（一切處置照舊）的指令。精神一科的科長負責一區和二區。精神二科科長剛上任還不到一個月，是一名替代役醫生（具有軍人身分的醫師），負責三區和五區。駐院醫師只有從大學醫院派遣過來的神經科專科實習醫生

「鄭醫師」一個人而已，他負責照管二區的失智患者。這些醫師都不會定期查房，真正在各棟病房裡出沒的人，只有食人魔博士。他是醫院理事長的兒子，是實際經營者，也是院務部長。不過他是犯罪心理學博士，對這裡的病患可說是完全派不上用場的人。醫院裡大大小小的事情，他都非要按照自己的方式來管控不可，從這點來看，沒有他更好。

作為「紅利」，金庸還額外告訴我一件事情，我的頭髮至今還能平安無事，那是因為食人魔博士放暑假了。聽到這裡，我就不再聽下去了，這些話足以讓我推敲出之前的情況，也能分辨孰是孰非。把我打倒的人，是作為臨時主治醫師，只會習慣性簽署常規醫囑（routine order，依常規處置命令）的院長和髮藝家大黑痣男。而將我從黃泉路上拉回來的，是我的正式主治醫師，精神二科科長。對醫院和我都有貢獻的人，是事後才送來診斷書的父親。

「庸哥，總務班也和正職員工一樣，有固定的工作時間表嗎？」我才剛堵上耳朵，承民就開口問。

金庸歪著頭反問：「問這個做什麼？」

「問一問有備無患啊！萬一夜裡失火，總該知道怎麼辦才好。」

「喔，火！你擔心會失火？」金庸笑得很詭異。「可是我聽說你是個打火機[2]？」

2 指縱火狂。

承民的表情變得很精采。

「五〇二號房也有一個打火機，人稱十雲山道長，他還很高興地說碰到同類呢！」

承民和縱火狂，感覺有點意外，卻又像是本該如此的組合。我似乎能夠明白為什麼承民看起來很正常，以及為什麼他的東西全都亂丟在床上，卻一點都沒事的原因了。根據某位精神專家表示，縱火狂最喜歡和消防署過不去，以不定的地區為活動舞台，是玩火的高手。醫院住戶把縱火狂列入精神變態者，精神變態者並非真正的精神病患者，而是十足危險的傢伙。因此大家都不去碰他們的東西，也不敢隨便惹他們，這是必須遵守的規定，因為就算是神經病也不敢隨便捋虎鬚的。

「這回又是在哪裡放了一把火才進來的啊？說說你的英勇事蹟吧！」金庸坐上了萬植先生的床，一副要開始展開對話的姿態。

承民像在晃著鳥尾一樣，搖晃他毛茸茸的腳趾頭，頂了一句：「你先把總務班的時間表說一說。」

「剛才過來探視的男人，書販子說是前幾天來過的那個四眼田雞，不是你的家人吧？」

不知不覺間，我開始注意聽金庸說話，也就是說，剛才來探視的人，不是柳在民的意思吧。

「家人之間就算長得再不像，也有一種特別的氣氛。既然不是你家人，一個禮拜就過來了兩次，看來應該是有什麼要緊的事情吧。難道你把他家給燒了？」

承民翹著的腿突然往我這裡伸過來，我還來不及躲，脖子就被卡個正著，啪啦一聲倒了過去。等到脖子被解放出來，我放在上衣口袋裡的香菸也落到了承民手上。承民抽出四根，遞給金庸。剩下來的直接塞進自己口袋，金庸也好整以暇地把香菸放在自己口袋裡。

「既然你提到有備無患，我這做哥哥的就幫幫你吧。總務班的人各有負責的區域，白天就待在自己負責的地方，夜裡只有叫他們的時候才會上來，特別是護工一個人值夜的時候。因為護士人手不足，夜裡有時沒人輪值。你想，現在雖說是什麼白手起家的時代，不過總歸餓不死人吧？有誰會願意到這種鳥不生蛋的山谷來工作，來的人大部分就是來累積一點工作經驗就走。這裡住宿條件又沒有別墅那麼好，員工宿舍就在樓上A棟這邊。我們房間的正上方就是崔基勳的房間，他今年都三十九歲了，到現在還沒成家，也不知道哪裡不夠好……」

「夜裡什麼情況會叫他們？」承民打斷金庸的話問。

想把話岔開的金庸才一副不情不願的樣子嘀咕說：「真是的，這傢伙到底是用耳朵還是用鼻子聽人講話吶？都說了，只有護工一個人值夜的時候，才會叫他們上來。你也看到了啊，晚上巡房的時候，總會帶著一個一起巡。大黑痣男這傢伙則有自己的嘍囉，每次輪到他值夜，他也不去巡房，一整夜就帶著二人組打牌。你也知道吧？空調後面的更衣室，就是那傢伙專用的房間。那傢伙囂張到極點，哪天一定會被人收拾得很慘。崔基勳就整天盯著他，想把他抓個正著。」

「也就是說，護士值夜的時候，他們不會來，對吧？」

「沒必要來啊，有護工代替總務班跟著。」

「可是崔基動好像都是自己一個人巡房，沒帶護工。」

「只有他是那樣。夜裡除非是有病患過來，或出了什麼大事，他一般不會叫總務班的人來。」

打開話匣子的金庸，把崔基動的祖宗十八代都給背了出來。其中有兩件事情特別有意思，一是他原本是護工出身，後來才從護理師專校畢業，已經當了三年的護理師，是最受醫院住戶尊敬的護理師。另外一點是他很會打架，曾經一拳就把街頭樂師給打倒了。

承民閉上嘴，躺在床上仰望著天花板。我怒火中燒，瞪著承民看。這傢伙還沒到中飯時間就把自己的菸全抽完，便搶了我的菸去。這種事情不是只有一天兩天，而是天天如此。這傢伙就是一個沒法跟他好好相處的人，換不了病房，我就要好好修理他一頓。為了讓他再也不敢覬覦我的菸，我現在就要讓他死得很慘。

提醒午睡時間結束的鈴聲救了承民一命，不是我沒有修理他的勇氣，而是有更急迫的事情要做。親愛的監視器大人最清楚，因為從我跑進廁所以後，就把我的一舉一動全都拍了下來。

我背靠著廁所隔間的門，脫下褲子，對準監視器發射尿砲。

休息室裡人聲鼎沸，一堆人擠在護理站前面申請自費零食。電視機前面包括白金漢公主在內，圍了一圈大概二十多個女人，正在練習瑜伽。照著電視畫面裡的講師所教，雙手向前伸直，胸部貼地，用力伸展腰部，提臀，深呼吸，憋氣！

美妙的姿勢令人嘆為觀止，從坐在後面沙發上金庸的反應來看，就可以知道。他目不轉睛地盯著白金漢公主屁股下的某個地方，目光就如同找到天國之門的巡禮者一般，金庸周圍其他巡禮者的眼睛也在冒泡泡。

一對年輕男女占據了公告欄前面的位置，是五區公認的情侶韓伊和智恩。智恩是個美少女，但也是個重度智能障礙者。常穿著不成對的襪子，流著口水，連一句音節完整的話也說不出來。韓伊是一名十八歲的少年，同樣也是智能上的障礙，是五〇二號房成員裡年紀最小，個子也最矮的一個。不僅駝背，腿也短，看起來更矮。然而他的手臂卻長到拖在地上的程度，一張大大的鯰魚嘴裡只有四顆牙齒。手指甲一個都沒有，腳指甲也一樣，只留下太陽花種子似的小黑點在上面。但他是個能幹的孩子，會給智恩擦口水，還會討要自己喜歡的紅襪子穿在腳上。不僅如此，也會在智恩不成對的襪子外面再套上紅襪子，弄成情侶款。會用身體語言表達自己的意思，也懂得看眼色，察覺對方的想法。早飯的時候，還會把智恩帶過來，介紹給我和承民。他讓智恩站在自己旁邊，先張開十個手指頭，再彎起八個。然後把智恩的手放在自己胸口上。

承民對此的解釋是：「喔喔，你是說像十八個草莓一樣可愛的智恩，是你女朋友？」

金庸晃了晃食指。韓伊自己一廂情願，智恩只把韓伊看成是自己枕頭的程度而已，可有可無。不管怎樣，兩人倒也天天出雙入對地在一起。每天一大早九點，一定手拉著手一起到希望農場去上工。當然在前面拉人的總是韓伊，不情不願扭著身子被拉走的則是智恩。下午六點一到，原班人馬再度上演同樣情節。這對小情侶有時看似兄妹，有時又像戀人。

兩個人得到四天暑期連假，沒出去勞動的那幾天最像戀人。當我一擠到智恩的旁邊坐下，韓伊的眼神就像子彈一樣射過來，意思是說，他有重要的事情要做，叫我走開。從智恩上衣釦子有兩顆被解開的情形來看，所謂要做的事情應該就在那個區域裡面吧。

我想先確定一下作息時間表和規定手冊的內容，如果不想再被大黑痣男的魔掌逮到，就算為時已晚，也有必要好好牢記在心。然後打算到餐廳去喝咖啡，好好想想該怎麼處理被我口水弄髒的那本書《高窗》。有了咖啡和書，我便抱著杯子躲進沙發椅背後面去。鑽進去坐下來一看，這位置我很滿意。椅背的高度足以連我的頭都遮蓋住，這樣的話就不會引起大黑痣男的注意，我也可以放心了。還是先看看貼在公告欄上面的作息時間表吧。

五區作息時間表

時間	一	二	三	四	五	六	日
6:30	起床						
6:30~8:00	早操／打掃房間／更衣，交換待洗內衣、襪子／分發香菸、咖啡						
8:00~9:00	早飯／服藥						
9:00~10:00	自由活動／借還書／醫師查房						做禮拜
10:00~12:00	健康飲食	讀報教育時間	美術治療	小組調整（每月一次）	美術治療	心理劇	
12:00~1:00	中飯／服藥						
1:00~2:00	午睡時間						
2:00~4:00	美術治療	自費零食申請	電影欣賞	美術治療	全員沐浴／理髮	分發自費零食	
4:00~6:30	散步／運動						
6:30~7:30	晚飯						
7:30~10:00	自由活動／睡前服藥						
10:00	點名／就寢						

引起我注意的只有散步一項，回到五〇一號房已經第四天了，但我一次都沒有外出過。每天雨總是一陣一陣下個不停，所以就一直都改為自由活動。作息時間表旁邊，還貼著一張「小組名單」。把五區的住戶們分為五個小組。

分享組：能獨立生活，足以為他人榜樣。十人。
（全不認識）

自律組：人際關係圓滿，積極配合治療。十二人。
（全不認識）

希望組：能自行調整情緒與管理個人衛生。十八人。
（認識的人：五〇一號金庸）

耐心組：需要密切保護觀察。四十五人。
（認識的人：五〇一號柳承民／李秀明；五〇二號楊先宇／十雲山道長、于勇才／街頭樂師、姜浩星／競走選手）

愛心組：需要深深的關心與愛護。十人。
（認識的人：五〇一號洪萬植；五〇二號朴韓伊；五一一號金智恩）

依照組別的不同，允許的活動也不一樣。散步這項活動，只允許分享組、自律組、希望組進行。而我所在的小組則是無論天氣好壞，都不得外出的囹圄之身。我又確認了一次作息時間表，小組每個月會進行一次調整，這表示只要在護士面前好好表現，就有機會進入上一級的小組。我決定不特意去表現什麼，因為我的自尊心已經受到傷害。不是二級，也不是三級，竟然把我分到第四級。醫院生活六年以來，第一次得到這麼爛的評價。而且我的名字旁邊還被畫了兩個紅色的叉叉，金庸也是兩個，萬植先生一個，承民三個。

規則手冊有A4紙五頁之多，我就乾脆拆了開來，放在膝蓋上看。才看完第一頁，沙發椅背的另一側就傳來曖昧的呻吟聲。而且還變本加厲，像新婚夫妻的床一樣劇烈晃動，往牆壁靠了過來。韓伊和智恩在沙發上拍攝「春宮戲」，讓我進退兩難。是打斷他們做愛做的事呢？還是夾在沙發和牆壁間被擠死？猶豫多時，我決定打斷他們。當我起身一看，簡直驚訝得說不出話來。智恩像狗一樣啃咬著韓伊的手背，韓伊卻沒打算抽回手背或推開智恩。即使手背上血跡斑斑，他還是閉著眼睛強忍，只從口中發出低低的呻吟。我再度感到進退兩難，該拉開他們兩人嗎？還是置之不理？從韓伊的反應來看，這似乎是一種示愛的行為。休息室的巡禮者也只在一旁圍觀而已，只有白金漢公主有所行動，她像芭蕾舞女主角一樣，踮著腳尖走到護理站前，以優雅的聲音說：「不好意思，有空的話麻煩過去看看，智恩好像要吃掉韓伊的樣子。」

這女人就算醫院後山發生山崩，大概也只會說：「不好意思，沒事的話麻煩看看窗外，好像發生山崩的樣子。」沒等公主說完話，大黑痣男就衝向休息室，推開圍觀者，不分青紅皂白就朝著智恩的頭一拳揮過去。智恩摔了個四腳朝天，總務班隨即上前將她拉到監護室去。另一名總務班則把流血不止的韓伊往護理站拉。韓伊哭哭啼啼地不肯走，一直回頭看智恩，嘴裡連連發出像鵝的叫聲，似乎在傾訴什麼，卻沒有人聽得懂。大黑痣男跟在韓伊的後面，大聲地吹著哨子。

「有什麼好看的？還不趕快去做自己的事情。」

大家一哄而散，紛紛到吸菸室，回自己的房間，或往走廊去。我也挪動著身體，想從沙發後面出來。就在這時，原本朝護理站走去的大黑痣男卻突然回頭看了我一眼，轉過身來。我忍不住瑟縮了一下，大黑痣男就趁機一腳把沙發踢到靠牆。椅背的金屬邊緣撞在我的肋骨下方，後腦磕在公告欄上，痛到我瞪眼慘叫。

「看不懂字？要我讀給你聽嗎？」

大黑痣男用指甲叩叩貼到公告欄上面的警告標語：

禁止觸摸公告

「第三次警告，下次再犯就把你送去隔離室。」

他拿出紅色原子筆，在我名字旁邊畫上一個叉，才轉身走進護理站。我胸口靠著椅背，撲倒在椅背上，冷汗沿著頸子不停地流下來。

大概過了有貓洗一次臉的時間吧，有隻手伸過來將我扶起。是金庸。

「你這下該怎麼辦才好？一個上午就拿到三次警告的傢伙，我還是頭一次看到。」

我撿起自己的東西，從沙發後面爬了出來。我想一個人靜一靜，幸好餐廳裡一個人都沒有。把三合一咖啡倒在紙杯裡，按下飲水機的熱水按鈕。身體狀態雖然逐漸好轉，但手還是一直抖個不停，沒有好轉的跡象。連把杯子貼近熱水出水口的幾秒鐘時間都撐不住，一直哆哆嗦嗦的。一不小心熱水灑了出來，濺到我腳背，我反射性地鬆開了杯子。咖啡整個打翻在我腳背上，紙杯滾到了桌子下面去。夾在腋下的書也掉了出來，落在潮濕的地板上。

我一屁股坐在了地板上，對著火辣辣的手腳不停吹氣，吹著吹著，眼淚奪眶而出，喉嚨裡也發出哽咽聲。我把臉埋在膝蓋中間，用力憋著嘴。我怕一張嘴，就會忍不住嚎啕大哭。

「多別爾，蜜絲李在那邊。」大聲得像是吞了火車煙囪的聲音從餐廳入口傳來，是萬植先生。「蜜絲李在哭，早上才哭過，現在又哭。」

承民用著更大聲像是把整列火車都吞下去的聲音頂回去。「小聲點，被蜜絲李聽到，他多難為情啊？」

喉嚨裡的哽咽聲，這下掉進了肚子裡。那些人是以為他們說話的聲音不會被我聽到嗎？故意喊得這麼大聲，明明就是想讓街頭巷尾的人全聽到。

承民向我走來，毫無例外地，放在門口的椅子全都變得東倒西歪，現在看起來，反而有種其實是椅子自己讓道的感覺。承民把萬植先生放到餐桌上，蹲到我面前來，仔細打量我濕淋淋的褲腳、球鞋紅腫的腳背。我把腳往後抽，感到既難堪又困惑，只希望他趕緊做完自己的事情就滾蛋。

承民朝萬植先生伸出手，萬植先生拉開褲腰，從印花平口四角褲裡面掏出一個繫著橡皮筋的麻布小袋子。再從這個污垢積得閃閃發亮的小袋子裡，變出一包咖啡，麻布袋的橡皮筋則綁在四角褲的標籤上面。

「不是還有一包？」

承民搖晃著手裡的咖啡包問，萬植先生嘴裡嘀咕兩句，又變出了一包來。

承民把我的紙杯撿回來，將兩包咖啡全都倒了進去，再加了熱水，把空包裝袋當成小匙攪了攪。我連右手都做不到的事情，他左手就能做到。看到他熟練的手勢，我這才想起，他寫字、吃飯好像都用左手。

「你不是因為腳被燙到才哭，是因為沒咖啡喝，才氣哭了，對吧？」

承民拉過我的手，讓我握住紙杯。我卻盯著他上衣下襬纏著的黑色橡皮髮圈，再怎麼看也像是我那條被偷的橡皮髮圈。我很想當場叫他還給我，剛好可以拿來綁住他老愛自稱歐巴的鳥嘴。但是我沒有證據證明那是我的，這世上多的是黑色橡皮髮圈，何況上面也沒刻我的名字。承民撿起掉落在地上的書，輕輕吟起了最後一頁作品解說裡的一段話：

男人就該勇往直前踏上這條殘酷大街，其自身則毫不殘酷，出淤泥而不染，無所畏懼。

書回到我的手裡。

「原來你這麼喜歡錢德勒，喜歡到連封面和書頁都抹上口水啃下去的程度，嗯？」

萬植先生又騎上了承民的背。

「你慢慢啃吧，歐巴走了！」

承民擺手給了我一個飛吻，轉過身去，但一轉身，大腿就撞上桌角。他一點也不因此氣餒，把剛剛才踹倒的椅子又給踹個東倒西歪，嘴裡吹著口哨大踏步離開。我靜靜地聆聽，那是我在廣播電台電影音樂頻道裡聽過無數次的歌曲——《殘酷大街》[3]電影主題曲〈Be My Baby〉。

坐在椅子上，我一面呼呼吹涼，一面啜飲咖啡。咖啡味道如何？我會這麼回答：「又甜又濃，熱呼呼的，還另外加料附贈一根灰色捲毛。」

雨一連下了四天，空氣黏糊糊的，但幸好一點也不熱。每天傍晚被稱為「五〇九號那一根」的男人就會準時出現在正門前。他會一把拉下褲子，光著屁股唱讚美歌，唱個三十

3《殘酷大街》（Mean Street）：一九七三年由美國導演馬丁·史柯西斯執導，勞勃·狄尼洛主演的黑幫電影。

多分鐘，宣揚自己的那一根。

「把最寶貴的東西獻給主，趁年輕的時候，為主竭盡全部力量。穿上救贖的甲胄，讓我們奮戰到底。」

每次聽到他唱讚美歌，大家的看法就是——明天雨神又要降臨了。

週四傍晚，他繼續登場，不過只宣揚了他的那一根五分鐘的時間就結束。不是因為預報明天會下陣雨，而是應該還在休假的食人魔博士突然出現在這裡，他被勒令退場。那時，我躲在五〇九號房的門後，原本要去護理站，食人魔博士的出現嚇了我一跳，就躲到那裡，還站了好一陣子。我從門縫裡看到五〇九號那一根被拖回房裡，食人魔博士走進會客室，崔基動去找承民，把他帶到會客室去。整個過程，我總覺得怪怪的。

承民從一大早就不停地纏著護理長，監護人答應會在週三下午讓他出院，他也看到了院長簽名的出院同意書。但今天已經週四了，這到底是怎麼回事？護理長的回答千篇一律，沒收到出院指令。於是下午承民又拿這件事情找上了崔基動，要求和院長見面，要求和監護人聯絡。

剛住院的菜鳥通常都會做出和承民類似的行為，我也曾經如此。會想和監護人聯絡，要求來探視。一旦監護人過來探視，就會哀求，哭鬧，甚至以死相逼，用盡各種方法吵著要出院，監護人自然會受到影響。很多監護人看到才剛開始治療，因為藥物副作用的關係變得像樹懶的病患，深受衝擊之下，就會順著病患要求辦理出院。這也是為什麼醫院方面在病患住院剛開始的一段時間，不接受探視的原因。這種過程反反覆覆幾次之後，不管是病患，還是家屬，就會變得無動於衷，最後就乾脆放棄。

但是承民的情形很難視為住院初期反應，因為承民那張寫著接受交易的便條，並不是胡言亂語。四眼田雞監護人找上門來，就是最好的證明。監護人出示出院同意書，也答應讓他出院，這點也是。如果是一般意義下的監護人，不會使出那麼複雜的拙劣手段，很有可能就是一種有目的的欺騙手法。因為出院同意書並不代表可以馬上出院，如果不去辦理出院手續，也等同於一張廢紙。

承民要求和院長會面，和監護人聯絡，崔基動一概拒絕，甚至取消了他申請聯絡的資格。承民最後只好要求把食人魔博士叫來。過了三十分鐘之後，食人魔博士登場。一個小小病患的要求，竟然能讓在假期中的醫院經營者馬上過來，再怎麼看都不是一件稀鬆平常的事情。

會客室的門打開，崔基動和食人魔博士走了出來，一轉身就進了護理站。在門口守候的五〇九號那一根，咻地一聲就跑到圓柱前面去。我也從門後走了出來，跑到護理站玻璃窗前。承民這時才從會客室裡出來，表情僵硬到可怕的程度。他雖然看著前方，卻彷彿對什麼都視而不見。他朝著護理站快步走來，卻在快撞到我的一刻停下了腳步。我嚇得往後退，承民卻看都不看我一眼，轉身大踏步往吸菸室走掉了。我被公然漠視了！想起剛才躲在五〇九號房門後面還在擔心這傢伙的事情，更覺自己悽慘萬分。當我發現崔基動就站在護理站玻璃窗後面時，我整張臉脹得通紅，垂下眼睛，難為情地問：「那個，我有事情要拜託父親，星期二就提出過聯絡申請書了。」

「喔，那件事！他說沒辦法幫忙。」崔基勳回答。

我怎麼有種連續被漠視的感覺。

「為什麼？」

「現在好像在住院的樣子。」

這是我完全沒有預料到的回答，父親和醫院，就像告別式場和夜店一樣完全不搭嘎的兩個單詞，因為父親強壯得像根鐵樁。本來還想問一句：「我父親在那裡做什麼？」想想還是算了。我哪時關心過父親了，父親大概是去醫院接受健康檢查才住院的吧。現在的當務之急是書，讀報教育時間咬在嘴裡的書──《高窗》。

我心裡盤算著，在沒要我還書之前，我就一直藏著。如果書販子忘了要我還書，那更好。然而我的小心機在憂鬱清潔工拖著拖把走進房間，看到我手上拿著這本問題書的時候，一切告終。我埋頭苦思書的問題時，竟然忽略了憂鬱書販子朝夕之間就改變職稱。《高窗》讓他陷入絕望的痛苦中，他一屁股坐在我的床上，兩手抱著頭。

「怎麼辦，怎麼辦？封面和前面好幾頁都沒有了。又是牙痕，又是口水漬，書都變得皺巴巴的。」

他用力地撓著頭，撓得之激烈彷彿五秒後腦袋就要被他撓空了。

「圖書室管理員要是看到這個，一定會把我調到洗衣房。那裡一整天就是洗衣服、晾衣服、燙衣服，我下午還要打掃，能看書的時間連十分鐘都不到。還剩不到一個月就要考試了，唉喲喂，這下怎麼辦才好？」

我不敢告訴他，封面和前面幾頁原本就沒有，因為他一副連五〇一號房的牆壁都要撓穿的氣勢，所以我才會提出聯絡申請書的。

聯絡處：新林書店老闆
內　容：請寄一本雷蒙．錢德勒的《高窗》給我。
追　加：出版年份、出版社不詳。參考，書後附帶作品解說，提及隨筆「簡單的殺人藝術」一文。

然而我所得到的答覆竟然是沒辦法寄來，我無力地在休息室沙發上坐下，現在連我也想撓牆了。

八點二十分，憂鬱清潔工出現。他把帶過來的拖把往牆上一靠，就坐在公告欄前面的沙發上，打開一個幼兒園小朋友的書包，從裡面取出練習簿和書，是高中入學考試題庫。一翻開書，他又開始撓頭。我躡手躡腳地走過去，看到練習簿上寫著一道一次方程式的題目，就是我上次看見的那一題。

$a(x+2)-3=0$，當$x=1$時，求常數a的值。

題目下方一片原子筆髒兮兮的墨點。

「先解括弧裡的，再移項就可以了。」為了促成和睦氣氛，我指點了一下他的方程式。憂鬱書販子抬頭看了我一眼。「兩邊同時除以未知數的係數，答案不就是1嗎？」

他翻了翻書後的答案，又看了看我，臉上顯出微妙的表情，看起來不是討厭，也不是喜歡。

「這題呢？」

細長的手指頭指著另一道題目，多項式的乘積。接著是圖形，再來是因式分解。我在練習簿上為他寫下算式和答案。抖個不停的手，寫出來的字歪歪扭扭，但他竟然都認得出來。來回在答案和練習簿上對照的眼睛裡，浮現出稱得上是「喜悅」的神色。

「你是大學畢業的啊？」

我感到有點驚慌，很想告訴他，那種地方我從來沒去過，只是還記得以前學過的東西罷了。但他突然緊緊握住我的手，讓我的氣息為之一滯。

「你教教我吧，就從一次方程式開始。你寫算式給我，我也看不懂。拜託你像教幼兒園小朋友一樣，一題一題用簡單的話講解給我聽吧。」

為了理解算式，憂鬱書販子花了整整二十分鐘的時間。接下來一道類似型態的問題，在我的指點下，只花了十分鐘就算出來。第三道題是他獨自算出來的，當他確認算式和答案無誤之後，不停地眨著眼睛。

「原來是這樣子算的啊？我花了幾天幾夜的時間，都快煩死了……」

他簡直快喜極而泣了。我也很想哭，因為我後悔死了。從那之後一個半小時的時間裡，我成了人質，被他抓著不放。這個晚上，是我十八歲以後話說最多的一個晚上。一直到點名鈴聲響起才停下來，我的舌頭也差不多麻痺了。書販子一臉惋惜地闔上書，慢慢吞吞地整理書包，同時一臉充滿期待地詢問我的時間表。

「你明天晚上沒事吧？」

災難的前兆出現，得將禍源連根拔除。

「我打掃完之後，可以去你房間找你嗎？就問問幾道簡單的題目。」憂鬱清潔工眼裡充滿懇求。「我本來想放棄的，第一回合的考試，我平均連八十分都沒拿到。數學也得重考，我要求的不高，過了六十分就行。可是我一看到那該死的x、y，就想一頭撞死算了。解答看了有什麼用，都像在說外國話。想請教別人，又覺得丟臉，況且也沒地方可以請教……」

我吞了吞口水，打算跟他說「庸哥說他大學畢業，而且是名校出來的」，但真的一開口，卻冒出風馬牛不相及的話。

「《高窗》那本書喔，我想辦法要買一本，可是買不到！」

憂鬱清潔工表情一下子亮了起來，拖著拖把消失的同時，還秀了一句真正的外國話。「故納，蜜絲李踢球。」（Good night, Miss Lee Teacher.）

我愣愣地坐在那裡，回憶自己到底做了些什麼？這下子頭大了！

週末還是陰雨連連，一整個下午我都窩在床上。到大黑痣男四點下班之前，我連香菸都不抽，只為了避開和他一對一碰面的情況。我已經揹了三個警告，開往隔離室的高速列車在我身後鳴笛。但讓我焦慮不安的存在，不只是高速列車，還有女鬼和水蛭。

女鬼首先登場，我們在餐廳前面相遇，我正準備去泡咖啡，女鬼從B棟那頭走了過來。她的模樣看起來就是典型已經住院很久，被精神病院掏空老本的樣子。黝黑粗糙的皮膚，找不到焦點的眼睛，歪著的脖子，下垂的雙臂，彆扭的走路姿勢。要不是留著小平頭，還真看不出是個女人。個子比我高十公分，體格也是我的兩倍大。

她原本朝著休息室的方向走得好好地，突然放慢腳步，轉過頭盯著我。我連忙轉身面向牆壁，但為時已晚。噠噠噠的腳步聲越來越近，陣陣溫熱的呼息吹在我後頸上，讓我全身都起了雞皮疙瘩。當那隻僵硬的手撫上我的頭髮時，我都快嚇尿了。肩膀和脖子一縮，緊緊地閉上眼睛。她把手指頭插進我的頭髮裡，猛地扯下幾根，放到鼻端像獵犬一樣嗅嗅頭髮的味道。然後貼著我的臉頰用粗糲的聲音呢喃：「賢善啊，賢善啊……」

唉，我的老天！原來她就是每到夜裡便敲門尋找賢善的「嚎喪女鬼」啊！

「賢善的媽，妳終於找到女兒了啊？」

餐廳門口傳來金庸的聲音，女人嘀咕了兩聲之後，就放下我的頭髮。我像蜥蜴一樣一溜煙地跑掉，只聽到身後傳來金庸「哈、哈、哈」三聲朗讀似的笑聲。

水蛭是傍晚的時候在吸菸室碰上的，就是那變身為考生的憂鬱書販子。他很厲害，竟然能找到躲在乒乓球桌下面的我。到晚點名之前為止，我們兩人就在乒乓球桌下面拿方程式當球打。

萬植先生回來房間的時候，又在承民的背上睡著了。金庸從護理站接過兩顆黃色藥丸，吃了之後又開始滔滔不絕地說話。他每天晚上高談闊論的聲音，大概連護理站都聽得到吧。

我從來沒看過像金庸這樣吃那麼多藥的人，一次吃一大把呢！現在又多了兩顆安眠藥。吃這麼多藥都沒死，我真的該跪下來膜拜他。金庸看出我對他滿懷敬畏的表情，睡眼迷離地說：「你老娘吃的藥比我還多，賢、善！」

在床上躺下來之前，為了提防吹著號角的八爪魚進攻，我把毛毯摺起來，放在承民和我之間，上面還用枕頭築起堤壩。有沒有效果還不知道，因為每天晚上我用盡了各種方法，全都一點用也沒有。到了早上我一睜開眼睛，毫無例外地又是在承民的肚子底下。

「這又是什麼？你這傢伙欠揍！」承民用手指頭戳著毛毯，瞪著我說：「小子，在人家身上流口水的明明是你，不是我喔！」

我貼著牆橫躺下來。承民把散落在床上的東西一把掃進塑膠袋裡，啪一聲丟在我的頭旁邊。

「你最好連一根頭髮都不要給我過來，不然你就死定了，昂得死等（Understand）？」

哼，我嗤之以鼻，當然是在心裡哼哼而已。承民穿戴整齊躺了下來，腳上甚至還穿了襪筒很長的白襪。我多餘的好奇心又被點燃，每天晚上脫到只剩下一條內褲睡覺的人，怎麼突然變得保守起來？

今天輪到崔基勳值夜，他往房間裡面看了一圈之後，就關掉日光燈，打開小夜燈，鎖上了門。

我輾轉難眠，一開始是被鼻尖附近嗡嗡叫的蚊子吵得睡不著覺，後來的幾個小時裡一些雜亂的念頭代替了蚊子的叫聲。好不容易把這些都趕跑了之後，就輪到賢善她娘上場。敲門聲，笑聲，嗚咽聲，哀嚎聲一直連續不斷。

「賢善啊，賢善啊啊，賢—善—啊啊啊……」

快闔眼的睡意，這下全都飛了，整個人完全清醒過來。如果門可以打開的話，我八成已經跑出去，把賢善抓過來，獻給吃的藥比金庸還多，卻仍夜不成眠的賢善她娘。

承民也還醒著，我不確定他是否一直都很清醒，但我知道他想做什麼壞事。窸窸窣窣，翻來覆去的聲音不時翻過毛毯和枕頭堤壩傳了過來。我悄悄抬起頭，看了看旁邊，承民正按下手錶背光按鈕確認時間，一點五十分。奇怪，手錶的錶帶怎麼不見了，只剩下一塊錶盤握在他的掌心裡。另一隻手則抓著一隻襪子，嘴裡銜著一條黑色橡皮髮圈，就是被我懷疑是我髮圈的那條。這三件東西組合起來，就成了一件意義深遠的工具。組合程序其實很簡單，把手錶放進襪子裡，再用橡皮髮圈綁住錶盤底部。

承民握住襪筒的上方轉了兩圈，嗡嗡的螺旋槳旋轉聲便響了起來。啟動實驗結束，承民把東西藏在掌心裡，再次閉上眼睛裝睡，胸口均勻起伏。我看了一眼監視器，黑色的眼睛在小夜燈旁邊瞪得大大的。我的心跳開始加速，如果承民只是想打蚊子，應該不會做出那樣的東西來。再說，他現在閉著眼睛一副在等什麼人的樣子。不難猜出那個人是誰，只是我很懷疑，光靠一個塑膠錶盤真能成事嗎？或許需要一個更窮凶惡極的工具吧。畢竟對方可是能打倒街頭樂師的拳擊高手呢！

賢善她娘總算停止嚎叫，走廊上腳步聲逐漸接近。承民起身，從床尾下了床，動作超乎尋常地小心翼翼。他先用腳尖碰碰地板，平常走一步的距離，他花了三步才挪移過去。然後停下腳步，手在半空中摸索。如果他想找的是牆壁，沒必要這樣摸，牆壁離他指尖只有一個巴掌遠。我覺得有點奇怪，房間裡並未暗到需要那樣摸索前進。小夜燈的亮度足以看清東西，就算沒有小夜燈，這麼長的時間過去，眼睛也應該已經習慣了黑暗。不可能我看得到的那堵牆壁，承民卻看不到吧，除非他是一個無可救藥的夜盲症患者。

夜盲症……？我猛然想起入院那天晚上承民非常不自然的走路姿勢，原本我還以為是他假裝受傷，故意那麼走的。

過了老半天，承民終於摸到了牆。他的手掌貼在牆壁上，沿著牆壁往旁邊移動到房門那裡。結果，今天已經被踹了兩次的垃圾桶，又被踹了一次。垃圾桶嘎啦嘎啦一路滾到萬植先生的床底下。滾動的聲音就像禮拜堂的鐘聲一樣嘹亮，所到之處團團衛生紙亂飛。滿地的垃圾在小夜燈藍色光線的照射下，就像河邊的礫石一般閃閃發光。外面的皮鞋聲逐漸接近，我屏住呼吸。如果「尖叫」代表緊張的最極端表現的話，我已經無聲地尖叫起來——快回來啊，你這傢伙！

腳步聲停在了房門前面，承民也剛好走到門邊，馬上抬手拿掉小夜燈的燈泡，病房裡瞬間陷入一片黑暗，只有從房門和地板之間三公分的縫隙裡，透出一絲走廊的淡淡燈光。我有一股衝動，想叫承民不要待在那裡，應該站在另外一邊，也就是門打開的方向，他這個左撇子才能發動左手攻勢。但為時已晚，門打了開來。背對著走廊上的緊急照明燈，崔基勳黑色的身影出現在門口。

襪子劈空而至，和崔基勳轉頭仰望小夜燈這兩件事情，幾乎是同時發生。「啵」一聲響起，也伴隨一聲低低的呻吟。崔基勳的身影消失在走廊上，承民隨後追去，不久就傳來打鬥的聲響，摔倒滾落在地的沉悶撞擊聲也接連不斷地傳來。

一、二、三……三十二、三十三。我一面數數，一面按捺想起身的衝動。但最後我連五十都還沒數到，就被走廊裡傳來的聲音給刺激地坐起身來。顧不上理智告訴我必須遵守生活信念，腳就自己動了起來。外面吵得半死，金庸和萬植先生仍舊沉睡不醒。

心急之下，我連地板都看不清楚，走到門口時，腳底下踩到什麼東西，一個打滑，還差點以花式滑冰的姿態單腳抬高滑到走廊上。幸好及時扶住門框，勉強站穩重心之後，才看清楚腳底下踩到的是承民的手錶。白色的襪筒被我踢得一頭冒出在走廊上，我小心翼翼地用腳尖拉回來，踩在腳底下，再探頭查看走廊。

走廊上只有幾處亮著緊急照明燈，看起來仍是一片昏暗。承民和崔基勳在對面五〇二號和五〇六號房之間對峙，承民背靠著走廊牆壁的安全扶手上，擺出拳擊姿勢站在那裡。但他卻絲毫不躲避擊過來的拳頭，也不變換站立的位置，甚至不會主動發起攻擊。被打了兩拳之後，才揮出一拳，又被連續攻擊了好幾拳，才又揮出兩拳，就這樣進行著一場勢不均力不敵的打鬥。能確定的是，他只有在受到攻擊時，才能察覺出對方的位置。看來我沒有猜錯，承民的眼睛的確有問題，在黑暗中就成了更致命的弱點，這也是無庸置疑的。

崔基勳的頭也被打破了，沿著耳朵和下巴流進護理服裡的黑色痕跡，明顯是一縷血痕。然而他的臉上絲毫不見驚訝或慌亂，更沒有高聲尖叫逃回護理站。雖然目下這種情況應該尋求支援協助，但他似乎也沒這個打算。

打鬥就像默劇一樣，悄然無聲地進行著，而且呈一面倒的態勢。承民揮出的拳頭，都打在半空裡，而他的腳已經快站不住了。氣息不穩的粗喘聲，連我這裡都聽得到。相反地，崔基勳卻一副好整以暇，彷彿拿快倒下的承民當猴耍似的。隨隨便便一拳打在臉上，一腳踢在大腿，再給下巴來個鉤拳，一腳橫掃側腰。他的嘴角揚起了一個淺淺的笑容。

我這才終於恍然大悟，我所察覺到的，其實崔基勳也知道了。他不僅發現承民眼睛有問題，面對可以一舉結束的情況，他卻遲遲不做個了結，似乎想慢慢馴服承民，給他一點顏色瞧瞧，讓他知道今晚到底惹的是什麼人。

我全身發冷，感到噁心，有種被背叛的奇怪感覺。我還以為崔基勳至少比大黑痣男好，是個公正的人。其實這種想法一點根據都沒有，我沒有私下和他相處過，他也沒有拜託我要那麼想，都是我自己以「不是壞人就是好人」的方式做出的判斷。說不定是因為那一句夢幻般的「現在是凌晨」的聲音，才造成我的錯覺。

我知道該躺回自己的床上，裝作什麼都不曾看見，但我一步都動不了，也沒法挪開眼睛。崔基勳的鞋尖對著承民的頭踢過去，承民終於承受不住，臉撞擊到走廊地板，整個人栽倒下去。崔基勳用鞋尖推了推承民的肩膀，讓承民的身體仰躺過來。他的頭歪到了一邊，緊急照明燈的綠色燈光照在他的側臉上。承民的眼睛張開著，我清楚地看到，他睜大的瞳孔裡充滿了憤怒和絕望。

腳底下的手錶滴滴滴響了起來，不停地振動之下，聲音也越來越大，到最後甚至開始嘎啦嘎啦有規律地跳動。這讓我有一種錯覺，彷彿腳底下踩著的不是手錶，而是承民的眼珠子。崔基勳抓著承民的後頸拖在地上，消失在走廊裡。我趕緊移開腳，撿起手錶。

萬植先生和金庸還在睡，我躺回床鋪，才剛扯過毛毯蓋在身上，崔基勳就出現在門口。閉上眼睛的我有點暈眩想吐。如果剛才被崔基勳看到，該怎麼辦？被金庸或老人看到，該怎麼辦？還不如現在自己承認算了。

關門的聲音響起，隨即傳來上鎖的聲音，嘎啦。

五〇一號房沒有參加早操，因為起床鈴聲一響起，頭上纏著繃帶的崔基勳就帶著總務班二人組，闖進房間裡來。

「大家都下床站在自己的床邊。」崔基勳說。

我的心跳加速，他已經認出了攻擊自己的武器是什麼。

「昨天晚上發生了什麼事情？」金庸笑呵呵地從床上下來。「你怎麼一臉鼻青眼腫的樣子，腦袋被誰打了？」

「金庸先生，麻煩你閉嘴！給我手腳張開站好。」

聲音雖然低沉，卻是飽含權威與恫嚇的語氣。我趕緊從床上滾下來站好。像個稻草人一樣，抬起頭，手臂抬高，雙腳張開，但整個人像站在奔馳中的卡車上似地，左晃右搖。萬植先生仍舊躺在床上，崔基勳問：「洪萬植先生，沒聽到我說的話嗎？」

萬植先生嘴裡咬著毛毯一角，含含糊糊回答：「別管我，你忙你的。我沒有力氣起不來，而且我也還沒睡醒……」

「把他扶起來。」

崔基勳的命令一出口，二人組就扶起萬植先生，讓他站在金庸的旁邊。萬植先生趕緊縮起膝蓋，但昨晚上幹下的事情已然敗露。他的印花平口四角褲滴滴答答地淌著水，連汗衫的後背也濕了，床單上面還殘留金黃色的水窪。

「我找不到尿桶。」萬植先生囁嚅地說，整個臉面紅耳赤像喝了酒似地。

「我看到尿桶還好好地在你床底下。」崔基動指著尿桶。

「剛才明明就沒有。」

「換作是我，就不會再堅持下去，尿布又不是什麼丟臉的東西。」

「我不要包，那是二區病房的人才會用的。」

「下次再有這種事情發生，你就等著包尿布吧。」

崔基動指示總務班把人帶去淋浴室，總務班一把拉起萬植先生，架著他走出去。

「多別爾哪裡去了?夜裡又闖了什麼禍嗎?」

金庸附在我耳邊低聲問，馬上受到崔基動的喝斥。

「立正站好。」

我們趕緊立正站好，然後就開始搜身。崔基動的手在金庸身上仔仔細細搜過一遍之後，就轉到我身上來。嘴裡、手臂、腋下、身體、鼠蹊、小腿，連腳底都一併檢查。一無所獲之後，崔基動退後一步打量我們。

「在我們從房間裡搜出來之前，自己交出東西的話，我就當沒這回事。我們只是為了預防再有類似事件發生才要沒收，不是為了要處罰你們。」

「你說的是什麼？」金庸問。

「我說的是手錶。」

「喔，手錶！」金庸點著頭，故意裝出吃驚的樣子。「什麼手錶？」

「在你手上嗎？交出來就沒事了。」

「我怎麼可能有，昨晚是誰讓我吃了安眠藥，強迫我睡覺的啊？我睡死了，什麼都不知道。」

體操音樂結束，總務班開始在房間裡大肆搜索。每一張床、床墊裡、床底下、置物櫃，連垃圾桶都不放過。過程中甚至連我遺失的東西都給找了出來。全部都在金庸的抽屜裡，一次給找了出來。金庸一臉驚慌，覷著我的臉色。我假裝沒看到，現在沒這個心思審判小偷。崔基勳注視著我，那眼光扼住我的脖子，讓我喘不過氣來。

打破這陣僵局的人是萬植先生，他換了新衣服，一臉得意揚揚地凱旋歸來。隨著他的回歸，搜索工作也告一段落，戰利品只有從承民的消耗品袋子裡找到的白色錶帶和放在散熱器上面的藍色燈泡。崔基勳和總務班的人轉往對面五〇二號房去，那間病房裡的人好像也沒能去做早操。用萬能鎖打開房門走進去之後，走廊便傳來崔基勳說話的聲音。有誰撿到昨天晚上從門縫裡滑進來的手錶，現在自首的話，一概既往不咎。

「萬植先生，多別爾跑哪去了？」金庸拍拍承民的床問。

萬植先生先歪著頭看看承民的床，再看看金庸，最後轉向我，眼中滿是問號，和憂鬱考生解方程式時的表情差不多。

金庸小聲對我說：「他現在正努力回想和多別爾是在什麼地方分開的，八成會回答出院了。」

「才不是呢，他外宿啦，他老母把他帶走的，說睡三個晚上就回來。」萬植先生一臉受傷的表情反駁。

金庸揉著鼻尖笑了起來。「聽到了沒？這老先生腦子裡養了一頭羊，每天晚上那傢伙就會爬出來，把白天發生過的事情全都啃光，第二天早上起來，腦袋裡的記憶就全被清個一乾二淨。他能認得人就已經很不容易了，為了不讓人發現，老是說謊騙人，可是還有誰會被他騙倒？」

分發日用品的時間到了，廣播裡響起大黑痣男的聲音。

「他還沒在牆上抹大便，所以還在這裡，不過說不定什麼時候就會轉到二區去。其實不是他不想抹大便，是沒大便可抹。他的便祕已經到了末期症狀，得喝下一整瓶蓖麻籽油才勉強拉得出來，現在置物櫃裡大概還有好幾瓶吧。以前樂可舒（Dulcolax，軟便劑）吃太多，有了耐藥性，一點都不管用，護士只好叫他喝蓖麻籽油。可是他怕自己一衝動真的在牆上抹大便，就藏起來沒喝，藏著藏著自己都忘了。」

從山羊開始的話題，中間經過大便和蓖麻籽油，轉到灌腸和痔瘡，最後終於又回到失智來。

「萬植先生最怕的就是二區，要他包著尿布到失智症病患區去，那還不如叫他上吊自殺算了。那裡算是舞台下，萬植先生的夢想就是帶著多別爾回歸舞台上。演員被推下舞台，就等於完蛋了！」

金庸收拾好盥洗用具，倒退著走出房間。

「不管怎樣，小心你的背。俗話不是說『以雞代雉』嗎？」

果不其然，萬植先生頭戴礦工帽，站在自己床上。我一臉凶狠地瞪著他——萬植先生，還不快去抓雞？

崔基勳從五〇二號房走了出來，那間病房裡的人也紛紛隨後湧出。萬植先生用著獵人一般的眼神注視著門外，突然嗖一下消失了身影。不久後就聽到韓伊的鵝叫聲淒切地響起，看來萬植先生沒去抓雞，而是去糟蹋對面人家的鵝了。

我拿起掃帚，走到窗戶下面去。手錶在窗戶外頭，我用了三根髮絲纏在手錶發條上，再拴在外面窗櫺下。這個工作看似簡單，對我來說卻很不容易。別忘了，房裡黑漆漆的看不清楚，而且我的手抖到連鑰匙都插不進鎖孔裡。頭髮一拔下來，就被手抖得不知落到哪裡去。實在拔得太多了，到最後頭皮還火辣辣地疼。事情只花了兩個小時左右就結束，但我沒有完成任務的快感，反而覺得荒唐透了，我到底做了些什麼，為什麼要這麼做？

唯一值得安慰的是，我的頭髮自長成之後，終於對某件事情做出了貢獻。啊，還有一樣，那扇我一直認為沒必要那麼高的窗戶，這會兒也終於派上用場。多虧了窗戶位置高，才沒引起二人組或崔基勳的注意。但是也不能把手錶一直拴在窗外，上面就是崔基勳的宿舍，他只要打開窗戶，就一定會看到，所以得趕緊換個地方才行。

我假裝換氣，推開窗戶，把手錶撈了上來。接著假裝整理內務，掃地的時候，順手就放進上衣口袋裡。然後假裝收拾盥洗用具，打開置物櫃，利用櫃門擋住監視器。從口袋中拿出手錶端詳，我的天啊，難怪這麼沉重。

手錶不是塑膠做的，是一塊鑲了白色陶瓷的鐵塊。如果真的一擊中的話，崔基勳這會兒應該躺在太平間了，要不然也得進加護病房。現在他還能好端端地在這裡大肆搜尋，都是因為承民沒能瞄準目標的緣故。一個患了夜盲症的人，自己是左撇子還用右手去攻擊。難怪要先取下小夜燈，原來是為了看清目標。房間裡要比走廊暗，才能看清背對光線出現的崔基勳黑色身影。

這下我有了新的煩惱，這東西該藏到哪裡才好？馬桶水槽、吊頂電扇、餐廳冰箱後面、吸菸室菸灰罈子……全都不適當，不是在監視器監視範圍內，就是被人發現的機率很大。讓我一整夜都不好受的後悔，再度襲來，我到底想做什麼，才會去撿這東西啊？承民也沒拜託我去撿。昨晚促使我撿起這東西的那股「力量」，天一亮就完全消失無蹤。黑漆漆的走廊，而且還相隔五步左右的距離，我怎麼可能看得清楚承民的眼睛呢？

懷疑與後悔促使我深切反省，昨晚上幹的好事，也讓我明白自己根本是個笨蛋，竟然會為一件遠不如監視器有價值的事情，奮不顧身。

分發日用配給品的廣播再度響起，我這才回過神來，沒有多餘的時間感傷，還是先解決當務之急再說。我拿掉纏在手錶發條上的頭髮，重新拔了三根，綁在發條上。如果沒有更好的妙招，那麼沿用老方法最可靠，另外我還得找到一扇沒有監視器，又不引人注意的窗戶才行。但是到哪裡找這樣的窗戶呢？我到護理站時邊走邊想這個問題。手錶放進上衣口袋裡，再捲幾層厚厚的衛生紙壓在上面。

大黑痣男負責分發日用消耗品，應該是睡到一半被叫過來的吧，不過臉上並未顯出不耐煩的樣子，還費心滿足一張張討要日用品的嘴。我放下心來，走到窗口前。

「想要什麼？香菸、咖啡、毛巾、襪子？」大黑痣男捏著嗓子抑揚頓挫地問。

最擅長這調調的崔基勳，則帶著二人組，走進五〇六號房。我拿了咖啡和香菸，走向吸菸室的同時，飛快地瞧了瞧隔離室的門板。玫瑰房的姓名標示牌上，寫著柳承民三個字。

十雲山道長坐在吸菸室門旁的長椅上，作為用棋盤占卜的前「命理學家」，是五〇二號房裡年紀最大的人，也和承民同屬「縱火狂」。他總是一手夾著瓦楞紙做的棋盤，口袋裡放上紙鶴，用來作為棋盤的搭檔。後面則跟著一群人，也就是十雲山道長的「棋盤算命」信徒們。他的鐵口直斷有一特徵，就是從不指明對象，所以造成大多數人的不安。例如，「下身小心」這句天機一說出來，大家走路的時候就會不約而同地摀住自己的褲襠。儘管如此，就一定會有什麼人的褲襠遭殃。我今天在門邊聽到的「今日天機」，也不脫這個範疇。

「今天是捉雞的日子！」

我瞥了一眼道長蒼白狹長的臉孔，別說些我和金庸都知道的狗屁天機，總得告訴我們一些解決辦法吧。不然，好歹在萬植先生的額頭上貼張符咒也行。

當我抽完四根菸之後，配給飯菜的餐車從大門推了進來，沒多久用餐鈴響起，大家都紛紛往餐廳湧去。崔基勳和二人組一無所獲地撤回護理站，突然間我有了好主意，趕緊從吸菸室走出來。

走到大門柱子前面，停下腳步，從A棟往回走的競走選手經過我身後，走進餐廳，四周連一隻蚊子也不剩。從口袋裡掏出手錶拿在手裡，輕輕打開消防栓箱門，裡面塞滿一大捲灰色消防水帶。我把手錶塞到最裡面之後，就急忙關上門，離開那根柱子前面。我給自己「做得真是天衣無縫」的評價，打算到承民出來前為止，把這件事完全拋到腦後去。如果在那之前事情敗露的話，我就裝蒜，堅持自己毫不知情。但是，當我拿著餐盤取餐時，才發現自己沒辦法裝蒜——因為頭髮。我以為自己想到了救命妙招，高興之餘卻忘了把纏在發條上的髮絲給拿下來。

無可奈何之下，我只好又回到柱子前面，髮尾從消防栓箱門底下像鼻毛一樣露了出來。我大吃一驚，得趕緊拿出手錶，把頭髮弄掉之後，再放回去才行。怎麼會做這麼蠢的事情呢？就跟我撿回手錶一樣蠢。手錶如果就這麼放著的話，髮絲就會成為最大的破綻。

因為頭髮長度超過一公尺的人，整個醫院包括病患和醫護人員在內，放眼望去只有我一個。大大地呼了一口氣之後，當我正要把手伸向消防栓箱的時候，突然雙腳一個不穩，整個背被扯得往後彎。

「蜜絲李！」

震耳欲聾的聲音，把我的膽子都給嚇掉了。

「你在這裡做什麼？」

萬植先生騎在我背上一臉天真地問，我絕望地閉上眼睛，不想接受這個事實。

「不去抽菸嗎？」

真是無話可說，只好背著他往吸菸室走，每走一步我都有種想甩掉背上重擔的衝動，但我沒有力氣這麼做，因為我連自己這個身體都顧不到了。眼前有金星亂飛，背被壓得快斷掉，雙腿抖個不停，差點一下子跪到地上去。反過來，萬植先生卻精力充沛，兩根韁繩一樣細長的手臂毫不留情地勒住我的氣管，彷彿要將反抗的種子扼殺於萌芽之際一般。頂在我肋骨上的膝蓋力量，已經接近怪力的程度。當我們走到吸菸室門口時，這回卻拉扯我的辮子，讓我停下腳步來。

「蜜絲李，我把咖啡忘在餐廳裡了。」

這下我也不用去管從手銬發條上弄掉髮絲的事情了，現在我成了一隻被鐵鉗給看上的雞。只要他說去哪裡，赴湯蹈火我也得去。除此之外，我只能等待，等待萬植先生厭煩了我這隻雞，或者第十七代多別爾從玫瑰房裡出來的那一天。

早上九點，大黑痣男又在廣播裡大聲嚷嚷。

「馬上要到禮拜堂做禮拜，請要參加的人出來到走廊集合。」

這話得這麼理解才對——全員整裝集合！

哨聲一響，大家就整裝帶著讚美歌冊子和聖經，呈體操隊形集合。用不著吸一根菸的時間，全體就由B棟緊急出口陸續出去。只有我和萬植先生留了下來，因為崔基動傳話叫我們在會客室等待。我趕緊又確認了一下消防栓箱的頭髮，幸好還在。萬植先生從我背上下來，坐在休息室沙發上，但不是他自己乖乖下來，而是被總務班的人用力給扯下來的。

會客室是五個病房區裡最豪華的地方，面向後山的窗戶掛了百葉窗，牆上則掛了美麗的風景畫。寬敞的空間裡分開擺放了四套塑膠貼面的圓桌和椅子。

我走到窗邊眺望後山，雲霧繚繞在半山腰上。熹微的森林裡傳來布穀鳥鳴叫的聲音，宛如貓頭鷹的叫聲般讓人心煩意亂。

「等很久了嗎？」

崔基動悄無聲息地走進會客室，臉上腫得跟發酵麵糰似的，看起來很疲倦。我們隔著圓桌，面對面坐著。

「我知道你沒睡，對吧？」他說。

我保持沉默。

「監視器錄到了你的身影。」

我嚇得差點叫出聲來，好不容易才把聲音吞了下去，卻發覺自己有股衝動，想把一切照實說出來。

「我不認為你在幫忙承民，也不認為你事先已經知道他的計畫。我想你只不過是在偶然的情況下撞見那場景，糊里糊塗撿起手銬，一害怕就藏了起來。」

我雙手十指交叉，手指頭卻一點感覺都沒有。腿也一樣，只感覺膝蓋不停地顫抖。我把交叉的雙手用力壓在膝蓋上，想壓住那份戰慄，不，其實是不想讓他知道我在戰慄。

「把手銬交出來，我以個人名義保證，就當作沒這回事，不再追究。」

我垂下眼睛，掩藏自己的表情。回想起昨晚片段的回憶，房間那麼黑，一絲光線都沒有，還需要靠走廊燈光來照明。監視器在這麼黑暗的空間裡，一點也派不上用場。如果是紅外線監視器的話，那至少也得有紅色標示燈。崔基動還以為我傻得什麼都不懂吧。

「剛才我也說過，不是要處罰你們，而是為了防止類似事件再度發生。如果有人因為承民的惡作劇受了傷，那可就糟糕了。不到一個月的時間，他已經三次試圖逃脫，這是第四次攻擊醫護人員了。如果我真的被他擊中的話，現在可能已經死了。依法來說，這算殺人未遂。你如果繼續藏著那手銬不交出來，你就成了共犯。」

「我真的在睡覺。」

「說謊也會被列入警告，據我所知，你已經被記了三個警告，不可以再有第四個，你知道吧？」

知道，我當然知道，但這無法成為要我交出手錶的理由，因為不管我交不交出來，結果都一樣，我還是得躺在百合房裡，包著尿布，望著天花板自轉。這就像從大樓頂樓往下跳，一定會落在地面上一樣，是再清楚不過的道理。崔基動也已親口告訴了我這個道理——早晚都是死，你就痛快點吧！當初我就不該看承民的眼睛，不該撿起手錶。但我既然看了，也撿了，就要硬撐到底。就算崔基動憤怒地到處追查，我也打算一不做二不休地堅持下去。

「我並不想把你送進隔離室，你現在的狀態在隔離室裡也撐不下去。」

他起身朝著門口走。

「從現在開始一個禮拜的時間，我會把我的護理服上衣掛在護理站麥克風旁邊，那是一件有大口袋的衣服，正好拿口袋當郵筒。」

崔基動打算展開雙線作戰，一面在護理站窗戶旁邊掛上護理服，等人把手錶自動送上門來，一面又對承民的手錶懸賞香菸一包，而且還是萬寶路香菸。只要是有眼睛的人，為了萬寶路都會拚命尋找手錶，因為萬寶路已經不是奶瓶，而是到了奶桶的水準。萬植先生還不長腦子地誇耀自己當年只抽萬寶路。

病房區一直要到中午吃飯時間，才總算安靜下來。今天的菜單是拌飯和豆醬湯。一在餐桌邊坐下，十雲山道長就把自己的荷包蛋往我碗裡放。其他人也你一匙我一勺地舀飯過來，連努力不想製造大便的萬植先生也分了大半的飯給我。我一下子就沒了胃口，看樣子大家都很高興萬植先生在我背上安家。

吃飯的時候，大家議論紛紛，八卦承民的身分。金庸以無所不知的語氣說，承民是「玩火玩到被遺棄的財閥家貴公子」。也有人說是某國會議員的浪蕩子弟弟，另一個人接著說是留美學生。大家的消息來源都是同一個人，一個名叫「消息靈通」的人士。

「那傢伙就是個狂人。」十雲山道長難得指名道姓地洩漏天機，為這場八卦盛宴收場。「狂人要發狂才活得下去，不讓他發狂，他才會被逼狂。」

貴公子，浪蕩子，留學生，不讓他發狂才會被逼狂的狂人。承民到底是什麼人？但不管他是誰，顯然他已經失去自己手上的那張牌。因為交易如果成功的話，他現在就不會躺在玫瑰房裡，而該早早出院了才對。

不過半天的時間，我的老毛病又犯了。心跳加劇，直冒冷汗。一坐下就想站起來，站起來就想往消防栓跑。自首的衝動折磨著我，有人逗留在消防栓前面，我的胃就開始痙攣，這種病就是廣為人知的盜賊職業病——「作賊心虛」。髮絲安然無恙的話，我就放下心來。但一轉過身去，不安又從心底冒出來。但我也不能因此就在消防栓前面站哨，這不等於告訴大家「此地無銀三百兩」嗎？結果我就和競走選手成了同伴，而且背上還背著萬植先生。

太陽下山的時候，在休息室和憂鬱考生碰面。這是我提出來的建議，因為可以同時解決方程式和消防栓監視問題的地方，只有這裡而已。而且就算暫時也好，我也想放下背後重擔。令人訝異的是，萬植先生竟然乖乖下來，也不吵著要去吸菸。當我們和方程式纏鬥期間，萬植先生就專注在電視連續劇裡。不過沒人膽敢和他一起坐著看電視，萬植先生下地的消息，對他們來說無異於空襲警報。

學習在晚點名十分鐘前結束，憂鬱考生才突然想起似地告訴我玫瑰房裡的消息，說承民沉睡不醒，到他打掃完出來的時候為止，一動都沒動過。驀然想起晚飯時聽到的各路消息，說他肋骨斷裂，連呼吸都很困難；說崔基動把他爆打一頓，打到他下半身不能自理；說他陷入昏迷，人事不省。看來這些消息都是真的，那我不就即將榮登第十八代多別爾了嗎？

夏天的夜裡倍感無聊，賢善她娘呼喊賢善，我則焦急地呼喊睡神。全身痠痛不說，還累得半死，但我的精神卻好得很。不是因為手銬，而是昨晚看到承民的眼睛，讓我惴惴不安，不時會想起和承民在黑暗中交會的眼神。於是在我心中便有種不舒服的感覺悄悄抬頭，而到底具體是什麼，我卻不知道。越想搞清楚，反而會讓自己越陷入混亂中。賢者「理智」在腦子裡的一個角落對我曉以大義——「別再管他了！」

反過身像青蛙一樣趴在床上，再用枕頭壓住腦袋，真想把承民的手銬用快捷郵件給寄出去算了。收件人就寫水里希望醫院第五區崔基動護理師的上衣口袋。明天早上寄，明天早上一定要寄出去。

休息室裡聚集了二十名健壯男人，是A棟住戶中隸屬希望組以上級別的人。他們穿著整齊的制服，灰色帽子，灰色運動服和球鞋。帽子和上衣胸口都大大地印著「水里希望醫院」的字樣，就像是代表精神病院參加奧運比賽的選手團似的。金庸也被選上，但作為一名代表選手，他卻一點也不為此感到驕傲，反而一臉氣憤，把同樣一句抱怨反反覆覆說了十次。

「真是的，這麼熱的天誰會想去那種地方！」

所謂的「那種地方」，指的是位於水里水壩上游的水里遊樂園，每個月的第二個星期一是固定公休日。但公休日這種日子，與其說是休假，不如說是為下一個月的營業做準備。其中需要投入最多人力的，便是清掃工作。遊艇場、遊樂園內部設施、釣魚場、周邊草地、水壩岸邊等等，各個角落都需要整理。想找到費用低廉、工作態度認真的清潔業者，不是那麼容易的事情。但就這方面的需求來說，遊樂園的老闆運氣真的很好，自己的兄弟就在旁邊開了一家具備完美條件的清潔公司。食人魔博士是遊樂園老闆的親大哥，在休息室裡待命的人，便是遊樂園清掃選手團。率領這隊選手團出征的護工，正忙著給每位選手各發一包香菸。照金庸的話說，這就是一天的酬勞。

清掃選手團在九點十分前出發，他們從正門出去的時候，我就在門外旁觀。以電梯為中心，右邊有護理站通往外部的門，左邊有無障礙通道[4]。這時，我才知道原來病房大樓出入口共有三個。B棟盡頭的緊急無障礙通道、正門前面中央無障礙通道、電梯。清掃選手團經由無障礙通道往下走，等到最後兩人都消失之後，崔基勳馬上關上正門。我趕緊溜到B棟去，免得他來找我講話。

太陽下山的時候，憂鬱考生給我帶來好消息，承民醒過來了，一點事兒都沒有。

「我說蜜絲李老師很擔心，他要我轉告你，回頭來玩一場拳擊。」

然而「玩一場拳擊」這件事，一直到週四傍晚都沒能實現。萬植先生、我、憂鬱考生三人，一如既往地在休息室裡。那天，一直值日班的大黑痣男，休了一天假之後，改上夜班。這也是我們開始課外學習之後，第一次碰到他值夜班。我們應該記住這點的，但是因為我們的注意力都集中在「四十分」上面，才會疏忽掉。四十分，是那天憂鬱考生的模擬考試成績。

「這次我有很好的預感，應該會通過吧。你看，我不是隨便亂猜，是自己解出來的，十道題呢！多虧有蜜絲李老師的教導。」

他為四十分感激涕零，我卻為這過早的表揚，感到慚愧。學習才不過一個禮拜，我並沒有盡心盡力在教，甚至還覺得厭煩、辛苦，只不過勉強壓抑，沒有表露出來罷了。因為無論如何，他也算是一隻青鳥，為我傳遞承民的消息。

「如果這次能通過，我就馬上開始準備入學大學學力鑑定考試。」

這話引起我的好奇心，這位老兄為什麼那麼執著於學力鑑定考試？他撫摸著拖把的木柄，害羞地說出自己的夢想。

「我想成為一名社會工作者。」

一絲懷疑掠過腦中，社會工作者資格證有可能發給「F代碼」的人嗎？所謂「F代碼」，指的是精神病患者的病史。只要是待過精神病院的人，對這個紅色F字必不陌生。據我所知，有些職業是不允許F代碼者從事的。只不過具體是哪些職業，我就不清楚了，也沒興趣知道。因此，就當作「會給吧」，反正想取得資格證的人自己最清楚。

「入學大學學力鑑定考試通過的話，只要再接受二十四週的教育訓練，就會核發三級資格證。我還努力存錢，打算受訓的時候用，到時候得住在首爾呢！」

他憂鬱的眼睛閃閃發亮。

「等我拿到資格證以後，想到戒酒中心工作。那裡有很多像我一樣生活在社會最底層的人，我有自信能做好，不會打他們，也不會像大黑痣男一樣欺負他們。」

他沉浸在自己的夢中，我被他眼中的神采所吸引，萬植先生則專注在電視連續劇上。直到聽見「啪啪啪」的掌聲之後，我們才發現有第四個人存在——大黑痣男，他竟然忙裡

---

4 原注：一種用途、型態都和緊急逃生梯相同的通道，唯一不同的是，底部以斜坡代替階梯。因此不只是行人，只要是附有輪子的物體都能通行。譬如輪椅、移動病床、手推車、餐車等等。

偷閒跑到這裡來了。

「了不起，真是了不起！」

我和憂鬱考生同時站了起來，題庫書則落到了大黑痣男手裡。

「中學沒畢業的白痴。」

大黑痣男拿書啪啪啪用力打在憂鬱考生的腦袋上。

「跟個高中沒畢業的弱智學習。」

他轉過來拍打我的腦袋，啪啪啪。

「想成為一名社會工作者？」

大黑痣男翻開書，兩手各執一邊，用力一扯。憂鬱考生慘叫一聲伸手想奪回書來，卻為時已晚，書已經被撕成兩半了。

「不會像我一樣欺負人，打人？」

他拿著一分為二的書，對著我們兩個人的頭使勁敲打。

「真是遠大的抱負啊！我們把你這個餓得快死的酒鬼流浪漢帶回來，幫你治療，還給你找工作，沒想到竟然把你培養成這麼了不起的人物。但是社會工作者資格證，是你想要就會發給你的嗎？人家有說願意發給有暴力紀錄的危險人物嗎？據我所知，你們這種人連理髮師都當不成。」

惡毒的舌頭一點一點滅掉憂鬱考生眼中的神采，殘暴的雙手不斷撕扯著書，二分為四，四分為八……

「你少作白日夢了，還不快點去做你的差事，不然你就待到洗衣室去。」

憂鬱考生垂頭喪氣地站在那裡，我感到憤怒一路衝上了頭頂。

「你啊，管好自己的事再說，嗯？」

大黑痣男把撕碎的書頁用手捲成一捲，拿在手上打了我兩耳光，一邊耳光用正拍，另一邊耳光用反拍。

「已經有三個警告的人，再犯錯就要被趕出去了。你最好給我小心點！」

他把書頁一拋，就走回護理站去。

憂鬱考生像個腹痛的人一樣，十指交叉，雙手抱著肚子。我看了一眼散落在地上的書頁，不知道該如何是好，也不知道該說些什麼。憤怒來得快去得也快，只剩下如釋重負的心情，確定自己不會被趕出去。

地上的書頁是由萬植先生收拾的，他把散落四處的碎片全都攏在一起，堆到沙發上。我揹起他，一同離開了休息室。然而憂鬱考生始終抱著肚子，一動也不動。

夜幕低垂，天空、森林、水里湖全都成了黑漆漆的一片。

夜幕的黑暗和破曉前的黑暗，意義是不同的，會帶來不安，喚醒衝動，是發狂低著頭匍匐前進的影子。大大小小的事故、暴力與自殺事件最常發生的時間，就是在夜幕低垂之際。有人說，是因為藥效在此時會喪失效力的緣故；有人說，是因為那些人天生對黑暗懷有動物性恐懼。答案是什麼，只有神知道。我所知道的是，我也並不例外。雖然不是每天，但我時常感覺到不安，有時只是淡淡掠過，有時卻像狂風侵襲。遇上狂風侵襲的日子，就必須二選一，不是闖點什麼禍，就是躲藏起來。人們稱之為「夜幕的詛咒」。

那天星期五，水里希望醫院第五病房區的住戶也遭到了夜幕的詛咒。就在我和萬植先生坐在電視機前面看《八點新聞》的時候，有三處地方發生了騷動。正門柱子前面由白金漢公主接收，她拋開王族的矜持，拚命拉扯五〇九號那一根的褲腰。五〇九號那一根雙手護著胯下，哀哀叫個不停。還以為是他拿棍子偷打公主尊臀，不小心被逮個現行，實際上卻不是這麼回事。原來是因為盜竊嫌疑而被追究的。公主在洗澡時，王冠被人偷走了。有人密告，看見王冠就掛在五〇九號那一根的「那一根」上面。不能斷定告密者就是金庸，因為被公主冊封為「飛龍伯爵」的目擊者，不確定是金庸。

護理站在玻璃窗前面，韓伊展開示威活動，不斷用拳頭敲打窗戶，不停地跺腳，扯著嗓子，發出鵝哭聲。總務班的一個人傻愣愣地站在韓伊旁邊，看他的態度，大概是覺得安撫也沒用，反而會鬧得更厲害，乾脆什麼都不做算了。韓伊平素就常示威，理由大概有兩種，沒拿到紅襪子，或是紅襪子弄濕、弄髒，要求換新。但是那天的氣氛有點不一樣，首先他們下工時間就比平常晚了兩個小時。上衣領子周圍被撕破，到處血跡斑斑。他的眼皮也腫得像饅頭一樣，口鼻周圍沾染著血跡。看他的樣子，像是在哪裡被人暴打一頓回來告狀的。

窗戶另一邊的當值護士尹寶拉，好好的一個女人卻也像韓伊一樣暴跳如雷。這女人名字很美，長得也很美，連胸部大小都符合時代要求。但我第一眼看到她就發現了她的真面目，就是一女版的大黑痣男。病患以哭鬧、固執、怪聲、騷動方式來表達個人意見的時候，她連一分鐘都不願意忍耐，尤其最受不了韓伊的示威。她尖聲呼喝總務班：「愣在那裡幹什麼，還不快把他帶到監護室！」

總務班的人拉著韓伊的手臂，於是韓伊的告狀升級為反抗，像頭被激怒的公牛一樣猛烈掙扎，不停用額頭撞擊玻璃窗，原本的哭聲放大為淒厲的嚎叫。總務班的人不要說控制韓伊了，反而無奈地被他拖著團團轉。尹寶拉忍無可忍，衝出護理站，用她白皙的手橫空甩了韓伊一個巴掌，尖著嗓子吼一句：「給我閉嘴！」

同一時間在B棟入口也傳出駭人的聲音，競走選手爆發出垂死前的哀鳴，從走廊那頭沒命地跑過來，賢善她娘則在後面窮追不捨，護理站玻璃窗前瞬間成了阿修羅地獄。當一個超過一百公斤重的巨大身軀，像一輛翻斗卡車般橫衝直撞過來的時候，根本沒人敢上前阻擋。看熱鬧的人馬上一哄而散，尹寶拉跑回護理站，總務班的人順手就把韓伊往賢善她娘的前面一推。賢善她娘先是撞到韓伊，然後又被五〇九號那一根的腳給絆倒，整個身體撲在白金漢公主身上。事後才到場的總務班趁機上前壓制住她。

競走選手躲在正門柱子後面尖叫著說：「我什麼事都沒做，只是把小道消息告訴她而已，人家說賢善她爸娶了新老婆，賢善以後不來了……」

什麼時候出來的？承民站在玫瑰房前面，眼睛大睜，嘴巴大張。如果再把雙手貼上兩邊臉頰，就和我們常見的某大師名畫複製品一模一樣。他的心情我很能理解，就算看多了這類事情的我也會愣住，何況是他呢！還有，萬植先生又騎上了他的背，什麼時候飛上去的呢，這我就不知道了。

把承民帶出來的崔基勳，也表現出不亞於萬植先生的神速。當我發現他的存在時，他已經在賢善她娘的小臂上打了一針。賢善她娘整個癱軟下去，被送到百合房裡。躺在地板上耍賴的韓伊被送到監護室去。在賢善她娘身下被壓扁的白金漢公主，被總務班的人揹在背上送回房間去。五〇九號那一根則識趣地自動消失，承民背著萬植先生去了淋浴室，我則在走廊上踩著華爾滋舞步轉圈圈。

拿出手錶來吧，承民回來了，我解放了，自由了！

手錶輕易地就收了回來，走廊上轉兩圈，護理站前就空無一人了。真正困難的是，該如何交還給原主。不過似乎沒有和承民兩個人單獨相處的機會，因為時間都被金庸給占據了。一副因為手錶的關係，自己一個人吃了多少苦，把六天裡所發生的事情沒頭沒尾、沒完沒了地說個不停，唯獨對自己置物櫃裡冒出我的東西一事，隻字不提，卻將我和競走選手成了同伴的消息，加油添醋說出來。承民哈哈哈笑個不停，隨聲附和，似乎想藉此方式，平息自己所引發的民怨。過了一會兒，作為重逢的紀念，三個人決定去吸菸，因此病房裡只剩下我一個。

把手錶層層包裹在衛生紙裡面，走到承民的置物櫃前。這事雖然危險，但總比放在他的枕頭下面好。況且也不需要鑰匙，那傢伙的置物櫃從來不上鎖，只花三秒鐘的時間手錶就搞定了——打開門，放進手錶，關門。現在沒有任何證據可以證明手錶和我有關，就算手錶被人發現，那也是承民的問題。

我拿著咖啡、咖啡杯、香菸和書走出病房，在護理站前遇上了崔基勳。他正打算去B棟，卻停下腳步，轉頭看著我。一手拿著杯子，一手握著香菸，腋下還夾了一本書，腳步輕快地走著，他似乎對我如此神技感到很驚奇。接著看到我的手不再顫抖，穩穩地點上菸之後，驚訝之色更是溢於言表。我走進吸菸室的時候，得意地瞄了他掛在窗戶旁的護理服一眼，這件蠢東西現在該交給憂鬱洗滌工了吧。

一連抽了兩根菸之後，我轉往餐廳去。想喝杯咖啡，算是為自己慶祝一下。我一點也不擔心晚上會睡不著覺，現在的心情就算喝下一臉盆咖啡，我也能呼呼大睡。今夜，我不再憂心，不再是個嫌疑犯，也不用再淪為備胎，樹懶時代也就此落幕。從萬植先生爬下我的背開始，我就有了一種輕飄飄的感覺，甚至擔心自己用力一蹬，就會飛上月球。在我揹著萬植先生到處走的時候，肌肉生出超人般的力量。而在教導憂鬱考生期間，說話說到喉痛聲啞，算式寫到手快抽筋，不知不覺間顏面神經麻痺的症狀完全解除，口水不再流個不停，連手抖現象也都消失，這也算是生平第一次當老師所產生的「副作用」吧。

在餐廳裡碰上了憂鬱考生，他只用眼神問候，什麼話都沒說，只見他眼中神采盡失，幼兒園書包也不在背上。我泡我的咖啡，他繼續拖他的地板。即使我在休息室裡萬般等待，到最後仍然不見他的身影，我只好失望地回去。

時間扭曲（Time Warp）、百慕達三角洲、黃金城（El Dorado）、X檔案、不明飛行物，你知道這些單詞的共同點是什麼嗎？沒錯，就是不可思議。我想，人類的善變或許也該歸入這個單詞的範圍裡。那天晚上，我又失眠了。不是因為咖啡，而是因為沒聽到敲門聲和賢善她娘的哀嚎聲，不安之餘，睡意就全被趕跑了。賢善她娘在百合房裡是怎麼過的？

護工還沒來巡房，應該還不到兩點吧。

承民突然開口說話。「你沒事吧？」

沒頭沒尾的一個問題，不過發音清楚，應該不是在說夢話。

「對於我從玫瑰房出來的時候所發生的騷動。」

承民的視線在我臉上梭巡，明顯知道我還沒睡。

「我倒是受到了很大的衝擊。」

我很清楚那種衝擊，因為當初我也是如此。引發騷動的那些人，最早的時候也不例外——只要是剛被送進精神病院的人，任誰看到了那樣的場景反應都一樣。然而更大的衝擊卻是，他們從中看到了自己的現在，也看到了自己的未來。

「我很好奇那些人為什麼會那樣，也認清了自己身在何處。」

我很想告訴他，入院之後我們兩人所引起的騷動也不小。我們有我們的原因，他們也有他們的理由，而這些理由都是一些不可告人的悲劇。人們稱之為「電影」，病房區就是各人電影同時上演的劇場，當然會吵得不可開交。

「我洗澡的時候才想起來，十二年前也經歷過同樣的衝擊。不過那時不是在第五區，而是第三區。」

我乍然轉頭望著承民，他卻一臉笑意。

「剛來的那天，我沒注意到竟然是同一家醫院，直到在玫瑰房裡見到大禿頭才恍然大悟。那傢伙，當時腦袋就是那副德性。」

我驚訝地張大嘴，這真是超乎想像的故事，我不自覺地問了一句：「你從那個時候就開始縱火？十四歲？」

「那時候有點憤世嫉俗，不，其實只是我個人那麼想而已。畢竟十四歲還太小，不足以認清自己的問題。當時我把一切的罪過都怪到那老頭身上去，如果不去放火，大概就會去殺了那老頭吧。但真正的原因並非如此，而是那傢伙，就像連體嬰一樣天生就附在我的背上，到現在我還能聽到那傢伙敲擊我心臟的聲音，不斷催促我趕緊放火，他想看到熊熊燃燒後傾塌在我腳底下的醫院。」

我全身起了雞皮疙瘩，衝擊如洶湧大浪席捲而來。承民低聲笑了起來，口中發出粗糲的聲音。

「怎樣，怕了嗎？」

「那麼這次也是因為……」

「不是，我十四歲以後就不再縱火了。」

「那你為什麼會進來這裡？」

承民把手墊在後腦下，躺平身子不說話，我只好靜靜地等著。

「我有幾個兄弟，老大是大老婆的兒子，老二是二老婆的二子。父親是集團董事長，兩個兒子為了爭奪繼承人的位子，拚得你死我活。他們兩人底下，還有一個年齡相差二十歲的小子。這小子是有這家族二分之一血統的呆子，老頭婚外情的私生子，剛出生不久就被老頭帶回家，交給二老婆扶養。他連自己的母親是誰都不知道，是喊著那二老婆『夫人』長大的。這傢伙從小就沒出息，十四歲的年紀就被判定為品行障礙者。你知道什麼是品行障礙嗎？」

金庸的說法和十雲山道長的天機，接連在我腦中掠過──「玩火玩到被遺棄的財閥家貴公子」、「不讓他發狂才會被逼狂的狂人」。

「夫人建議把我送到精神病院，因為醫師診斷，如果放任不管的話，以後怕會成為縱火犯。老頭答應了，為了我的緣故，他的血壓飆高了一些。五歲的時候，我第一次玩火，就把夫人的愛犬尾巴給燒了，直到最後燒了老頭的別墅，才算畫下句點。在醫院住了一個月之後，老頭的親信閔室長就來醫院把我撈出去。家裡只有他會同情我，每次我闖了禍，都是他忙著為我善後。可能是他說服了老頭吧，偷偷把我送到美國去。兩個月之後，我抵達一個叫富蘭克林的地方，到了位於大煙山脈（Smoky Mountains）深處的小山村。迎接我的是一個韓國人，他在那裡經營一座山莊，就叫作『咆哮山莊』。山莊的玄關掛了一張令人印象深刻的照片，一個操縱著飛行傘的男人，飛翔在一片崇山峻嶺之上，就像一隻飛鷹。我愣愣地看了好久，山莊主人告訴我，那裡是尼泊爾的『安納布爾納峰』。我一眼就喜歡上，不管是照片裡的男人，還是山莊主人，兩個都喜歡。其實兩個是同一個人，山莊主人說他年輕的時候，曾經步行穿越安納布爾納峰。到了中年，才駕著飛行傘飛翔。我告訴他，我喜歡他。他聽了之後也說他喜歡我，不過如果我能喊他老大的話，他會更高興。基於成交的意義上，我主動伸出了手，他緊緊握住我的手上下搖晃，嘴裡罵了聲：『小子，真沒禮貌！』但在我耳裡聽來，就成了『小子，還真上道！』的意思。我高興極了，而且不久之後，我愛上了富蘭克林，就像我喜歡上老大一樣。我在那裡一直待到去納許維爾上大學之前為止，而且幾乎不曾離開過。真的很快樂，很自由，讓我完全得以從對世上的不滿、對老頭的憎恨、敲擊我心臟的縱火衝動、束縛我的一切之中解脫出來。」

承民的敘述省略納許維爾時期，直接跳到一個月前。

「夜裡突然接到閔室長的電話，說老頭死了，叫我不要回去參加葬禮。這事說起來有點複雜，重點就是老頭生前瞞著所有人，把足以讓夫人和那兩兄弟氣死的股份轉移到我的名下。也就是說，一旦遺囑公布，我會成為最受歡迎的人。大兒子會要求我簽署放棄繼承遺產切結書，夫人和二兒子二人組則想要接收我手上的持股。可是我不聽勸告，還是回國了。理由是什麼我自己也不清楚，我對遺產一點興趣也沒有，也不在乎繼承人的位子，更不可能突然就變成了一個孝子。或許，我只是想確認老頭是不是真的死了。不過有一點很明白，我真的是一個笨蛋，明知山有虎，還偏向虎山行。」

承民的聲音裡充滿自嘲。

「葬禮結束之後，我就到坪村去了。我在納許維爾的一個前輩那裡開了一家飛行傘俱樂部，我想去打擾他一天，隔天一大早就離開韓國。也就是說，我一抵達目的地，在律師公布遺囑內容之前，就會以郵遞寄出放棄遺產切結書，我可不想介入那兩人的浴血爭鬥中，也不想成為犧牲品。大概十點多一點的時候，我在俱樂部放下行李，出去白雲湖湖岸附近吃晚餐。才剛點完餐坐下來，就看到我的名字出現在電視上，新聞報導說某百貨公司物流倉庫裡被縱火。聽說兩棟倉庫全毀，兩名警衛受到重度燒傷。警方將集團會長的三子依縱火嫌疑通緝中，正在追查目前的行蹤。我這才發覺，大哥已經先發制人，開始行動，應該是想先用手銬把我銬住，再慢慢和我交易。要自由，就得放棄繼承權。我還能怎麼辦？警察隨時都會找上門，我只能先跑再說。根本沒有時間證明我是無辜的，當時的情況在各方面都對我不利，而對我最不利的決定性關鍵，就是縱火前科。前輩把自己車子的鑰匙給我，要我先到原州避一避，他會先聯絡好自己同事。然而我才開車上了高速公路，就被一輛紅色悍馬窮追不捨。到了交流道的地方又出現一輛白色轎車，把我給逼到這裡來。我一開始以為是大哥的人馬，被揍了一頓抓住了之後，才知道是夫人那邊的人，柳在民就坐在白車裡面。」

縱火、百貨公司、限制出境，記憶裡漏掉的東西。住院當天晚上在收音機裡聽到的新聞，一段一段回響在腦中。「九日下午……正在調查世宙百貨公司物流倉庫大樓新建工程工地起火事件，已故世宙集團董事長柳元錫的三子，以縱火嫌疑被通緝中，限制出境……」

「說是我監護人的那傢伙，是柳在民的親信。第一次過來的時候，我就提出了我的條件。我可以按照他們的要求去做，但得先解除警方對我的限制。只要能讓我出國，我絕對不會再回來。考慮到柳在民和長子之間的關係，這個條件不容易做到。但是理事會的召開，只剩下幾天的時間，他需要我手上的持股。我覺得他無論如何都必須同意，所以一直在等。但時至今日，他都沒來，看來讓理事會延後召開還比較容易做到吧，因此我也只能照單全收，因為我急了。上週六，透過食人魔博士，我才終於明白了柳在民的算計。食人魔博士說，縱火狂是具有反社會性人格障礙者，反社會性人格障礙是一種道德上的精神病症，治療的方法就是永遠隔離。聽到這個，我忍不住笑了！之前髒話已經說太多了，這次我除了笑之外，什麼都說不出來了。我……」

承民靜靜地凝視監視器，看得出來他在努力平息自己的情緒。

「想去一個地方，現在，馬上，無論如何。」

走廊傳來皮鞋聲，告知現在開始巡房了。

「每天，每個瞬間，我都能確切感受到，漸漸……」

承民閉上了眼睛，當腳步聲在門口停下來時，我聽到他突然跳過中間一段，直接說了一句：「沒有時間了，我快急瘋了。」

門打了開來，護工和二人組出現。自從發生了手錶事件之後，巡房時便總是三人一組行動。他們在門外安全地帶看了房間一圈之後，便關上門。承民不再說話，只有均勻的呼吸聲傳來，彷彿睡著了似的。

我陷入了混亂，承民的敘述雖然給了我很大的衝擊，但我的混亂卻非因此而來，而是來自於我的內心。從撿起手錶的瞬間開始，那份混亂就讓我不得安寧。這混亂，就類似於夜幕降臨之際就來造訪的不安感。越走近他的身邊，我就有種茫然和不祥的預感，彷彿打開了一扇通往陌生世界的大門。腦子裡的理智「嗶嗶嗶」猛吹哨子，要我「停停停，這裡禁止出入，趕緊掉頭」！

正確的忠告，不便、不安、不祥的事情，早就如夜幕一般充斥在我的生活中。如果再牽扯進悲傷、絕望、痛苦、恐懼、可怕這類的情緒，或許我的理智就會崩潰。承民的事情，由承民自己去操心，我管好自己的事情就好，千萬不能驚醒盤據在夜幕之下的凶猛厄運。

拉起毛毯蓋住頭，不是怕冷，而是心情淒涼。睡意早跑到十萬八千里外了，留下來的空位全被思緒填滿。那是想要抗拒理智，追隨本能去做的意念，想要如飛箭奔著承民而去的好奇心。

他想去的地方是哪裡？他確切感受到的是什麼？「漸漸」和「沒有時間」之間省略掉的是什麼？這一連串交織的問題中，必然存在著讓承民快瘋掉的祕密。這天機，十雲山道長算得出來嗎？

第三章　狂人

七月的第三個星期天早上，醫院病患在走廊呈體操隊伍站著，準備要去做禮拜。哨音一響，從B棟最尾端的五一六號房開始，依次離開病房區，最後離開的則是五〇一號。

憂鬱考生站在緊急出口處，他在星期日的職責，換成了守門人，任務就是清點出入的人頭數。禮拜結束之後，鎖上緊急出口的門，也是他的工作。但此時憂鬱守門人一點都沒有確實執行任務的打算，看都不看人一眼，連我都不理，只是背靠著牆，站在那裡低頭望著自己腳尖。到了最後一個金庸出來之後，就開著門不管，乾脆蹲了下去。眼裡充滿了說不清是睡意，還是悲傷的情緒，似乎打算一直保持這個姿勢，直到禮拜儀式結束。

緊急無障礙通道就設置在大樓的側邊，及腰的水泥牆上方，又圍了一圈鐵欄干，上面再包上鐵絲網頂蓋。無障礙通道的下面是運動場，不管是模樣還是大小，都有兩個室內棒球場合起來這麼大。鋪滿細沙的四方形平地上，也圍了一圈和無障礙通道同色的鐵絲網圍牆和頂蓋。另一端則是一片廣袤的白樺林，和我從吸菸室窗戶俯瞰時不太一樣，讓人聯想到俄羅斯草原一般遼闊、蓊鬱。這片森林是三十多年前，醫院還是戒癮中心時期收容的病患們親手種下，營造而成的。

「那裡就是散步的步道入口。」

金庸指著貫穿圍牆和森林之間的拱形門，聽說這條路也是希望農場勞動組上下工所走的路。金庸在最後還多加了一句，步道盡頭就是水壩。我慢慢走上禮拜堂，無障礙通道上沒有叫喊「快點、快點」的嘮叨鬼，也沒有監視器。

禮拜堂比照第五病房區來看的話，大概就在餐廳的位置。對面是配菜室和圖書館，A棟這邊隔著一道掛著「員工宿舍」牌子的鐵門。走進禮拜堂裡面，一眼就會看到正面掛著的大型橫幅：

祈願世界和平

橫幅下方，女總務班的人正在配合讚美歌帶動唱。先坐到位子上的人，就努力跟著一起做。禮拜堂也像餐廳一樣，按照區別、房間別安排好固定位子。前面是一區、二區，中間是三區，入口處是五區，男總務班的人正忙著把一頭霧水的病患安置在規定的位子上。五〇一、五〇二號房就坐在門邊。

牧師上場，以朗讀〈以賽亞書〉第四十三章第十八節，作為禮拜的開始。與此同時，大家也開始了各自的小動作。金庸趁著和前座某男討論神學的間隙，也懺悔自己所犯的罪。不過他一開口，卻是在替我懺悔。主啊，請救贖蜜絲李來自原罪的瘋狂靈魂吧！真是個愛管閒事的傢伙，明明是我父母貪玩弄出的人命，他站出來求什麼救贖啊，真是的！

承民把臉埋在萬植先生的背上睡著了，韓伊撕下聖經摺紙鶴，摺好的紙鶴就整齊地排列在前座椅背的小桌板上。十雲山道長不時伸手接收紙鶴，隨手放進自己的口袋裡。禮拜結束之後，韓伊行了三次大禮，金庸對此做了神學方面的解釋。

「天父啊，您收下了我全部的紙鶴，那就請您把智恩交到我手上來吧！」

「收下」了紙鶴的天父，沒有交出智恩，而是交出了一顆水煮蛋到每個人手上。我的雞蛋上面寫著語帶威脅的格言：

沒禱告的地方，是撒旦的慶生樂園。

有禱告的地方，是撒旦的葬身之處。

五〇一號房最後入場，最先退場。金庸第一個走出禮拜堂，其次是承民和萬植先生、我、五〇二號房室友們。離第五病房區緊急出入口還有四公尺左右時，承民停下了腳步，我也不假思索地跟著停下來。

「庸哥，那是什麼？」

承民一隻手遮擋陽光，一隻手指著白樺林的另一端，那裡飄浮著一個廣告氣球。金庸也停下腳步，望著那處。

「喔，那個，遊艇場放的。」

「那裡有遊艇場？」承民反問，他不停地眨眼，像是被陽光刺痛了眼睛。

「那裡只升起了廣告氣球，遊艇場在遊樂園裡面。最近一天到晚下雨，稍微安靜了些，不過今天大概會吵得人耳朵痛。從春天到秋天，只要天氣好一點，就有一票人蜂擁而至，吵吵鬧鬧著要搭汽艇啦，水上摩托車啦。那裡還有遊艇，可以搭船在水壩繞一圈，觀賞水里峰的岩壁。從水壩往上仰視，景色真的很壯觀。從下到上整個一片黑色奇岩峭壁。」

金庸轉過身面對森林。

「問題就在於，那麼做會毀了整座山。所以說遊樂園是造成環境污染的罪魁禍首，隨便傾倒垃圾，排放污水……」

承民也和金庸並排站在一起俯瞰森林，五〇二號房的室友們還以為出現了什麼好看的東西，都以同樣姿勢靠在欄干上。五〇三號房的人從我們身後走了過去，接著是五〇五號房、五〇六號房……找回了王冠，恢復優雅身姿的白金漢公主，踩著芭蕾舞步下來，賢善她娘緊跟在後。我用手握緊頭髮，躲到承民旁邊去。金庸一個人在那裡高談闊論。

「遊樂園興建之後，最倒楣的就是我們。不但要定期過去打掃，還一直被吵到半夜。從前年開始，就有一堆人跑來玩滑翔翼，連冬天都不得安寧。」

「有滑翔翼？在哪兒？」承民發出驚訝的叫聲。

金庸指著隱約可見的灰色山脊說：「水里峰。」

眉頭一會兒緊鎖，一會兒舒展，看了老半天之後，承民問：「在哪兒可以看得更清楚些？」

「步道盡頭可以看得更清楚一點，今天天氣不錯，說不定連滑翔場下面的峭壁都能看到。不過耐心組的人去不了那裡，只有希望組以上級別的才能去散步……」

金庸話都還沒說完，承民已經轉身沿著無障礙通道跑了下去。

金庸大聲喊：「多別爾，你要去哪兒？」

承民已經消失在視野中，無障礙通道上只剩下五〇一號、二號房的人。不對，還有一個！智恩靠牆坐著，和韓伊不知道在說什麼，兩人之間就如她啃咬韓伊手背那天一樣，又像一對小情侶。

「這什麼啊？」

金庸搖了搖五區緊閉的門，嘴裡叨念著。大門緊閉，就等於上了鎖。十雲山道長用力敲著門，卻連一點反應也沒有。金庸下到三樓去，我和競走選手、十雲山道長、街頭樂師一衝動也跟了下去。三樓也大門深鎖，連第一病房區也一樣。金庸一臉驚惶失措，轉頭看向運動場，承民已經走進了步道拱門裡去。

「多別爾，你不能去那裡，快回來！承民啊！柳承民！」

金庸的呼喚徒留一串回音，承民像潛水一樣一頭栽進森林裡，金庸把我往運動場推。

「還不快去把他帶回來，被逮到的話，我們就要集體進隔離室了。」

我拔腿穿過運動場，顧不上「為什麼偏偏叫我去？」的抗拒，不想進隔離室的念頭更強烈。穿過拱門，走了十來步，突然一股神祕的氣息籠罩下來，讓我停下了腳步。森林外面的世界消失了，陌生的世界展現在我眼前。

森林閃耀著奇妙的光澤，是一種黑暗中仍舊讓人雙目發寒的銀白色。不，不是銀白色，該說是一種光輝才對。從筆直生長的樹木身上，散發出來的冷然光輝。銀白色樹木間隙，一片不知名的雜木和矮樹叢交織而成的綠色樹蔭。陽光懸浮在樹葉之上，流竄的空氣裡有水，有青苔，還有泥土的味道。我的心整個平靜下來。

一步一步向前走，樹木之間出現了由鐵絲網圍牆和頂蓋所圍出來的步道，就像是一條由鐵絲網所編織出來的隧道，貫穿了整個森林。再走五步，我就發現承民的拖鞋在地上滾動。而承民正揹著萬植先生，走在前面二十多公尺的地方，正以他獨特的走路姿態，一手扶著鐵絲網圍牆，一面伸出腳尖試探著地面，慢慢前行。我也像受到啟發一般，脫掉鞋襪。光著腳一踩到地面，一股濕漉漉的地氣，就順著小腿肚竄升上來，冰冷、柔軟、濕潤。感覺不像在走路，而像踩在軟綿綿的夢境裡，身體不由自主地往前走。步道在森林裡拐彎抹角地畫出一條長長曲線，全都是下坡路。

「你們都瘋了嗎？怎麼全都一窩蜂跟著跑？」

金庸的聲音打破森林裡的靜寂，我回頭看了一眼，十雲山道長、競走選手、街頭樂師三個人並肩走過來，全都光著腳。連跟在他們後頭一面啪噠啪噠跑、一面嚷嚷的金庸，也光著腳。

「那邊沒什麼好看的啦，趁他們還沒來逮人之前，我們趕緊回去吧！」

但沒有一個人回去，彷彿森林的另一端有魔笛聲傳來似的，全都著迷地往前走。這些人應該也是第一次到森林裡吧，仔細一想，才發現全都是耐心組的。

承民的腳步越來越快，我也跟著加快腳步。沒多久，我們三個人就一起走到了出口前面，十雲山道長、競走選手、街頭樂師、金庸隨後抵達，門口一下子擠滿了人。

一道鐵絲網大門擋住了和道路相連的出口，門上用鐵鍊和鎖頭鎖了起來。手指扣在鐵絲網眼上，我們緊貼著大門，俯瞰下面的水壩。這裡似乎並未進行水力發電，四個水閘全開著，也看不到什麼發電設施。水壩另一端有一棟小小的建築物，像是管理室之類的。望不見盡頭的水壩斜坡上，垂著紅鬚的玉米就快成熟了，沐浴在一片陽光之下。天空藍得不可思議，我感到一陣心慌，心底下翻湧起一股陌生的衝動，想離開森林綠蔭，衝向水壩斜坡，就像逐漸轉為金黃色的玉米一樣，站在才剛升起的太陽之下。

承民把額頭靠在鐵絲網上，愣愣地站在那裡，其他人也跟著有樣學樣。大家一起望著拱門對角線盡頭的山峰，那是水里峰吧，即使金庸不說，一眼也能看得出來。鷹首模樣的灰色岩壁高聳入雲。峰頂下被連綿不絕的山脊擋住，什麼也看不到。也看不到滑翔場，距離太遠了，用肉眼只看得到月亮模樣隱約浮現的黃色物體。

金庸抬手指著那物體說：「今天也有人在玩滑翔翼呢！」

承民瞇起眼睛，瞪著他所指的方向，估計他還沒看到。滑翔翼艱難地沖上晴空，接著又沿著水壩水面俯衝而下。當黃色的傘蓋大到如托盤一樣，人的形體在太陽光中顯現出來時，承民的臉變得蒼白而僵硬，緊緊抓住鐵絲網的手指關節也發白到近乎透明。

「看什麼看得那麼專注？沒看過滑翔翼嗎？」

金庸戳了一下承民側腰，承民沒有回答。站在那裡的，不是承民，而是一具軀殼，靈魂早已出竅到別的世上去了。不然的話，就是在他的眼裡，這世上只剩下滑翔翼和他自己而已。他的眼光追逐著滑翔翼，就彷彿狂熱信徒迎接神祇到來一般。

飛行正式開始，紅的、藍的、鮮紅的、綠的……十多頂滑翔翼按照一定的時間間隔，依序升空。輕輕地穿越天空，沿著水面滑翔過來，實在太美了！在他們腳下躍動的，是輝煌奪目的自由。比天空更藍，比七月的太陽更燦爛的自由。他們的自由，只屬於他們！

我也把額頭靠在鐵絲網上，這時心跳突然加速，整個人頭暈目眩，胸口發緊。火熱的鈍痛傳遍全身，像是神經被人一節節點燃了似的。

滑翔翼最後消失在我們所站立的拱門上空，我好一陣子動彈不得，雖然滑翔翼消失了，但如山火蔓延的疼痛餘波，卻沒那麼容易減輕。別人同樣一動也不動地彷彿作著白日夢，視線各自梭巡在不同的地方。我很好奇他們在梭巡什麼，也很想知道他們是否有和我同樣的感覺。如果有的話，就能為那疼痛做出診斷。那是一種對失卻之物的「懷念」，或者是記憶所帶來的「寂寞」。

震耳欲聾的引擎聲打破了我們的白日夢，兩艘汽艇奔馳在水面上，後面跟著幾艘水上摩托車，掀起一道道水花。金庸最先回過神來，嚷著趕緊回去，說如果能趕在午飯前回去的話，來過森林的事情或許不會被發現。

回去的路走得真辛苦，氣都喘不過來，腳又痛得很，真是無聊透了。來時的下坡路，現在都成了上坡路，走得全身汗流浹背。尤其是承民走得很慢，一下子身體撞上圍牆，一下子腳扭到，老是站不穩。但這不是因為他沒力氣，而是他的精神都耗盡的緣故。這傢伙看不清前後左右，只像個孩子眷戀消逝的海市蜃樓般，不時茫然地回頭看。

走到拖鞋散落一地的地點，我在一堆拖鞋裡撿起有如一枝花的中國風繡花鞋拿在手上。一個沒留意，竟然連承民的拖鞋也撿了起來，大概滿腦子都在想承民的事才會這樣吧。承民在那兒度過少年時期的富蘭克林，走過、飛過安納布爾納峰的老大，承民追逐滑翔翼的眼睛，承民現在該去的地方，把承民逼得快瘋的事情……腦子裡的理智又冒出來吹哨子，叫我「別再管那傢伙的事情」了。

無障礙通道依舊靜悄悄的，金庸把正想往上跑的人都叫住。

「怎麼可以就這麼往上跑？難道想不打自招讓人知道我們去了一趟森林？」

我們全都不約而同地低頭看腳，泥巴都沾到腳踝上了。

「你們這群傢伙啊，就只知道惹禍，不知道怎麼擦屁股。」

金庸把我們帶到一樓的無障礙通道後面去，那裡有一支水龍頭、肥皂盒，還有附了把手的刷子，然後告訴我們這裡是勞動組洗鞋的地方，所以我們也把手臉和腳都清洗乾淨。

一如預想，也如期待一般，第五病房區的逃生通道門深鎖。韓伊和智恩仍舊坐在原來的地方，只不過智恩坐的位置有了點改變，從韓伊的旁邊，移到韓伊的大腿間。韓伊抱著智恩的肩膀，不知道在她耳邊呢喃些什麼。我不知道這小兩口趁我們都不在，無障礙通道裡空無一人的時候，做了些什麼。我的眼睛只看到兩件事情，兩個人的臉都很紅，智恩上衣的釦子全都錯了位，各差了二孔。

金庸敲了敲逃生通道的門，一點用都沒有，只能在外面等人出來。我們挨個坐到韓伊旁邊，我頭靠牆，閉上了眼睛，潮濕的皮膚在陽光下一點一點曬乾。輕鬆之餘，睡意便湧了上來。

我們在西瓜田裡用拳頭劈開西瓜，西瓜又紅又甜，哎呀，好痛！一個驚嚇醒了過來。睜開眼睛一看，總務班的拳頭正劈在我們的腦袋上。崔基動就站在逃生通道門邊，一臉似乎有些驚訝，又有些好笑，還有些莫可奈何的表情，總而言之就是「不可理喻」之類的吧。

我們全都在護理站前排成一列，憂鬱又加上垂頭喪氣的守門人也被叫到一旁站著。在他的辯解和我們的證詞交互印證之下，就完成了以下的故事。

憂鬱守門人在禮拜結束之前都一直坐在門邊打瞌睡，突然醒來一看，五一六號房的人正走進逃生通道，他確認了最後回來的人之後，就關上了逃生通道門。他想，既然五一六號房的人都進來了，那麼應該全都進來了吧。在我們後面下樓的三區住戶們遮住了他的視線，這也是原因之一。B棟住戶們也沒在意敲門聲，還以為是樓下的人經常玩的惡作劇。一直到了午飯時間，才發現五〇一號、二號房的人不在。餐桌整個空著沒人坐，這麼明顯的事情，不知道才奇怪。整個病房區亂成一團，緊急鈴聲大作，總務班全員集合。此時，有B棟的人出面表示聽到敲門聲，於是崔基動才開了逃生通道的門。

這事情就在幾句訓誡之後算是了結，崔基勳相信了十雲山道長所說「東張西望了一下而已，門就被鎖上」的話，連警告都沒記。因為是崔基勳輪值，才可能這麼簡單帶過，他從來不會亂記警告或亂處罰，也不會無緣無故對病患動手。這一點，只有在監獄和精神病院，才算得上是一種美德吧——我想！

去過森林的事情，就成了五〇一號、二號房的人共同的祕密。連喜歡埋怨別人的金庸，也閉口不說。只要是牽扯到自己的問題，就保持沉默，這點和我有得拚。

承民整個下午都無所事事地賴在床上，翹著二郎腿躺在那裡，腳趾頭沒事幹一直不停地夾什麼東西亂扔。牙刷、牙膏蓋子、指甲刀、叉匙……散落在床上的雜物接連被甩到門邊去。直球、曲球、變化球、慢球等等，花樣十足。球都丟光了的話，他就會用腳趾頭戳戳自己隨意任命的球僮，把房間裡散落一地的球撿回來。球僮是誰，不用說也知道。我在房裡待不下去，不想當球僮是一回事，我也怕隨時會被什麼東西給打到。因此，到晚點名之前，我又和競走選手作伴。

到了晚上，承民變得更加散漫，翻來覆去地在床上一下子五體投地，一下子仰面朝天。一下子玩腳趾頭投球、仰臥起坐、伏地挺身，每隔一分鐘就把手錶拿出來看。這裡得先說說手錶的事情，再繼續下去。

承民回來之後，崔基勳已經兩度突擊，過來檢查房間，連承民的胯下都沒放過，但卻沒有碰萬植先生的胯下。手錶其實就藏在萬植先生印花平口四角褲裡的小麻袋裡，這讓我感到很生氣。之前六天的時間裡，我的心血等於白流了，這麼簡單就能藏得好好的，我卻費盡了千辛萬苦。不過，至少不是只有我一個笨蛋，這點還值得安慰。因為還有一個動員了那麼多的人力和權力，卻次次白費工夫的笨蛋。這個人就是崔ＸＸ先生，或可說是Ｘ基動先生。

承民從床上一躍而起，大概覺得都沒什麼好玩了的樣子。於是他開始在狹窄的房間裡繞圈，先走到窗戶，再到萬植先生的床，然後到房門，最後走到我的床邊。

「兩個物體每一次接觸，都會在對方身上留下痕跡。」ＣＳＩ所迷信的羅卡定律（Locard's Principle），身材高大的夜盲症患者一個晚上就證明了這個定律是錯誤的。承民腳下所踩到的東西，全被宣告陣亡。和承民的大腿起了衝突的各張床，無數次偏離原位。牆壁和房門也不例外，晃悠悠地走著走著，「砰」的一聲整個身體就撞了上去。每次撞到，整個房間都會晃兩下，但承民一點事兒也沒有。

我想了很久，是什麼點燃了那傢伙的雷管？水里峰、滑翔場、滑翔翼，或者以上皆是？一隻拖鞋「嗒」一聲拍在我額頭上。一腳踹壞置物櫃門板後躺回床上的承民，他的腳就是犯人。我拉開毛毯坐了起來，已經到了忍無可忍的地步。我決定下床轉移陣地，躲到床底下去。拿起枕頭才剛站起來，承民一手摟住我的腦門，壓著我坐下來說：「要不要陪我練練拳擊？」

這可是我的腦袋，拳擊陪練用的工具是套在手上，不是套在脖子上，我用力掙開承民的手。

「我，精力充沛，睡不著！」

承民露出牙齒嘻笑地說，但他的眼裡沒有笑意，只閃爍著奇怪的光彩，那眼神寒光閃閃，讓人怵目驚心，就和那天夜裡他倒在走廊地板時，我所看到的眼神一樣。如果說那個時候我在他眼中所看到的是憤怒和絕望的話，現在在這黑漆漆的黎明空氣裡，對著他的臉，我看到的是熊熊燃燒的黃色火焰。如果有人要我為那火焰下個定義，我會毫不猶豫地命名為「瘋狂」。

我對著牆壁橫躺下來，遙遠的森林裡傳來貓頭鷹的叫聲，耳邊回響著承民說過的話。

「沒有時間了，我快急瘋了。」

拉起毛毯蓋住頭，摀住耳朵。

精神病院的時間，沒有數字觀念，取而代之的是虛構、妄想、幻覺、記憶、夢、渾噩、恐怖。時間的存在就如大海，而人們是漂流在蒼茫海上的幽靈船，不知道自己從何而來，身在何處，去向何方，做了什麼，知道了也沒有用。自己所在的位置和時間，只有對生活在外面世界的人才有意義。那個世界裡，人們擁有未來，時間用數字計算，擁有獨特的價值。逼得承民快發瘋的時間，指的是外面世界有數字盤的時鐘所消耗掉的時間，也是很久以前神從我這裡拿走的時間，或許這時間當初根本沒給過我。因此現在我該做的事情，就是睡大覺。那個一直恣意妄為的傢伙，和我擁有不同時間概念的傢伙，管他瘋不瘋，還有沒有時間。

天快破曉的時候，我才好不容易入睡，做了一個夢，夢到我迷失在白樺林裡。

放假日期公告出來了，週一大清早起，整個病房區就像著了火的蜂窩一樣亂烘烘的，因為不是自己想放就能放，還附帶了三點條件，第一，必須先通過審查是否適合放假，標準就以護理站的「評分」來決定。第二，通過審查之後，還得徵詢監護人的意見，願不願意讓病患回去。最後一個條件，就是要監護人親自到醫院來帶人。

第二個條件，可以由病患透過電話直接徵詢監護人的意見，也是最花時間的一個步驟。醫院方面不接受病患個人的要求，而病患則希望直接從監護人那裡聽到同意與否，表明不相信醫院方面轉達的話。因此通過資格審查的病患，都會在監視團的監視下，利用護理站的公共電話直接和家人聯絡。事實上，這真是一件充滿淚水的工作。

監護人說「除了會發瘋之後，還會什麼，有什麼好放暑假的，別放了」。然而，天賦人權，地球上所有人都應該是公平的。精神病院裡的住戶到了夏天也會熱，也想吃涼麵，想加入避暑的行列。

電話聯絡的工作，一直到週三下午才結束，病人們也分成了好幾個類別。一類是得到同意，開始打包行李的人；一類是遭到拒絕，垂頭喪氣或怒火沖天的人；還有求著再聯絡一次的人；家人瞞著自己搬了家，驚惶失措的人；沒有親屬值得聯絡的人；或者是根本對放假沒興趣的人。

萬植先生沒有親屬，我根本對放假沒興趣，以前在羅丹醫院的時候，也從來沒申請過放假。不管是年節放假，還是暑假，回去都沒什麼好事。父親也不會叫我回去，每到放假時節，我們父子倆才難得心有靈犀。只不過這次，連讓我打個電話的資格都沒通過，這讓我有點忿忿不平。對於「不行」和「不要」之間的差異會如何觸怒一個人，要我上十小時的課來講解都沒問題。要我用一句話來表示？那就是「氣死人了！」

自從承民知道護理站裡有公用電話之後，就賴在護理站前面不走。他把臉貼在窗沿上，拚命糾纏。拜託讓我打一個電話就好，三十秒之內結束，只說一句我很好。

我坐在布告欄前面，看著那傢伙千拜託萬拜託的，忍不住嘆了一口氣。他神經有毛病啊？才從玫瑰房出來沒多久，怎麼可能允許他對外聯絡。想博取同情，也得看裡面輪值的人是誰啊，怎麼就對上了大黑痣男和尹寶拉這一對，來猜猜看。

有個人說：「討厭啦，你要飯的啊……」罵完之後，就啪的一聲關上窗戶，這人是誰？是尹寶拉。承民僵在窗戶前面，滿臉通紅。坐在我旁邊的十雲山道長從側邊口袋裡掏出象棋盤。

「來算算這死丫頭什麼時候嫁得出去！」

五〇一號房和五〇二號房全部加起來只有金庸一個人得以放假，他馬上收拾好行李。但五分鐘之後又解開，十分鐘之後又打包。看來到放假開始的那個週末之前，他會一直維持這樣的舉動。不只手忙，他的嘴也很忙。一下說，這次回去，就不會再回來了。再不然就是好好休息幾天之後，打算換一家高水準的醫院。同時還向我仔細詢問羅丹醫院的種種情況。聽說那裡的設備好得不得了？聽說住院費很貴，到底有多貴？聽說他們對待病患非常人性化，真的嗎？

「人性化對待」一般來說，是表示行動上很尊重對方。但在精神病院方面來講的話，就是指不採用物理治療的手段來控制病患。我不知道他想問的究竟是哪一種，只好默不作聲。

吃過晚飯之後，承民開始在吸菸室裡狠狠地痛打速度球。我泡了咖啡之後，就回自己的床位去了。小口小口地啜飲咖啡，在房間裡等憂鬱考生過來。拖著拖把出現的憂鬱清潔工，背上好像還背了一個小書包。

「那個，你不會是在等我吧？」

八點左右，他站在門口探頭進來問。過了一會兒，才扭扭捏捏地走進來，一屁股坐在床尾。看著我的眼睛裡，隱約又看得見神采。

「坦白說，我到處打聽過了，實在不想放棄。」

他說，崔基動告訴他，F代碼的人不得從事的職種有二十種，其中並不包括社會工作者。

「意思就是說，我可以做那個，對吧？會給我資格證，對吧？崔護理師說沒錯。」

既然崔基動都說沒錯，那就一定是對的。我接過憂鬱考生遞過來的書，打開一看，撕碎的頁面都被他用膠水和膠帶小心翼翼地黏貼在一起，上面還留有用熨斗熨平皺褶的痕跡。我的喉頭有點哽咽，心裡一陣悲涼。他在黏合頁面的時候，在用熨斗撫平皺褶的時候，還放進了一個曾經是酒精中毒者、流浪漢的男人所有的希望與絕望。

接下來兩個小時，我們頭並著頭，就一直坐在那裡學習。這個夜晚，我第一次感覺吸血蟲不是那麼討厭。

週末上午，放假的病患陸續離開醫院，隔著護理站的窗戶，一邊是激動和歡喜，另一邊是寂寞與憤怒。護理站裡擠滿了來把放假病患帶回家的家屬。準備走的人就像要移民一樣，湊在一起高聲道別。留下來的人就跑到休息室和吸菸室去打發時間，看看電視，吸吸菸，神態自若地聊聊天。然而，就算如此，還是無法掩飾內心的嫉妒。電視新聞裡播放假期外出的車輛塞爆的高速公路路況，護理站裡呼喊爸媽的聲音不絕於耳，醫院大門前等待的車輛排到老遠，還有什麼人能硬著心腸對此視若無睹。病房區裡的氣氛異常沉重，有人說了個笑話，大家哈哈哈乾笑幾聲之後，隨即又沉寂下來，陷入長長的靜默中。

放假的人一走，病房裡的人就少了一大半。剛休完假回來上班的崔基動，正在整理空出來的病房，大黑痣男則四下閒晃。我坐在吸菸室的長椅上，覺得今早不好不壞。

好事，兩件——晴朗的天空、難得占到了窗邊長椅。

壞事，兩件——到處閒晃的大黑痣男、騎到我肩膀上來的萬植先生。

都怪承民不好，萬植先生才會騎到我肩膀上。吃完早飯之後，一刻沒停過一直在打沙袋。剛看的時候，還覺得很新鮮，這可是承民第一次碰沙袋。但過了兩個小時之後，「新鮮」變成了「無聊」，最後甚至覺得「提心吊膽」。說他在運動，但似乎過了頭，像在發洩著什麼似的。他脫了上衣打赤膊，把全身的重量集中在拳頭，下狠手拚命打。不管是揮拳的手臂，或是支撐身體的雙腿，都顫顫巍巍的。整張臉像曬紅了似地，全身汗流浹背，連褲子都濕透了。萬植先生用他尖銳的手肘撐在我的腦袋上，問了有二十次吧。

「多別爾，好了沒？」

當他問第二十一次的時候，廣播裡傳來尹寶拉的聲音。心理劇時間到了，全員馬上到餐廳集合。吸菸室裡的人全都在抱怨，沒心情，沒人在，這個時候全國老百姓都在放假，我們還看什麼神經兮兮的心理劇？一直到尹寶拉跑來趕人，大家才不情不願地抬起屁股來。

「喂你，別再打了，給我出來。」

尹寶拉站在吸菸室門口，勾勾手指頭叫喚承民。承民變換步法，背對尹寶拉。

「喂喂，叫你去餐廳集合沒聽到啊？」

一記左刺拳打在沙袋上。

「柳承民。」

再一記上鉤拳。

「喂！」

拳擊突然止住，承民用手背擦掉流到眼睛裡的汗水，走到尹寶拉面前來，兩人針鋒相對。原本已經朝著餐廳走去的人，又聚集到尹寶拉的身後。

「妳啊，就那麼喜歡跟我說話嗎？」

承民頂著張臉，大步靠近。嚇得身子往後縮的不是尹寶拉，而是我。她眼睛眨都不眨一下，正面迎上承民的眼光。一個一隻手就能舉起自己的壯漢就這麼靠了過來，她卻一點都沒顯露出膽怯的樣子。先不管她的脾氣如何，這份不怕強勢的氣概和膽量，值得高度評價。

「那麼對我的稱呼固定一下吧，每次叫我都改來改去，鬼才知道妳在叫誰！」

尹寶拉雙手交叉在胸前，採取冷靜的戰鬥姿態。

「柳承民，你現在是想對我……」

「一起去洗澡吧，後面要說什麼，我邊洗邊聽。」

承民把毛巾披在肩膀上，走出吸菸室。四下都有人忍不住低聲爆笑，其中也包括大黑痣男。尹寶拉滿臉通紅地站在那裡，雙手交叉在胸前怒瞪著承民消失的地方。兩人之間的較量，這下就算扯平了。

我揹著萬植先生，走到餐廳去，大概來了四十多人。餐桌都被移到兩旁，椅子呈圓形方式排成兩排。只在飲水機前面放了一張小桌子，是主持人尹寶拉的位子。舞台中央女總務班心不在焉地帶動跳，但下面只有兩三個人跟著晃動，大家都沒什麼心情跳舞。

心理劇也分成很多類型，不管專家們怎麼說，我的看法如此。羅丹醫院的心理劇，屬於情節劇。或許是因為情節劇不合我的口味，我覺得無聊透了。叫我上台表演，我從來不去，不管別人怎麼起鬨，我只想當一個觀眾。要我站在大家面前演出「我的故事」，等人類滅亡之後再說吧。

水里希望醫院的心理劇，屬於驚悚類型。聽說尹寶拉還以心理劇的題材，寫了一篇碩士論文。對她來說，這時候是做學問的絕佳時機，但對我來說，卻是最嚇人的時間。僅次於大黑痣男的「紀律指頭」，尹寶拉擁有一根「獨裁指頭」，指到誰，誰就是今天的主角。

一個禮拜前，在角色扮演劇上我就已經演過一次了。當時是由賢善她娘擔任女主角，因為我有不祥的預感，因此盡量降低自己的存在感，但還是難逃那根獨裁指頭。我被指定扮演賢善，和賢善她娘演對手戲。我不想回顧那天的事情，只想說一下當天的角色劇才演了不到三分鐘就中斷的事情，以及中斷當時的狀況。我縮著脖子，臉貼著地板，趴在餐廳的一角不停地冒冷汗，因為賢善她娘正托著胸部要給賢善餵奶。承民笑到快抽筋，整個人連帶椅子笑翻過去。於是尹寶拉手指一伸，就決定由承民擔任下次主角，演出獨腳戲。

我坐在冰箱旁邊，雖然很靠近尹寶拉的位子，讓我有點不爽，但也莫可奈何。我對面坐的是賢善她娘，萬植先生則騎坐在我的大腿上。

帶動跳結束之際，尹寶拉出場，承民被崔基勳反剪雙手跟在後面進來，頭上頂著一頭泡沫。脫得精光的上身，還淅淅瀝瀝滴著肥皂水。情急之下穿上的褲子，緊貼在潮濕的大腿上。從緊貼的模樣來看，可能裡面連內褲都沒來得及穿。而且，還光著腳。

「人家在洗澡，硬拖過來這裡要幹什麼？」承民一口氣吹開鼻梁上流下來的泡沫，開口問。

尹寶拉在自己的位子上坐下來。「你忘了今天輪到你負責演獨腳戲。」

「我說啊，護士主持人，我現在眼睛痛死了，等我把肥皂水洗乾淨再……」

「大家都拭目以待你的演出。」尹寶拉截斷他的話，聲音就像藏起利爪的貓一樣。

「喔喔，拭目以待！」承民微妙地歪著嘴，眼睛裡露出笑意。

「既然如此，我也不敢辜負大家的期待囉！那就先請主持人讓您的小嘍囉放開我的手臂吧。」

尹寶拉使了個眼色，崔基動放開承民，退到冰箱旁邊去。承民甩了兩、三下手臂之後，雙手在臉上揉了揉，抹掉肥皂水。

「好，我該怎麼做才不辜負您的期待呢？」

「上個禮拜，你沒看到金蓮順演的角色扮演劇嗎？」

「那個就有點困難，我可沒有那麼大的胸部給賢善餵奶。」

尹寶拉的臉上現出迷人的笑容。「獨腳戲不需要大胸部，一點也不難，也不複雜。可以不拘形式，自由發揮。你可以自己選擇一個主題或是情境，表達出相關的想法、感情、回憶等等，只要能夠達到淨化心靈這個主要目的就行了。」

「可以把妳剛才說的話寫下來嗎？」

尹寶拉的微笑從臉上消失，纖細的手指猛按自動原子筆頭。

「我說的是證明書。」承民送上迷人的笑眼，外加溫柔似水的聲音。「別忘了簽上大名。」

尹寶拉從筆記本上撕了張紙，拿筆揮灑幾個字之後，遞給了承民，一臉誰怕誰的表情。餐廳裡一點聲音都沒有，連呼吸聲都聽不到，所有人的視線都集中在這兩人身上。

「來，大家一起給柳承民一個熱烈的鼓勵。」

尹寶拉帶頭鼓掌，周圍也稀稀落落地響起幾下掌聲。承民回敬給尹寶拉一個飛吻，等到掌聲一停，他就把證明書捲成一捲，拿在手上，轉身站到窗戶旁邊去。萬植先生一副躍躍欲試的氣勢，屁股不停聳動，我只好攔腰抱住他。

承民一隻手臂高高舉起，打著響指，噠、噠、噠，口哨聲也隨之響起。他晃著一邊的膝蓋，用腳跟點地。手指頭、口哨聲、身體的律動，交織出我所熟悉的旋律。彷彿敲著鼓點聲的扭扭舞節拍，鼕鼕嗒嗒、鼕鼕嗒嗒、鼕鼕嗒嗒。

「Come on everybody, clap your hands!」

暢快、流利的歌聲響起。

「All you lookin’ good! I’m gonna sing my song...」

承民慢慢轉身面對大家，一手拿著紙捲當作麥克風靠在嘴邊，一手拍著自己的大腿。

「We're gonna do the twist and it goes like this!」

只看見承民挺起胸膛，開始自然地擺動腰臀，濕漉漉的光腳在餐廳地板上畫著「之」字。

「Come on, let's twist again like we did last summer. Yeaaah, let's twist again like we did last year.」

尹寶拉雙手撐桌站了起來，眼珠子都快掉出眼眶來。承民對準她的心臟，用手指頭擊出六發子彈。

Do、you、re、mem、ber、when!

「砰砰！」

伴隨這聲支援槍響，十雲山道長也站了起來。競走選手也拍著手、跺著腳站了起來，但手和腳完全不合拍。

恰如波濤相連，前排的人依序站了起來，後排的人則手拍膝蓋，跟著和音。隨著承民在餐廳地板上縱橫無阻地扭動，呼應的人也快速增加。我不得不承認，承民這傢伙真是多才多藝，會跳舞，會唱歌，聲音還很棒，也懂得以本身的才華自娛娛人。最重要的是，這傢伙身上散發出來的強烈氣場令人折服。他的精力充滿傳染性，旁觀者會不由自主地隨之吶喊，心跳加速，跟著衝動。或許就是這點，才喚醒了那個男人。

我拉著興奮得蹦個不停的萬植先生，退到圓圈外的時候，突然從某處傳來真正的樂曲聲，像鼓聲一樣充滿魄力，比傑瑞・李・路易斯的鋼琴節奏更快。口琴聲！是那個在ＥＣＴ治療下失去記憶的男人，這個連自己母親的名字都忘記的男人，終於從遺忘的深淵裡站了起來。

街頭樂師銜著口琴，踩著扭扭舞步出場。承民大吹口哨，對著街頭樂師滑了過去。兩人在舞台中央會合，頭碰頭一起大喊：

「扭扭舞，來吧！」

後排的人全都站了起來，原本站著的人都擠到舞台上，街頭樂師和承民在中間，大家圍成一個圓圈，跟著拍子盡情手舞足蹈。所有人都猛吹口哨，承民成了蓄勢待發的火車頭，大喊一聲「Girl, let's twist again!」，就跳上了尹寶拉的桌子，結果這一跳讓原本貼身的褲子從胯下裂開。承民乾脆撕開褲子扔到一旁，將他充滿優越性的「春光」公開給全天下人看。尹寶拉再也坐不下去，拋開英雌氣概和膽量，自尊心和臉面也不要了，連忙躲到崔基動身旁去。承民的手指頭指著逃開的尹寶拉後腦杓問：

「那性感的女人是誰？」

所有人一起回答：

「是性感的『賤女人』。」

又指著我問：

「這長頭髮的小姐是誰？」

「是蜜絲李。」

又指著自己問：

「那我是誰？」

「是多別爾。」

「你們呢？」

「是神經病。」

說完之後，全都笑成一團。承民把手放在耳邊。

「是小鳥嗎？」

「不是。」

「是飛機嗎？」

「不是。」

「是星星嗎？」

這句話讓死撐著一直坐在那裡的害羞鬼們全都站了起來，大家一起對著空中打出一記上鉤拳，大聲吶喊：

「喔，耶！」

尹寶拉看著崔基勳，意思是要他做點什麼。

崔基勳只是聳聳肩，彷彿回答：「我無能為力！」

事實上，現在就算想做點什麼，也無濟於事。即使上帝過來，也無法阻止他們。口琴聲越來越激昂，大家一個搭著一個的肩，連成了一列火車。火車頭就是承民，他一跳下桌子，這列火車就開動了。椅子被撞得東倒西歪，火車開始向前奔馳。承民彷彿在宣泄累積多時的憤怒，口中發出響亮的汽笛聲。

戚—砰。戚—戚—砰—砰。戚戚砰砰、戚戚砰砰……

這群人所爆發出來的能量，足以推倒餐廳牆壁，掀翻病房，跨過醫院，穿越大氣層，朝著宇宙飛去。星星們一同吶喊：

「閃開，都給我閃開！」

就在火車遊戲結束了十多分鐘之後，食人魔博士和崔基動一同從A棟走廊過來。我正要走出房間，被嚇得躲到門後面去。幾乎是同時，他倆也走進了房間。我很驚訝，也很納悶，殺人魔博士不是才剛離開醫院嗎？不管是下班後，還是週末、休假的時候，只要一有事，他馬上會出現。就好像五〇九號那一根，只要捕捉到下雨的氣息，就馬上會出現在大門柱子前一樣。承民在剪腳指甲，一臉泰然自若，彷彿從未發生過那件事情似的。

「柳承民。」

食人魔博士背著手站在承民前面，承民沒有回答，只把左腳往上抬了抬，看看自己剪指甲的成果。食人魔博士踮起兩隻後腳跟，再用力往地板上一蹬，鞋跟發出「噠」的一聲。

「你媽沒教你和長輩說話，不該抬腳，該抬頭嗎？」

「嗒」的一聲，承民剪下另一腳的大拇指指甲，指甲碎片滾落到食人魔博士光可鑑人的鞋尖上。

「我媽說，不要讓奇怪的人看見我的臉，譬如說販賣人口的大光頭。」

食人魔博士的大光頭上青筋暴起，有點像管線過熱的電暖器一樣。他咬牙切齒地問：「聽說剛才發生了一件有趣的事情？」

「喔，那個啊，有個女人叫我做的。」

「怎麼可能？我的醫院裡不可能有那種人。」

「這是親筆證明書。」

承民從腳底下抽出尹寶拉的證明書，拿在手上晃啊晃。崔基勳咬著牙低頭看自己的腳尖，看起來不像在生氣，反而像是在忍住笑。

「柳承民，我希望我的醫院裡不會再發生那種事情。」

「是不是不聽話就要記警告？」

食人魔博士彎下身子，臉貼近承民說：「我也給你一個警告，你再亂來的話，我會讓你感受一下新的世界。」

承民瞪大眼睛張大嘴，就像滿臉佩服地說著「叔叔，你好厲害」的小頑童一樣。食人魔博士咧嘴笑了起來，冰冷的眼睛彷彿在說：「好膽試試。」

「我以個人名義保證！」

他微笑著轉身就走，卻在門口停了下來，我們的眼光在門縫裡對上。他勾著指頭要我出來。

我走了出來，覺得自己真倒楣。

「這人的頭髮怎麼還是這副模樣？」尖銳的眼神上下打量我的頭髮。

崔基動回答說：「科長下令不要動他的頭髮，他對剪刀會出現嚴重的恐慌症狀……」

「理髮難道只能用剪刀？」

「根據羅丹醫院的診斷書，刮鬍刀片和電推剪也一樣。」

「所以呢？」

詢問的聲音低沉溫和，卻流露出不祥的味道。電暖器又開始發熱，泛紅的腦門下，管線像小蛇一樣扭來扭去。

「雖然打算合併使用藥物治療和認知行為療法，但病患目前的狀態還不到可以完全接受的程度……。」

「馬上給我處理！」

電暖器終於爆掉了，火花從眼睛和嘴巴裡噴發出來。崔基動垂下眼睛不再說話，我嚇得直發抖。作為理事長的兒子，又是醫院的院務部長、醫院實際擁有者，還是犯罪心理學博士的高層主管，竟然會因為一個小病患的頭髮問題耍脾氣？這人難道是頭髮變態嗎？自已是禿頭，就見不得別人有頭髮。

「二科的科長還年輕不懂事，你得教教他，我的醫院裡最強調的就是秩序和規則。」

食人魔博士離開之後不到一分鐘，護理站傳來電暖器爆炸的聲音，我把那理解為尹寶拉活該倒楣。五分鐘之後，廣播通知「李秀明馬上到會客室來」，這下輪到我活該倒楣了。

我在會客室裡等了有三十分鐘，崔基動才出現，手上拿著一個大大的紙袋，大踏步走進來一屁股坐在我面前，從紙袋裡拿出鏡子、梳子、綁頭髮的橡皮筋和黑色棒球帽。看我驚嚇的神色，他拿起帽子給我看裡面。

「看到了沒，裡面沒有理髮師歐巴。」

我點了點頭，卻在心裡嘮叨，這傢伙沒事講什麼冷笑話？

「你剛才也聽到了，遲早都得進行藥物治療和認知行為療法。什麼是認知行為療法，不用我多解釋吧，你在羅丹醫院應該已經接受過了。治療之前，你必須做的事，就是管好你的頭髮。如果再披頭散髮被部長看到的話，到時我也救不了你。」

他把帽子推到我面前。

「這是之前睡承民床位的那個高中生沒帶走的帽子，雖然不是新的，但已經洗乾淨了，還可以用。」

他把鏡子也遞了過來，和淋浴室裡的鏡子一樣，應該是打磨過的鐵鏡。雖然比玻璃鏡子模糊，但不會破，也不能拿來當作武器，這點算是比較可靠的。

崔基動丟下了一個比剛才更冷的笑話，走出了會客室。

「要綁就綁得漂亮一點，不小心綁成可愛型，我也可以原諒你。」

地球上只有四種生物能夠認知鏡子裡的自己——人類、猴子、大象、海豚。我如果再不照鏡子的話，大概就要從這四大生物中除名了，因為我一看到自己的臉孔，差點想問「這誰啊？」。記憶裡，最後一次照鏡子是在三年前。現在我的下巴上冒出了那時沒有的三根鬍鬚，平均一年長一根。哪天我的鬍鬚也會長得很茂密吧？到時候，我也得把下巴罩起來。這就是之前的主治醫師所嘗試的認知行為治療結果，她原本只是想糾正我對剪刀的歪曲認識，提供更多不同的觀點。但她的野心反倒擴大了誘發不安因子的範圍，例如電推剪。剪刀是具有和電推剪同樣功能的工具，這在理論上是可以成立的。但這個理論所帶來的結果，卻是我無法將剪刀看成電推剪，反而把電推剪看成了剪刀，這就是問題所在。而電動刮鬍刀則算是電推剪的衍生物。

我坐在鏡子前不知道浪費了多少時間，鬍子摸半天，馬尾綁半天，綁出來的馬尾就塞到上衣後背裡面，再戴上帽子，拉低帽簷。鏡子裡照出一個埋在帽簷下，只看得到嘴的男人。這樣子應該不會再因為頭髮的緣故被欺負，也可以避免和討厭的人對上眼了吧！我心裡想著，走出了會客室。

吃完中飯之後，醫院裡便陷入長長的寂寥中。過了三點，大家還窩在病房裡，連以走廊為生活重心的競走選手都沒出來，害得我走在走廊上的腳步聲很刺耳，像是走在行人和車輛突然集體蒸發的街道上。

在A棟繞了一圈之後，我走到護理站前面。承民揹著萬植先生也朝著護理站前面走過來。尹寶拉悄悄起身，消失在更衣室裡。如果這行為代表不想再惹承民，那她的眼力顯然不輸給智力，至少懂得區分蜜蜂和蒼蠅。

承民點起一根菸，走進吸菸室裡；崔基動開始把業務交接給值夜班的護士；我走往B棟裡去。

沿著走廊繞圈在這兩個禮拜以來，已經成了一種習慣。這原是因為手錶事件才開始，但卻漸漸變成一件我喜歡的事情。低頭看著走廊地板，一步步踏出去，奇妙的是，我竟然從中感受到平靜。不管是對生活的憤怒，還是對父親的埋怨，都成了一抹無關緊要的惆悵，也能暫時忘掉對未來的絕望和對命運的恐懼。走一走，順便去吸菸室吸根菸，我的心中又充滿了樂觀。這麼過日子也不賴，人生算得了什麼，得過且過罷了。或許競走選手無止境的競走，也可以從這個觀點來理解，他一定有比我更多要忍受、想遺忘的事情。

繞了B棟一圈之後，又回到護理站前面來，值夜班的護士獨自看著病歷。她是護理站裡年紀最小的，大家都喜歡喊她小護士。

承民站在吸菸室窗邊，和萬植先生輪流吸一根菸。我想想也走了進去，吸一根菸也好。兩人一看到我，就變身為忘年丐幫小嘍囉，求我借給他們十根菸，等將來他們有了出息，一定十倍償還。見我不為所動，二人組馬上搖身一變成了強盜。承民從後方扼住我的脖子，萬植先生上前搶菸，手裡的香菸被搶得只剩下兩根。我吸著鼻子，傷心地瞟了萬植先生一眼，他當然不可能會在我和承民之間，衡量愛心與道義的問題，因此毫不留情地站到了承民那一邊。每回這樣，我就會下定決心，下次再揹這個老頭，我就跟他姓，可惜這個決心從沒貫徹過。

走出吸菸室時，不期然碰上了韓伊，一臉的表情，只能以「飽受蹂躪」來形容。衣服被撕裂，上面沾滿了穢物，發出強烈的惡臭。腳上的鞋子也不見了，下工的時間也比平常週末還遲，牆上的時鐘指著快四點。

「朴韓伊，你怎麼這副模樣？和智恩吵架了嗎？」

小護士從窗戶裡伸出臉來問，我帶著一股探究念頭，觀察她的眼睛。到底是怎樣的眼睛，會把那副悽慘的模樣，看成是和智恩打了一架的結果。如果說智恩學過空手道，那另當別論。在我看來，韓伊的模樣就像被人用腳連連踩了幾下之後，丟到糞桶裡，再撈出來一般。看來一個禮拜前，他也遭受過類似的事情。

然而，韓伊這次不僅沒有嚎啕大哭，也沒有告誰的狀，只是瞄了小護士一眼之後，就跑回自己房間。我跟在後面，往五〇二號房裡偷看，十雲山道長正拿著一條毛巾幫韓伊擦臉。街頭樂師坐在自己床上擦口琴。韓伊用髒污的拳頭堵著嘴，就這麼躺在床上，髒兮兮的臉上交織著白色的淚痕。

那天晚上，我聽到從五〇二號房裡傳出的口琴聲。

咕咕咕咕，董雞在田裡叫。布穀布穀，布穀鳥在林裡鳴。哥哥騎著馬……

不知何時，承民也跟著唱了起來，我靜靜地聽著，這個十四歲就離開韓國的傢伙，竟然會唱連我都不太記得的傳統童謠，還真新奇。

「我時常會在夢裡夢到，老大唱著這首歌，走在夕陽西下的富蘭克林山谷裡。」承民說，聲音低沉朦朧，像在說夢話似地。「手上拿著一個便當盒，村民們都以為只是一個普通的便當盒，但我知道不是，那裡面放了一條毒蛇。那是一種夜行性毒蛇，白天躲在岩石縫裡或落葉下面。這條蛇可說倒楣透了，剛好被老大看到，就抓了放在便當盒裡，到了晚上就會成為一條沒膽蛇。蛇膽會被浸泡在從山谷裡採回來的各種藥草中，再放進地窖裡。老大說，這是很久以前向切羅基（Cherokee）印地安人學到的祕方，之前一直都忘記了，到我來了以後，才想著要做。我在富蘭克林的時候，唯一討厭的東西就是那印地安藥。只要滴一滴，我的眼睛就火辣辣地痛，那腥味也讓我想吐。早上起來，眼屎積得又厚又髒。我問老大為什麼要點這個藥，老大說，這藥能讓我夜裡看得更清楚。」

承民十指交握，枕在腦袋後，一下一下地咬著下唇，陷入沉思中。過了好一會兒之後，才又開口說：「當你從睡夢中醒過來的時候，是否擔心黑夜會一直持續？」

如果是指「破曉前的黑暗」，那我知道，因為處在自閉狀態下所迎接的每一個清晨都會如此。但是承民所說的「持續的黑夜」，和那個在意義上似乎有點不同，是指現實中的黑暗面，還是指他的夜盲症？想到這裡，我自己也不禁懷疑起來。哪有持續到清晨還看不見的夜盲症？那還不如說是失明算了。

我瞟了承民一眼，他閉著眼睛，好像睡著了，幾乎聽不到呼吸。我突然覺得很鬱悶，想拿我當日記本，態度就認真一點，自己痛快地說完之後就閉上嘴巴，不管別人是不是有問題要問，到底什麼居心啊？但是我也沒打算搖醒他，好好問一問。作為一本日記，本來就是寫下什麼就記住什麼，不是嗎？腦子裡的理智如此勸說。

口琴聲連綿不斷，我淺淺地睡了一覺，睜開眼睛的時候，看見承民站在窗戶前面，窗外天已破曉。

這一天，五〇二號房的人沒有出來做體操，反而是總務班和護工們跑進了房間。各房的人都擠到五〇二號房的門口，我也踮起腳尖擠在人群裡，只到韓伊躺在床上，手裡握著一顆恐龍腳指甲大小的虎牙，嘴巴、下巴和脖子上都被血染得紅紅的，原來他夜裡自己硬生生把一顆好好的牙給搖了下來。

有人忍不住抱怨：「才安靜了沒幾個月，這下又開始了。」

我和承民面面相覷，韓伊的手上和腳上，一片指甲也沒有，牙齒也只有四顆，這代表什麼，現在我們總算明白了。

精神病院裡面，很少有人牙齒全都健在的，大部分不是蛀得一個個大黑洞，就是剩沒幾顆。有人說是因為藥物成分會腐蝕牙齒，也有人認為是衛生習慣使然。不管哪種說法正確，我原本也把韓伊的牙齒放在那種框架裡去理解。然而，顯然我錯了！只剩下四顆的牙齒，其實是消失的手腳指甲的翻版，也就是說是一種自殘。這是韓伊解決問題的方式，反過來說，就表示韓伊身上出現了問題。必須好好了解問題的癥結所在，不然牙齒都拔光了之後，下次可能就輪到傷害眼睛，說不定還會像梵谷一樣，割下耳朵。

韓伊進了百合房，被護工們打了一針之後，就失去知覺，被搬上移動病床送了過去，這就是醫院解決問題的方式。如果說韓伊的解決方式說明了韓伊被送進醫院的原因，那麼護理站的解決方式，也說明了韓伊為什麼離不開醫院。一個喪失思考能力的人，是無法在外面世界生存下去的。

我感到極端的痛苦，忘卻多時的恐懼再度襲上心頭。每次想到未來，就忍不住全身戰慄。那是一種對自己有一天也可能面臨喪失的恐懼，有一陣子我老是想自殺，就是因為整個人都被這種恐懼所包圍。在思考能力消失之前，在我還有能力下定決心赴死之前，早早自我了斷算了。

承民問我要不要去抽根菸，我點了點頭。

星期一吃完早飯之後，百合房的門打開了。韓伊一出來，就先找智恩。智恩坐在公告欄前面，低頭看著自己的腳，腳上仍舊穿著不成雙的襪子，似乎根本不記得韓伊進了百合房的事情。韓伊跑去向護工要了兩雙紅襪子，一雙套在智恩不成雙的襪子外面，另外一雙穿在自己腳上。一看到管理勞動組的總務班人員出現，馬上拉著智恩的手往緊急出口走。我站在餐廳門口，看著兩雙紅襪子顛顛地走在走廊的灰色地板上，直到他們走出了緊急出口，才鬆了一口氣。終於能夠放心了，韓伊還是以前的「韓伊」，人也不是那麼容易就會被擊倒的。所以我也可以安慰自己，不需要杞人憂天。心情突然間輕鬆起來，我踏著輕快的步伐在走廊繞圈。

這天空氣很潮濕，感覺不到一絲風，天空裡灑下來的不是陽光，而是潮濕的熱氣。電氣室以人不多為理由，藉口不開冷氣。過了三點之後可說是最熱的時間，原本這個時間應該看電影，但錄放影機壞了，就改為自由活動，結果大家都跑回自己房間吹電風扇避暑，還在走廊上繞圈的只有競走選手。休息室的沙發，被兩名總務班的人占據，這兩人並不是負責第五區的，從昨天開始就頻頻看見他們。這兩人就是之前電梯事件時，拿著棍棒等在外面的二人組。

護理站裡崔基動正和尹寶拉交接業務，護理長休假去了，崔基動已經單獨上了兩天白班。來值夜班的大黑痣男，正坐在冷氣機前滑手機。

我在正門柱子和護理站玻璃前台之間踱步，眼睛盯著吸菸室裡看。承民和萬植先生在裡面，除了吃飯時間和療程時間之外，兩人一直都窩在那裡，做的事情只有兩件，在窗邊走來走去和一直不停地抽菸。有時候承民會摸兩下速度球，但也只是摸摸而已，稱不上練速度，只是正好看到球，就隨便碰碰罷了。他滿臉憔悴，鬍碴亂冒，黑眼圈十分明顯。從星期六開始，承民就幾乎沒有闔眼過，一整夜動也不動地站在窗戶前面。他的背影顫顫巍巍，就像暴風雨前夜的小島一般。

「李秀明！」看到我一直晃來晃去，尹寶拉忍無可忍叫住我。「今天繞幾圈了？」

意思是說，太礙眼了，叫我滾到別的地方去。我決定不滾，也不能滾。承民像要把鐵窗拆下來似的兩手緊抓，低頭看著窗外。在他看不見的地方，正發生著什麼事，而接著在他看得見的地方，有事情正要發生。

護理站裡的電話響起，尹寶拉拿起電話，朝二人組做了個手勢。他們從褲子口袋裡抽出棒子，大步往吸菸室走。承民也正好朝著門口想跑出來，雙方就在吸菸室門口撞個正著。二人組往空中揮舞棍棒，他們可不是體操時間吹哨子的二人組，而是大門鎮壓組的人，棍棒在他們飛快的手速和精準的動作下成了殺人凶器。承民別說反抗，連後退的時間都沒有，就應聲倒在地板上。二人組把承民拖到放沙袋的一角藏起來，同時崔基動打開一瓶針劑，用注射器吸滿之後，從護理站出來，走進吸菸室裡。尹寶拉關掉監視器，拉上窗子，在書桌前坐了下來。這一連串過程，全部只花了不到一分鐘的時間就結束。

大黑痣男打開護理站通往外面電梯的門，一個男人朝裡探進上半身。這是一個留著平頭的男人，卻被警衛押著手臂，他脹紅臉說了些什麼之後，尹寶拉就猛然抬起頭來，似乎回答了幾句話，但根本聽不見。自從窗子被關上之後，護理站裡面的聲音就完全傳不出來。吸菸室的門也被關上，承民的呼喚從門縫裡傳了出來，卻微弱得像是來自遙遠的水里湖對岸。

「這裡啊！前輩，我在這裡……」

這麼微弱的呼喚根本不可能穿透吸菸室的門和護理站的隔音窗，鑽進男人的耳朵裡。競走選手正經過淋浴室，朝著自己的房間走去，看來連他也沒聽到。在護理站前面晃蕩的，連一隻螞蟻也沒有，只有我站在那裡，聽著承民逐漸消失的聲音。

我自己在胡思猜測，有沒有可能承民放了一隻信鴿，收到飛鴿傳信的人，就趕緊過來想撈他出去，沒想到現在猜測竟然成真。

誰在通風報信，其實不難猜，只是有點難以置信罷了。如果猜測屬實，那麼承民真的很厲害，竟然能說動蝙蝠，抓來獵狗。

羅丹醫院裡也往往有人會放信鴿，大都是被強制住院的人。但他們的嘗試通常會以失敗告終，原因就在選錯了信使。必須排除醫學院學生、護士學校學生和志工之類的外部人士。因為抄著聯絡處或留言的小紙條，最終都會進了護理站的抽屜。外出病患基本上不接受這類委託，怕回來之後後患無窮。能相信的對象，只有出院病患。但出院病患也有可能哪天又轉回來（醫院之間會互相交換住院給付到期的病人），屆時就會很悽慘，所以必須慎重選擇才行。

金庸是潛在的出院患者，雖然他已經公開宣布不再回來，但這應該只是他個人一廂情願的說法，我把他的話當放屁，只是嘴上說說而已。我覺得就算他已經下定決心不回來，但也很難如願以償。然而，我的判斷卻出了錯，信任他的承民才是對的。

在吸菸室裡等待，這個辦法也很高明，這裡是平常生活的據點，受到懷疑的危險性較低，而且可以在此日夜監看外面，成功的機率相對較高。等待的人何時會來不好說，但只要他一來，馬上就能奔馳過去，從位置的選擇上來看，也很明智，因為護理站是不可能讓沒有邀請函的訪客入內的。

唯一的問題反而是承民本身，過去四天承民身上所散發出來的危險信號，已經讓護理站的人聞到他在「等待」的味道。而由鎮壓組從昨天就開始待命的情況來看，他們已經不是懷疑，而是確定了。

於是結果就成了承民被藏在一個看不見的地方，而那男人也進不了護理站。只不過是站在門口問兩句，就遭到二對一的夾擊。大黑痣男用力推了那男人胸口一把，警衛抓著他的手，像拖行李一樣把他往外拖，尹寶拉頭也不抬地盯著病歷看。被拖到門外之前，男人一直不死心地伸長脖子往休息室裡瞧，理所當然會和我四目相對。一口氣像棉花團一樣卡在我喉嚨裡，好不容易嚥了下去，護理站通往外部的門已經關上。

大黑痣男走出護理站，到吸菸室去。很快地，崔基動就背著萬植先生出來，二人組架著已經昏了過去的承民往玫瑰房去。承民無力的雙腿，就如憂鬱洗滌工的髒床單一樣，掃過地板，經過我的面前。萬植先生被交到我背上，他整個人都被嚇得縮成一團。競走選手愣愣地望著玫瑰房的門砰一聲關上。

我僵直地站在護理站玻璃窗前，驚慌與衝擊雖大，但不是重點，主要是一種不想面對根源和對象的不愉快情緒。然而，當黑夜到來，躺在四下靜寂的黑暗裡，彷彿聽見承民叫喚「我在這裡」的聲音，我終究還是必須面對不想理睬的現實。

和來找承民的男人四目相對之際，我本來可以做一件事情。舉起手指頭，指指吸菸室。如果我這麼做的話，或許男人就會察覺到什麼，承民的命運也會有所不同。我不想用「一時沒想到」這樣的話來騙自己，四目相對之時，卡在我喉嚨裡的不是一口氣，而是那個想法。然而，我只是袖手旁觀，即使耳朵裡聽得到承民的哀號，猜得到他心裡多麼急切地等待這男人的到來，看得到他整夜不睡守在窗前的身影，我還是什麼都沒做，只是站在那裡而已。不愉快的情緒，原來是對自己的厭惡，憎恨「我」這個人，竟然連抬起一根手指頭指指方向都不敢。

我把自己縮成一團，就這麼坐了一整夜，承民空蕩蕩的一張床，看起來就像一面籃球場。

星期二晚上，金庸回來了。可能在護理站被教訓了一頓吧，一回房間就把行李包甩在床上，大聲咆哮。

「他們搞錯了吧？我怎麼可能幫這種忙？我腦袋被槍打了啊？出了事第一個被懷疑的就是我，不是嗎，蜜絲李？對了，他最近和五〇九號那一根關係不錯，那個人不是也放假回去了嗎，蜜絲李？」

裝得真像那麼回事，連我都差點被騙過去了。如果不是金庸，那會是誰？我可是想到頭都快破了。就在金庸暴跳如雷之際，竟然還不忘各分一份年糕給我和萬植先生。巴掌大的白米年糕，兩塊兩塊用保鮮膜包在一起，說是祭祖時做的。我接了隨手放在一邊，金庸就靠過來催我嘗嘗味道。雖然他一副討人嫌的模樣，但看他一直做出翻頁的手勢，奇怪之餘我攤開了年糕，眼光馬上被夾在兩塊年糕之間的白色圓形物體給吸引，竟然是承民的手錶。

「回來的時候不是要檢查行李嗎？不過這個應該沒被發現，我腦子很靈光吧！」金庸小心地瞄了門口一眼，小聲地說。「多別爾硬塞給我，要我帶走，結果害我出院的事情泡湯。我正和我父親商量換家醫院的時候，我妹就拿著這個進來，說整理行李的時候看到，追問我這東西從哪裡冒出來的，害我為難得半死，因為這要是真貨的話，可是價值昂貴的手錶。我母親氣到口吐白沫，問我是不是狗改不了吃屎。順手牽羊那種事我早就洗手不幹了，但不管我怎麼解釋，他們就是不相信。我父親不管三七二十一拿了棍子就揮，要我馬上還回去，不然他一毛錢也不會給我。我還有什麼辦法，我現在已經連香菸都沒得抽，還得到處跟人伸手。所以他要我怎樣，我也只好怎樣了。無論如何，我這裡不方便，你就先拿著，到時幫我還給他吧。」

真不知道說什麼才好，這該死的東西繞了一圈，竟然又轉到我手裡。我拉高帽簷，瞪著金庸看。

他不好意思地笑著說：「拜託啦，我剛才才被大黑痣男記了一個警告，現在已經掛了三個了。」

說完之後，金庸轉身要離開，我抓住了他的手臂。他接受報酬，完成任務，這事我無權置喙，因為那是他和承民之間的交易，所以這件交易的責任，當然必須由他們兩人來承擔。承民已經承擔起自己這部分的責任，金庸卻把包袱丟到我手上來。那麼，接手的我也有權利知道內幕。

「那個人是誰？是坪村的前輩嗎？」

金庸垂下眼睛，一副吞吞吐吐的樣子，表情就像被人用手戳了屁眼一樣。

我繼續追問：「還是閔室長？」

「怎麼連你也這樣？我又不是心甘情願做的，我也煩惱了好幾個晚上。但那傢伙的眼睛一直浮現在我腦中，好像在說我不幫忙的話，他就要闖出什麼禍來。但你看看我現在這什麼德性，被審問，記警告，如果這次被送進隔離室的話，我也會被降到耐心班去，一整個月都沒法出去外面一次。不只如此，還不能打電話回家……」

「那你說啊，到底是誰？」

金庸沒有回答。我把手錶拿在手上晃了晃。

「要我把這個拿去給大黑痣男嗎？」

金庸馬上招認。「我沒聯絡上閔家的人，照著承民告訴我的電話號碼打過去，一個女人接的，說出國去了。還一直追問我是誰，我只好掛斷。」

「那昨天來的人，是坪村的前輩？」

「我聯絡他的時候，可沒叫他到醫院來，是他自作主張，搞得我現在這麼為難。自己亂搞一通之後，還對我發脾氣。大半夜的打電話過來，自己火燒屁股似的跑去醫院，卻說沒看到承民，問我承民是不是真的在這家醫院，我都快被他氣死了。真是的，誰叫他跑來醫院的？他來了有什麼用？他只要做好承民拜託的事情就行。但叫他做的事情他不做，卻跑來這裡亂什麼亂啊！」

「拜託了什麼事情？」

「這我不能告訴你，我已經發誓，就算刀子架在脖子上……」

金庸話說到一半，突然回頭看了看門口。聽到一半的我和正吃著年糕的萬植先生，身形全被「定住」。野獸咆哮般的吼聲震撼了整棟醫院，來自玫瑰房的方向，金庸轉過頭來望著我。

「是多別爾吧？」

萬植先生飛身騎上我的背，我們像彈簧一樣馬上衝了出去。一路跑去，我全身止不住地戰慄。哭吼吶喊聲、撞擊牆壁聲，一連串重物碰撞、翻倒亂烘烘的衝撞聲。發狂了！承民崩潰了！大黑痣男和矮胖子快如子彈地衝向玫瑰房，他們的行動就證明了這一點。玫瑰房前面早已被搶先過來看熱鬧的人擠得水泄不通。

我茫然自失地站在人群後面，現在從玫瑰房裡傳出來的已經不是承民的聲音，而是大黑痣男的慘叫，還有矮胖子氣急敗壞的聲音。第二輪的鎮壓組和拿著針筒的小護士隨後也跑了進去，不久後，裡面才逐漸安靜下來。看熱鬧的人都屏息看著玫瑰房的門打了開來，矮胖子扶著大黑痣男最先出來，大黑痣男左手和手腕上裹著手帕，已經被血染得通紅。後面接著出來的，是小護士和鎮壓組。最後才是憂鬱清潔工緊摟著拖把走出來，一副魂都丟了一半的樣子。

後來，我們才從憂鬱考生嘴裡聽到細節。

就在他剛打掃完玫瑰房的時候，承民醒了過來，他昏迷了整整二十八個小時。

「我心裡真的很高興，也想告訴他蜜絲李老師有多擔心，所以才去跟他說話的。才說了一句『你好，多別爾』，他就要我幫忙解開束縛帶。我回答『你知道不行的』，還告訴他解開也沒用，連我打掃完要出去的時候，也得按鈴呼叫，叫人來開門才行。我怎麼說都沒用，他還是要我幫他解開，自己會想辦法出去。我真的嚇壞了，就按下呼叫鈴。看他的眼神，他已經瘋了，我從沒見過那麼可怕的眼神。」

騷動大概就是從這個時候開始，承民用頭撞牆，大聲嚎叫起來。不停地扭動四肢，綁緊束縛帶搖晃鐵床，大力地掙扎。結實的鐵床竟然也承受不住他的力量，被掀翻了過去。大黑痣男和矮胖子衝進去的時候，承民已經安靜了下來。他們想把床翻回來，就用凱利鉗捅了捅承民的腿，發現一點反應也沒有，以為他已經昏了過去。大黑痣男就把手伸到床底下，沒想到承民趁機咬住大黑痣男的手腕，就像一隻咬住獵物咽喉不放的野獸一樣，連鎮壓組的人也措手不及。承民死咬著大黑痣男的手腕不放，鐵床翻轉不過來，只好等到小護士來，在承民脖子上打了一針，他才昏了過去。大黑痣男受的傷並未如預期的嚴重，只是手腕上縫了七針，動脈、韌帶都沒傷到。金庸不無惋惜地說：「真該把那隻賤手咬下來吃了才對。」我對此深表同感。

承民的發狂，還延續到第二天。當藥效消失，清醒過來之後，他又再度用頭撞牆，把鐵床掀翻。驚險情況不斷傳出，說他渾身是血，被穿上了束縛衣，嘴裡塞著護齒套。頭皮嚴重撕裂，花了約一個小時才縫合。最可怕的是，每隔一個小時就會被注射一針不明針劑，看來食人魔博士果然實現了他的承諾，讓承民感受到了一個新的世界。

金庸說，那藥應該是曾經用在街頭樂師身上的藥，他看過那種用藥方式，半天的時間就擺平一個人。而且不是暫時擺平而已，完全直達樹懶的階段。被擺平的當事人，也就是和承民一樣大鬧過，最後被送進ＥＣＴ室的帶頭者，現在正安靜地擦拭他的口琴。我一直徘徊在玫瑰房周圍不離開，擔心承民會不會被放在移動病床上送進ＥＣＴ室去。這段期間，我對自己的憎恨逐漸轉為羞愧與自責。

傍晚，憂鬱考生套用金庸的說法，形容承民的近況。

「被擺平了！」

七月的最後一個星期六，承民被關在玫瑰房裡的第五天。一大早，病房區到處都瀰漫著一股詭異的氣氛。體操時間前所未有的散漫，不管是A棟、B棟，全都因為一些瑣碎的衝突鬧來鬧去。總務班的哨聲此起彼落，彷彿在演奏交響樂。五〇九號那一根站在正門柱子前面表演一柱擎天操，競走選手乾脆在走廊上繞圈圈。街頭樂師低著頭，張開雙臂，站成一座鐘塔。但也有兩次機會和大家動作一致，應驗了那句永恆的真理——停擺的時鐘，一天也有兩次是準時的。

這些亂七八糟的騷動，在下午三點才恢復正常局面。病房區的人按房號排成一列，他們最喜歡的零食分配時間到了。護工拿著零食申請者名單靠在窗台上，總務班抬了五個箱子出來，一字排開放在窗戶下。總務班拆開四個膠帶密封的箱子，另一個則是空箱子。分配結束時，四個箱子已經空了，原本空著的箱子裡則裝滿餅乾、飲料、魷魚絲、杯麵之類的吃食。這些都是拿到自己東西的人扔進去的，也可說是大家積少成多捐給那些沒錢申請購買零食的人。我領一個長盒子跑回房間裡去，萬植先生對那盒子很感興趣，但我還是把盒子直接放進置物櫃，鎖了起來，那東西不是給我們吃的。

那天難得護理站前面沒什麼人，五〇九號那一根站在柱子前唱讚美詩。

「這世上就是一塊田，主在這裡播種……」

我和萬植先生在休息室裡走來走去，護理站裡人太多，有白天班的崔基動，下午班的小護士、護工、食人魔博士，還有一名陌生男子。陌生男子看起來有點面熟，就像四十歲的承民一樣，身高、體型、五官，連那股豹子伺機而動的氣質都很相似。單憑直覺就可判斷出，那個男人是柳在民。

護工先出了護理站，把五〇九號那一根趕回了五〇九號房。接著崔基動也帶著陌生男人和食人魔博士走了出來。男人很快地看了看四周，稱讚醫院裡非常安靜，食人魔博士面帶慍色地瞪了我和萬植先生一眼。我縮著身子轉身面向吸菸室，玻璃牆上映出他們三人走向玫瑰房的身影。

「我想單獨跟他說幾句話。」站在玫瑰房前，男人這麼說。

食人魔博士回答：「這太危險了，雖然從兩天前開始出現鎮定的趨勢，但還是和我們護理師一起進去比較安全。」

「五分鐘之後再過來接我。」

柔和的聲音裡卻帶著不容抗拒的強勢，食人魔博士和崔基動只好退回護理站。我和萬植先生轉移陣地到B棟，慢吞吞地在走廊上打轉。心中的疑問一個接著一個冒出來，那男人來這裡做什麼？想要對承民放出信鴿一事做出警告？還是因為他發狂了兩天？難道還想從承民身上得到些什麼？或是想讓承民永遠閉嘴？

在走廊上轉了兩圈之後，崔基動就過來打開玫瑰房的門，男人從裡面走了出來，直接進入護理站。我又繞了走廊一圈之後，才去了吸菸室，這時看到一輛白色和一輛黑色轎車，穿過烏雲密閉的森林開了出去，警衛正在關上大門。休息室裡，電視畫面鎖定在

YTN新聞頻道上，主播胸口下方打出跑馬燈字幕，預告颱風登陸的消息。

下午五點，醫院上方烏雲罩頂，雨將下未下。我在餐廳裡泡咖啡，萬植先生坐在窗邊餐桌旁往下看，不知道想些什麼，乾癟的嘴巴不停蠕動著。

「蜜絲李，多別爾還在睡嗎？」蠕動個不停的嘴裡，突然冒出沒頭沒尾的問題。「頭上纏著繃帶，眼睛閉著一直睡嗎？」

我嚇了一跳，差點打翻咖啡。萬植先生竟然還記得昨天晚上從憂鬱考生那兒聽來的承民消息。看來萬植先生腦子裡的那隻羊，代替主人放假去了。

「今天會不會從玫瑰房裡出來？」

這個問題，由三步併作兩步跑進餐廳裡來的金庸代為回答了。

「來了，來了！多別爾出來了！」

我揹上萬植先生拔腿就跑，A棟走廊怎麼一下子變得比平常長了數十倍，甚至比我還是樹懶時代來得遙遠。萬植先生不停鞭策我這匹奔跑中的馬，快點，再快點，風馳電掣地跑啊！我突然像是被勒住了一下韁繩，在房間門口住了腳。就看到承民頭上纏著繃帶，站在自己的床旁邊。

萬植先生哽咽地喊：「多別爾！」

一張憔悴削瘦的臉轉身看著我們，還沒變成樹懶，沒有流口水，表情也不僵硬。視線正確地落在我們身上，發紅的眼睛裡充滿血絲，喉結上下滾動，像是有太多的話說不出口。我感到一陣疼痛，承民眼裡的血絲彷彿根根都刺進了我喉嚨中。

「歐巴回來了！」

承民嘴裡發出含糊的聲音，像是含了十顆糖似的。我壓低帽簷，心裡罵了一句「神經病」。但久別重逢，我的心裡還是很高興，只是高興之餘，仍舊有點忐忑。

承民把自己拋在床上，閉上眼睛躺著。金庸過來為他蓋上毛毯，我本想過去承民身邊，遲疑了一下，還是抓著萬植先生到走廊上。似乎沒必要非得把麻布袋裡的手錶還給他，反正從這個麻布袋裡拿出來，還是要再放回這個麻布袋裡。

晚飯鈴聲響起，我回到房間裡。承民還在睡覺，我搖醒他要他一起去吃晚飯，他卻說要喝水。把杯子湊近他嘴邊，承民只稍稍抬起頭，咕嘟咕嘟喝了之後，又躺了回去。不知什麼時候，連五〇二號房裡的人也全都湧了進來。十雲山道長說不要叫醒他，他一定累壞了，讓他好好休息。我們全都離開了房間，圍在他身邊也沒什麼用，只顯得礙手礙腳而已。

那天憂鬱考生比平時更早闔上書，因為我無法集中精神的緣故。我的注意力全都放在承民身上，感到極度的不安，而且有不祥的預感。萬植先生也不時催促我回房間。雨到這個時候都還下不來，烏沉沉的天空裡只有閃電連連。我快步回到房間，一打開門，心中的不安化為現實，承民趴在床上，嘴裡不停地發出痛苦的呻吟。

「多別爾，你哪裡不舒服？」

萬植先生跳上了承民的床，我把承民翻了過來躺好，他整張臉和脖子都紅咚咚的。乾燥的皮膚下面，脈搏微弱卻急促地跳動。眼睛半睜，眼白和臉色一樣通紅，眼珠子晃來晃去找不到焦點。我感覺大事不妙，金庸似乎也這麼覺得，飛快地跑出房間，拉著一名護工進來。護工量了量承民的體溫之後，就出去找了小護士。小護士量了血壓後出去，回來時一手拿著放了一瓶生理食鹽水的治療托盤，一手拿著吊瓶架。吊瓶架安放在承民的床邊，生理食鹽水則打進了承民的手臂裡。在她調整點滴速度，貼上醫用膠布的時候，金庸問：

「哪裡不對勁嗎？他燒得好厲害。」

「從昨天開始就有點感冒的樣子，我已經在生理食鹽水裡面加了退燒劑，過一會兒就沒事了。」

「他又沒咳嗽，怎麼可能是感冒？晚上也沒吃飯，只喝了幾口水。是不是讓神經科的鄭醫師過來看看……」

「白天院長來看過了。」

不等金庸說完，小護士就截斷金庸的話，然後對我做出跟過來的手勢，就出了房間。我趕緊跟了上去。護理站窗台上放著一個包了枕巾的冰枕和毛巾。

「冰枕放在他的頭下，用毛巾幫他擦身體。退燒之前，不要給他蓋毛毯。」

我照著吩咐去做，讓承民枕著冰枕，用洗臉盆借了冷水，給承民擦身體，還向金庸借了吸管餵了幾次水。隨著點滴液進入體內，承民的狀態也稍微有了好轉。大概是燒退了不再發冷，鼻翼也出了汗。晚點名鈴聲響起的時候，承民全身都被汗水浸濕，陷入沉睡中。難得小護士、護工和輪夜班的大黑痣男一起晚點名，他的左手手腕上仍纏著繃帶。小護士看到承民退燒，似乎放心多了。但我的心中又升起另一股不安，今天夜裡怎麼正好沒有護士，而且偏偏輪到大黑痣男上夜班。

夜深人靜之際，天空這才終於拉開拉鍊下起大雨，雨珠開始用力地打在窗玻璃上，就像水色小蛇飛撞過來一樣。天雷轟轟，閃電閃個不停，風在林裡呼嘯。房門和窗門都被吹得不停晃動。我靠著牆坐，守在熟睡的承民身邊。然後似乎打了個盹，又被雷鳴聲驚醒過來，睜開眼睛卻看到承民抱著頭打滾。我趕緊摸摸他的背頸，皮膚一片濕冷，似乎沒有再發燒，點滴也只剩下一半。但在小夜燈藍色燈光下映照出來的一張臉，卻因為痛苦而扭曲。眼皮嚴重地腫了起來，連雙眼皮都內翻了進去。乾裂的嘴裡不斷冒出不知是夢話還是囈語，我只聽得懂一個字：水。

把插了吸管的杯子湊過去，承民才吞了一口，卻又哇一聲全都吐了出來，像被人在肚子上揍了一拳似地，整個人蜷縮成一團，開始不停嘔吐。嘔吐來得很突然，一下一下的劇烈嘔吐，不間歇的發作式嘔吐。承民喉嚨裡不斷發出痛苦的呻吟，浮腫的眼角一直流出黏稠的淚液。我把承民的頭轉向一旁，以免氣管被堵住。再找來垃圾桶放在床下面，然後用力按下呼叫鈴。一點反應都沒有，於是我又長長短短按了好幾次，結果還是一樣。

我過去叫金庸，只有他才知道呼叫的方法，但他文風不動，不管我怎麼搖晃他的肩膀，翻開他的眼皮，用力掐他的手臂，在他耳邊大叫，他連一點醒來的跡象都沒有。看來他吞下去的不是安眠藥，是毒藥吧！我有種在叫醒死人的感覺。搞了半天之後唯一的變化就是，房間裡突然亮了起來。萬植先生不知道何時醒了過來，打開礦工帽上的頭燈，坐到承民的身邊來，拍著他的背。我從他的麻布袋裡掏出手錶，二點整，巡房的時間到了，看來耐心等待就行了。

二點零四分，大黑痣男沒有出現。我只好再次按了按呼叫鈴，仍舊無人回應。

二點十分，不能再等下去了，我開始猛捶房門，大聲呼救！但效果和呼叫鈴沒兩樣，不管我怎麼捶怎麼喊，就是不見有人過來。這之間承民還是一直不停嘔吐，沒東西可吐，他就改吐黃水。萬植先生呆呆地望著我，深陷的眼睛裡同時充滿了擔心與期待，彷彿在說，相信我無論如何一定救得了承民。

但我已經到了束手無策的地步，甚至沒辦法好好思考，只是滿心的焦急，茫然不知該如何是好。捶門也沒人來，也無法和護理站聯繫，我全身無力地在門前蹲了下來，這時承民也停止了嘔吐。就如開始來得突然，停止得也突然。僵直的背脊放鬆下來的同時，他似乎也失去了意識，頭整個垂落下來。我心中原本的不安，一下子上升為恐懼。承民不是感冒，我從沒聽過有這麼厲害的感冒。可能是腸子絞在一起了，也可能是被腦炎病媒蚊給叮了一口，搞不好就這麼死掉了也說不定，反正現在看起來就像快死掉的樣子。

我又開始捶門，用肩頭撞，用腳狠踹，大聲叫喊：「來人啊，快來人啊！有人快死了，快死掉了啊！」大黑痣男到底在幹什麼，這狗娘養的……

我好想哭，每天晚上都能聽到的皮鞋聲，那天晚上卻偏偏沒有響起。天下竟然有這種見死不救的醫院，真令人難以置信。門捶得震天價響，這麼大的聲音連樓下都受到震動，怎麼可能連個回應的人都沒有。但我猛然意識到，這種事情不是理所當然的嗎？我現在猛捶的，是精神病院封閉區域的房門，在這種地方捶門根本不算什麼值得注意的事情。就算有人聽到聲音醒了過來，一定也會認為是某個人在這暴風雨的夜裡神經病發作罷了。在我大聲喊叫，猛捶房門的同時，賢善她娘也在呼喊賢善，而外面的天雷電光也在敲擊這世上。

身上的力氣一下子全沒了，我背靠著門板，愣愣地望著窗戶。為什麼偏偏輪到大黑痣男值夜，如果不是大黑痣男輪值，別人一定會按時巡房，至少不會像這樣放著不管。這時，不知從哪裡傳來一句「叫醒」，穿過裡裡外外的嘈雜聲傳了進來。我屏住呼吸，把耳朵貼在門板上。

「把崔護理師叫醒。」

聲音來自五〇二號房，是十雲山道長的聲音。聽到這聲音我高興了一下，但馬上又覺得心灰意冷，連在護理站裡的大黑痣男都叫不來，怎麼可能叫醒在宿舍沉睡的崔基動？

「打破窗戶！」

我這才想起我們房間的正上方就是崔基動的住處，便回了一聲「知道了」。我喊著要他們原地不動，然後開始翻找承民的置物櫃。襪子太短了，我需要又長又堅韌有彈性的東西，例如曬衣繩之類的。但我能找到的，只有兩條黃色橡皮筋。我的置物櫃裡也沒什麼兩樣，萬植先生的置物櫃裡只找到三、四個五十毫升的蓖麻籽油瓶。我把褲子脫下來放在床上比一下，還是太短，至少得兩倍長才行。我抓著褲管往兩邊一撕，撕開的兩根褲管再打結成一條繩索。然後把萬植先生麻布袋裡的東西全都倒出來，只留下手銬放在裡面。麻布袋和褲管用我的橡皮髮圈綁在一起，才終於勉強完成一個類似投石索的東西。

接下來的問題是，窗戶在我頭頂上的高度，怎麼爬上去？就算站在萬植先生的床上把手伸出去，那個位置還是很高。如果考慮到我們房間和樓上房間窗戶之間的距離，得站在更高的地方才行。看了房裡一眼，沒有什麼東西可以拿來墊腳。我本來想把置物櫃搬過來，但發現置物櫃被牢牢地固定在牆邊，只好向十雲山道長求救。

「窗戶太高了。」

答覆馬上傳了過來。「讓萬植先生上去。」

聽力一級棒的萬植先生已經準備好了，他脫掉上衣丟在一旁，拉緊礦工帽繫帶，站到自己的床上，做出騎馬姿勢。我也爬上了他的床，把手銬交給他，讓他騎上我的肩膀，再慢慢站起來，兩手抓緊窗櫺。萬植先生解下鎖頭，打開了窗戶，暴風雨馬上打了進來，臉上像挨了一記直拳似的。我的頭被風雨打得向後仰，帽子也被吹落，頭髮像旗幟一樣在風中飛揚。背後置物櫃門，被風吹得發出砰砰幾聲之後就關上了。萬植先生使盡了力氣，把拿著手銬的手往窗櫺縫隙外面伸。「怎麼這樣！」我忍不住發出哀號，真是解決一個問題，又冒出一個問題來。窗櫺的縫隙太小，手臂沒法全部伸出去。萬植先生的手臂只出去了三分之二，就被卡在窗櫺上，他發出怪叫聲，想用已經伸出去的半截手臂甩動繩索。我拉住他的手臂，從窗櫺裡抽回來。到肘關節就伸不出去的情況下，如果硬動的話，玻璃窗沒破，手臂會先斷掉。

我放下萬植先生，開始煩惱，該怎麼辦才好？要不要我們兩人拉開喉嚨一起大喊崔基動？但風雨交加，還夾雜著雷聲轟轟，崔基動沒道理開著窗子睡覺。搞不好他根本不在房間裡，因為今天是星期六晚上。但我不想就此放棄，把窗櫺一根根全都搖晃了一遍，說不定其中有一根像吸菸室裡的一樣鬆脫了可以拿下來。然而，所有的窗櫺都很牢固，就算街頭樂師過來也撼動不了。

我灰心透了，緊接著一股憤怒湧上心頭。一扇鐵窗，固定在窗櫺上頭的幾根鐵條，這冰冷醜陋的東西，竟然能左右一個人的一切，從被剝奪的自由到他的生命。

我有氣無力地走到房門前面，懷著想抓住一根救命稻草的心情。

「鐵窗縫隙太小了。」

五〇二號房裡靜悄悄的，怕沒聽到，我又喊了一聲。

「手伸不出去啦！」

這次聽到回答了。

「找找看有沒有肥皂。」

我眼睛一亮，但隨即黯淡下來。房間裡怎麼可能有肥皂，那是公用物品，按規定只能放在淋浴室裡。但還是心存僥倖看了一下床底，也在置物櫃裡找了找。金庸可能會有肥皂，但他的櫃子鎖了。能找到的，只有萬植先生的瀉藥蓖麻籽油。

蓖麻籽油！這次眼睛真的亮了起來。我把能找到的蓖麻籽油全都集中起來，萬植先生一看就知道我想做什麼，二話不說就把右手臂長長地伸到我面前。我把所有找到的蓖麻籽油全都倒上去，連鎖骨在內整條手臂都抹上了一層厚厚的油。我們再次站到窗戶前面，萬植先生先把裝了手銬的繩索一端拋到窗櫺外面，再把手臂用力地穿出去，一下子連肩關節都穿到外面去了。很快地手臂的震動達到我的肩膀來，連接手銬的繩索不停轉動，速度也越來越快。為了不讓身體晃動，我緊緊抓著窗櫺。突然間，轉動中繃緊的手銬用力地向上拋出去。我在心中祈禱，希望樓上窗戶沒裝鐵窗，也沒用強化玻璃。最要緊的是，希望崔基動在房間裡。

窗戶一次就被打破，尖銳的破裂聲響起的時候，玻璃碎片也嘩啦啦掉落下來。樓上的燈亮起，窗戶被打了開來，崔基動的聲音隨著雨絲一同灑落。

「誰在那裡？」

「多別爾要死了！」萬植先生大喊。

「我們家多別爾要死了啦，你們這些傢伙！」

轟隆聲響起，不知是雷聲還是關門聲，但再也聽不到崔基動的聲音。他正在過來，但願如此。我的腳都快軟了，全身忍不住顫抖。快來啊，快點，快點……

我們蹲在窗戶下面，我沒穿褲子，萬植先生袒胸露背，即使外面的風雨打了進來也沒感覺，直到日光燈亮起，房門打開。

崔基勳光穿著上衣就跑了進來，他看了看承民之後，就跑出去，過沒多久又帶著血壓計和迷你手電筒、溫度計進來。該量的都量過，該看的都看過之後，他又跑了出去，再度出現時連神經科鄭醫師都一起帶了過來。鄭醫師翻開承民的眼皮，拿手電筒照了照，還掐了他的乳頭，喊他的名字，但承民一點反應也沒有。同時崔基勳也推了移動病床過來，把承民搬上去。三個人從病房裡消失，承民的床上只剩下一根吊瓶架。

看著這一切的過程，我腦子裡一片空白，什麼感覺也沒有，只覺得自己在做噩夢。這是一個如噩夢般凶險的夜晚，對離去的承民來說如此，對留下來的我和萬植先生來說也一樣。

萬植先生窩在床頭打瞌睡，金庸還是一樣沉睡不醒。五〇二號的朋友們也不再問話，我站在萬植先生旁邊，抓著窗櫺，往下看著林蔭道。紅藍色的燈光在風雨中不時閃現，載著承民的救護車正開出林蔭道。心裡好鬱悶，承民會被送去哪裡？到底哪裡出了問題？會不會太遲了救不回來？崔基勳跟著去了嗎？大黑痣男跟著去了嗎？我什麼都沒法知道。只有一個問題可以馬上得到答案，有一隻手在我背後用力扯我的髮梢，我的手從窗櫺上鬆了開來，我的後腦袋撞到床沿，滾落在地板上。我還來不及喘息，一隻鞋尖就對著我只穿了內褲的胯下踹了過來。我痛得眼前什麼都看不見，整個世界變成一片黑暗，像被一根木樁一路從褲襠打進頭頂上一樣。

「我不是說過，不要把窗條拿來玩嗎？」

手裡提著棍棒的大黑痣男就站在我腦袋邊。

「我說過再犯就把你劈成兩半，對不對？」

他通紅的雙眼正朝我噴出怒火，我栽倒在承民的床腳下，越過大黑痣男的肩膀，看到矮胖子正堵在門口站著，卻沒看到電線桿男，病房裡充斥著一股濃濃的酒味。

「你把我的警告都忘得一乾二淨了，是不是？」

是你把自己的任務忘得一乾二淨吧，如果你按時巡房的話，承民就不會落到那種地步，我們也犯不著打破窗戶了。

「站起來。」

大黑痣男說。我抱著胯下起身，一抬起頭，胸口上就被狠狠踢了一腳。我整個人被踢飛到窗戶下面，背碰到牆壁跌了下來，痛得像是身體爆炸開來似的，連一聲慘叫都出不來。

「今天就讓你這顆愚蠢的腦袋上西天去吧！」

大黑痣男搖搖晃晃地走了過來。

「讓你再也不能在窗戶旁邊閒晃。」

他在萬植先生的床邊停下腳步，高高地舉起棍棒。我嚇到根本不敢躲，只能軟軟地躺在地上閉緊眼睛。因為我不想翻著白眼被嚇死。然而，等了又等，怎麼沒聽到頭骨被打破的聲音，反而聽到大黑痣男發狂似地嗷嗷大叫。

「走開，給我下來，你這狗娘養的！」

睜開眼睛，一瞬間，我突然懷疑自己看到的景象。萬植先生就像張狗皮膏藥一樣，黏在大黑痣男的背上。膝蓋頂住大黑痣男的肋骨，一條手臂用力勒緊他的脖子，另一隻手猛扯著他的頭髮大力搖晃。大黑痣男手上的棍棒早就滾到門口去了，他像瘋狗一樣邊跳邊喊。

「愣在那裡幹嘛，狗娘養的！」

這次狗娘養的，指的是矮胖子，本來還愣愣地站在那裡看，被罵了之後才趕緊撿起棍棒，或許只是反射動作罷了。我一躍而起，跳上承民的床，拔出吊瓶架拿在手上，就飛身撲向矮胖子。我們在門口碰個正著，我用力握緊吊瓶架向前逼進，矮胖子揮舞著棍棒往門外後退。一步、兩步，矮胖子突然轉身朝護理站方向跑，同時背後突然響起一聲驚叫，回頭一看，萬植先生倒在承民的床上打滾。大黑痣男大吼大叫對著萬植先生的頭用腳跟狠踩，下腳非常殘忍，要不是有礦工帽保護，這一踩可能就會要了萬植先生的命。

大黑痣男抓著萬植先生的後頸，把他從床上拖下來。被拖下來的萬植先生眼睛睜得大大的，看到那雙害怕得嚇傻了的眼睛，我終於失去理智，直到手掌上傳來笨重又柔軟的反震時，我才發現自己做了什麼。我竟然揮著吊瓶架就往大黑痣男的腰部狠狠地劈下去，大黑痣男整個人應聲被打趴在床上。

我豎起吊瓶架，走近大黑痣男。這時我才首度意識到自己也是會殺人的，心底升起一股可怕的欲念，恨不得將大黑痣男那顆像蛇頭一樣扭動著想抬起來的腦袋給砸個稀巴爛。這股欲念太強烈了，全身如烈火熊熊燃燒起來，手臂也抖個不停，喉嚨痛得快裂開來。視野模糊地晃動著，原來我竟然在哭。

「住手！」

一聲高喊的同時，鎮壓二人組衝了進來。我的手臂無力地垂了下來，吊瓶架也從手中滾落，我只是站在那裡愣愣地望著迎面而來的兩支棍棒，此時金庸還在被窩裡呼呼大睡。

「李秀明！」

有人把我叫醒，我想睜開眼睛，卻睜不開來，像有兩隻大象各自一屁股坐在我兩邊眼皮上似地。

「醒了嗎？」

應該醒了吧，至少能聽得出來是崔基動在說話。我試著動了動手指頭和腳趾頭，每個關節都在痛，但不是那種熱辣辣的疼痛，應該沒給我注射魔法藥，也沒打安眠劑吧。因為在崔基動叫醒我之前，我正在做噩夢，一個恐怖又生動的夢。

我在白樺林步道上奔跑，夜裡的月光卻一片火紅。鐵絲網圍牆上一顆顆被割下來的首級，像水銀燈一樣掛著，有金庸、萬植先生、十雲山道長、競走選手、街頭樂師、韓伊和智恩，還有賢善她娘。當我跑到出口的地方，看到了承民，他的頭垂落下來，雙手大張，全身赤裸掛在鐵絲網大門上。我一走近，承民就抬起頭來，臉上卻沒有眼睛，只有兩個黑洞望著我。

「身體還好嗎？」

崔基勳一面解開束縛帶，一面問。我想看看自己身體如何，慢慢支起身體，卻忍不住哀哀叫，被踹斷的肋骨痛得我快暈倒。

「這個就是你用來打破我窗戶的東西嗎？」

我愣愣地看著崔基勳遞過來的一隻襪子，裡面裝的不是手錶。就算再怎麼神經有毛病的人，也不會把那個東西看成是手錶。我的收音機，已經破裂到慘不忍睹的程度。我痛快地點了點頭，從現在的氣氛來看，趕緊點頭承認才是最正確的作法。

「承民呢？」我問。

崔基勳把收音機又收進了自己的口袋裡。

「差一點就耽誤了手術時間，那麼巧他又剛好感冒。在原州緊急做了虹膜切開術，整個過程還算好。但問題是，這次的事件讓情況變得越發嚴重，眼壓高到七十，要說沒什麼影響，那才奇怪。」

我覺得自己有聽沒有懂，什麼是虹膜切開術？手術既然很成功，為什麼又說情況變得越發嚴重？眼壓高到七十，代表什麼意思？從這堆話的內容，可以推測到的重點只有：動了手術的部位是眼睛。

「還有什麼要問的嗎？」崔基勳雙手插在口袋裡問。

我決定開門見山地問：「承民會失明嗎？」

「還不會，但能撐多久就很難說了。」

「不是說已經動過手術了？」

「手術和RP無關，他還併發青光眼，手術只是為了調整眼壓而已。如果手術可以治療的話，他自己早就把眼睛的問題解決掉了。眼睛對那傢伙要做的事情，可是像生命一般重要。」

崔基勳似乎以為我對承民的事情瞭若指掌，所以對於RP，或是承民要做的事情，這些我聽不懂的話，什麼都不解釋就自顧自地說下去。

「他的視角變得非常狹窄，甚至會妨礙到日常生活的程度。中心視力目前還好，問題是青光眼。他自己說，這已經是第三次手術，日後還有可能復發，殘存的視力隨時都有可能喪失。問題牽涉到很多方面，很複雜。」

我把腳從床上放下去，RP，青光眼，我在心裡默念。

「承民的問題，你應該也知道吧，那是不是該事先就告訴我一聲？」

崔基勳打開門，我有氣無力地走過去，腦子裡像空洞的禮堂，裡面只有承民的聲音不斷回響著——沒有時間了，我快急瘋了。

「崔護理師，您應該早就知道了吧。」

走到門口的崔基動轉過頭來。

「我又不是算命師，連他的家人、他自己都不說的事情，我一個人怎麼可能知道。」

「您明明知道承民為什麼會被關在這裡啊！」

「李秀明，我……」

崔基動似乎有什麼難言之隱，一貫沒有表情的臉上略微動容，顯得有點鬱悶。

「你大概搞錯了吧，我……」

「精神病院裡只有兩種人，一種是瘋了被關進來的，一種是被關進來才瘋的。」

我直直看著崔基動的眼睛，緊盯著他的視線，讓他無法避開。

「承民屬於哪一種，相信您應該很清楚，這就是我所知道的一切。」

我一步步走出百合房，崔基動就站在門口一動也不動地，直到我走回五〇一號房。

我在房門口停下腳步，萬植先生的床上已經清理得乾乾淨淨。我的心突然一下子沉了下去，難道那天受傷太嚴重……思緒突然被打斷，背往後彎，一隻細瘦的手臂卡在我的脖子上，鐵鉗似的雙腳緊緊盤住我的腰，「啊！」我忍不住哀叫一聲。

「蜜絲李，你有沒有香菸？」

這麼問的萬植先生手上，抓著一把目測有二十多根的香菸。佩服和憤怒同時爆發，這老頭的身體真是硬朗，如果下地種田的話，大概可以種到九十歲都沒問題。即使如此，我的腰已經痛得不得了了，你竟然還用那支硬邦邦的「槍」頂住，這就無可原諒了。萬植先生，很高興再見到你，但你好歹穿了內褲再上來啊！

回過頭正想發火，就看到街頭樂師拿著口琴站在五〇二號房門口。兩人眼光一對上，他就垂下眼睛，嘴角奇怪地抽搐著，好像在笑。這下我搞清楚狀況了，如果說我是多別爾的替代品，街頭樂師就是替代品的替代品。萬植先生手裡的那一把香菸，就足以解釋——街頭樂師賣藝，萬植先生收菸。

「哈囉，蜜絲李！」

金庸從五〇二號房間裡探出頭來，手上拿著新的病人服和印花平口四角褲。十雲山道長伸長脖子站在他的身後。我不理會金庸的招呼，逕自走入房間裡去。一個需要他幫忙的時候睡得跟死人一樣的男人，他的招呼可以不用尊重。

「先解決這個再說。」

金庸跟了進來，把病人服和印花平口四角褲放在萬植先生的床上。

「正打算幫他換上，你就恰好出來了。他在餐廳端著咖啡杯就想跳上街頭樂師的背，結果咖啡都打翻了。」

我把萬植先生在他的床上放下，然後開始執行金庸移交過來的任務。

聽說萬植先生沒有被關在隔離室裡，可能是怕罰重了還得幫他辦喪事，只給他吃點安眠藥讓他睡一覺就算了，所以也沒受到什麼精神上的衝擊。多虧那天晚上的事情都被他腦子裡的羊給啃得精光，真是世界之大，無奇不有，竟然有一天還要託羊的福。還有一件特別的事情，我竟然只在百合房裡待了一天半就出來了，崔基勳一上班就把我放出來。

報告完整個經過之後，金庸仍舊在我身邊晃來晃去，似乎有話要說，但我依然繼續無視於他。

「這個一直放在我的床底下。」

他把麻布袋遞給我，裡面裝了置物櫃的鑰匙、承民的手銬，和我的橡皮髮圈。

「置物櫃是我鎖上的，那時櫃門敞開著。我把手銬換成了收音機，那個現在沒法用了吧。我怕崔基勳會懷疑，就把收音機裝在襪子裡往牆上砸了幾下。那人的個性和外表印象不同，精得跟狐狸似的。怎樣，這種程度的善後做得還不錯吧？」

是做得不錯，我心裡想，但我不願意說出來。拿出橡皮髮圈綁好頭髮，再把麻布袋繫到萬植先生的四角褲上。

「你知道那天晚上大黑痣男做了什麼嗎？他就窩在更衣室裡。聽說三個傢伙就在裡面打牌，喝得酩酊大醉，崔基勳突然闖了進去，他們也還搞不清楚狀況。一個已經睡得四腳朝天，根本起不來。所以你再怎麼費勁地喊，他們也不可能聽到。以前就聽說過有人每次值夜班就喝酒賭博，可是從來沒被當場逮到過。崔基勳已經注意很久了，這下子正好被他逮個正著。旁邊鄭醫師也在。這次大概沒那麼容易逃過懲戒了吧，職員們可都睜大眼睛看著呢！」

我背上萬植先生走到置物櫃去，裡面放了一頂帽子。金庸又兩三下跟了過來。

「大家都以為這次大黑痣男一定會被開除或受到嚴懲，你也這麼想的吧，對不對？可是啊，他卻只受到一點象徵性的懲罰而已。今天早上寫了一張悔過書之後，就去了一區。一區是所有護工和護士們爭著想去的地方，工作清閒，沒有傷腦筋的傢伙，還能當總務班頭頭，好得很呢！這算哪門子懲戒？根本就是褒獎！」

我壓低帽子，拿出零食分配時所拿到的盒子。我打算和萬植先生一起去吸菸室，兩人對坐在窗戶旁邊，把萬植先生手裡的香菸拿來抽到吐，這至少比對著某人吐要好。

「反正你小心點，那傢伙咬牙切齒地說，逮到你的話，就讓你上西天。」

我用力地甩上置物櫃的門，意思是閉嘴。我不想聽那麼可怕的話。

「這是什麼？」

憂鬱考生訝異地接過盒子，萬植先生在旁邊鸚鵡學舌。

「這是什麼？」

我們三人並排坐在休息室的沙發上，大黑痣男從此不在這裡，讓我們難得心情愉快。

「打開看看，快點快點！」萬植先生大聲慫恿。

盒子裡放了兩根麻花麥芽糖[1]，憂鬱考生看著盒子裡的東西愣在那裡說不出話來。

---

1 有「黏住」之意，寓意「榜上有名」。

我打破沉默說：「差點沒機會送給你，因為我被關進了百合房。」

他徐徐地抬起眼來，六點五分的腦袋歪成十五分，臉頰紅撲撲的。萬植先生急得伸出爪子，正想抓一根過來，憂鬱考生就已經遞了過去。他的眼睛看著我，似乎在問「沒關係吧？」，我點了點頭。

「另一根我會好好留作紀念的，想到蜜絲李老師的時候，就拿出來看一看。」

他把麥芽糖盒子放進了書包裡，說出的話像在道別一般帶著萬般不捨。

「你要出院了嗎？」我開玩笑問了一聲，心裡已經有不祥的預感。

憂鬱考生有氣無力地撓撓頭說：「像我這樣的傢伙，出院還能去哪裡。我的意思只是說，以後沒法常常見面了。我被調到洗衣房去了，不過一個禮拜還是有兩次會上來收髒衣物。」

「是大黑痣男幹的嗎？」

「新官上任三把火，他一調下來一區，就把總務班全打散重組，說什麼一個位置待久了，人就會變成老油條。其實就是看我不順眼罷了，說什麼總務班的人，還敢奢望學習。昨天我還作了一個亂七八糟的夢，夢到我在一個長長的山坡上玩雪橇，一個不小心滑下來，頭撞上了大黑痣男的褲襠。」

「總務班原本不是有班長嗎？他允許嗎？」

「那個人被調上來五區了，叫金主任，人還不錯。性格溫和，比大黑痣男好太多了。」

有種憂喜參半的感覺，比大黑痣男好太多的人過來，這是好消息。但憂鬱洗滌工被調到洗衣房，我感到萬分抱歉，這都得怪我。

「什麼時候過去？」

「明天。」

我不自覺提高了聲音。「那考試怎麼辦？」

「崔基動護理師上午要去原州辦事，我可以搭順風車去考試，再一起回來。只考一科，花不了多少時間。」

憂鬱考生又開始撓頭，大概整個下午會坐在洗衣房角落裡不停撓頭吧。對他來說，這次考試不是個開始，真正的結束還在後頭等著。但在開始之前，就已經有泰山擋道。我的心裡不太好受，不知道為什麼，我就是不想看到他失敗。

「那你以後不過來打掃了嗎？」

「明天交接完畢就算結束了。」

「那書販子也不當了嗎？」

「怎麼，有什麼書想拜託我嗎？你說就是，只要是蜜絲李老師拜託的，我一定想辦法幫你弄到手。」

我遲疑了一下才開口。

「我想找眼科或臨床醫學方面的書，要翻譯版的。」

「為了承民？」

我點點頭，他也點點頭。

「聽說快失明了！」

我又點了點頭，他也又點了點頭。

「還這麼年輕，真糟糕！我的心裡很不是滋味，其實上次在玫瑰房裡看到他發狂的樣子，有點嚇到，也有點害怕。但聽說他眼睛的事情之後，多少就能理解他的心情。要是我，我也會發狂。就算沒瘋，最後也會瘋掉。可是聽說手術做完以後，也沒好好接受治療就出院了……」

「出院了？什麼時候？」

我吃了一驚，但他比我更吃驚的樣子。

「你不知道嗎？現在就在監護室啊！」

我不知道，崔基勳沒有告訴我這件事情。

「看來你真的不知道，剛才午睡時間來的。我也才聽一樓外部清潔班的人說，崔護理師被食人魔博士叫去狠狠罵了一頓。承民動手術的地方是大學附設醫院，神經科鄭醫師就是那裡派遣過來的，所以才惹惱了食人魔博士，要崔護理師馬上去把承民帶回來，這才急急忙忙辦理出院。不過……」憂鬱考生看了看四周之後才小聲地說：「我是說承民啊，聽說是縱火犯被通緝，他哥哥才把他藏到這裡來的，真的嗎？」

我默不作聲，心縮了一下。

憂鬱考生看了看我的神色才繼續說：「聽說崔護理師原本還跟食人魔博士硬槓，說承民如果不好好接受治療的話，說不定馬上會失明。但食人魔博士不知道哪根筋不對勁，失心瘋了似地大喊大叫說，現在的問題不是他瞎不瞎，中間又冒出一大堆亂七八糟的話。清潔班那傢伙躲在門口偷聽，嚇得差點嗆到。」

我想起了幾個小時前和崔基動之間的對話，他是真的不清楚內情嗎？他臉上鬱悶的表情也是因為如此嗎？

大概就在上午十點左右，憂鬱考生離開醫院前往考場的時候，承民被移動病床送回房間，四肢和頭都垂落下來看不出是昏了過去，還是睡著了，連總務班把他搬上床的時候，也是一動都不動。漏斗狀的眼罩覆蓋在他的眼睛上，看不到他臉上的表情。護工把寫著原州基督醫院的藥袋放在床上就離開了，藥袋裡裝了兩瓶眼藥水。

承民一直到中飯時間之後才醒過來，當我們從餐廳回來一看，他手裡拿著眼罩坐了起來。眼皮瘀青，連眼球的顏色也一樣。

「哈囉，多別爾！」

金庸把手上的餐盤放在承民的床上，這是他給承民帶回來的粥，但承民只看著自己腳底。我把高興得不知如何是好的萬植先生從背上放下來，他蹲在承民面前看了看，突然舀起一匙粥靠近承民嘴邊，在承民抬起頭看他之前，一直不停地點頭，就像老阿公在哄小孫子吃飯一樣。結果粥有一半從叉匙裡灑了出來，剩下的一半承民張嘴吃了下去。一碗的粥就這麼吃完了，承民接過水和飯後藥吃了下去，也點了眼藥。萬植先生幫他戴好眼罩，承民又躺了下來，不久後就睡著了。

那天晚上，一個瘦巴巴的四十多歲男人走進五〇一號房，兩手各拿著拖把和蓋了蓋子的塑膠水桶，應該是新來的清潔工。

「你是蜜絲李老師吧？」

新來的清潔工問，我沒說話，只是點了個頭。「蜜絲李」儼然已經成為我的固定稱號，讓我很不爽。他把塑膠水桶往我床底下一放，說：

「只能看到我打掃完病房為止，這是從職員宿舍裡偷偷拿出來的，小心不要被逮到。」

他走出去之後，我稍微打開水桶蓋看了一眼，裡面有一本厚厚的書——《綜合醫學》，不用說這鐵定是前任書販子送來的。我打開置物櫃，把水桶往裡推，用櫃門擋住監視器之後，才拿出書來看。

先從眼科部分找出有關RP的資料。

原來是Retinitis Pigmentosa視網膜色素變性症的簡稱，正如崔基動說的一樣，不是動動手術就能治癒的疾病。這是一種具有強烈遺傳性的病症，很難預測什麼時候會失明。書中所羅列出來的主要症狀，就像承民無數次表現在我們面前的一樣，如夜盲症、管狀視力

（視角變得像隧道一樣窄小，看不見周圍景象）、眼球疼痛、對光敏感。可能產生的併發症有白內障、青光眼或視神經萎縮，這會提早造成失明。我翻開青光眼相關部分，言及禁止使用藥物的內容吸引了我的注意，上面列舉了幾項抗精神病藥物的成分名稱。

我感到十分迷惘，這種程度的資料不足以說明些什麼。我不知道醫院究竟給承民用了什麼藥，就算知道了，藥名和成分名也不一定一致，這才是問題所在。我只能猜到，給承民服用的藥有問題。想要確認這點，就必須有一本足以對照承民的病歷、藥學書和藥名的藥典。我有點心灰意冷，確定了又能怎樣，就算有了線索，我也束手無策。

「躲在那裡做什麼？」

崔基動的聲音響起，我差點被嚇死。他不知道什麼時候出現的，就站在門口看著我。我趕緊關上置物櫃的門鎖起來。

「裡面藏了麥芽糖嗎？」

我低頭望著腳背，嚇破的膽正在腳背上掙扎。崔基動走到我面前，掏出一個塑膠眼鏡盒。

「這是醫院裡特製的眼鏡，你先拿好，等承民醒了轉交給他。」

這副玳瑁墨鏡直到半夜才和主人相逢，戴上了眼鏡之後，承民原本狹長、清澈明亮的雙眼，一下子變成芝麻大。這樣子其實一點也不好笑，但還是忍不住笑了出來。承民和眼鏡，就像狼和蝴蝶結一樣不搭調。不管怎樣，那副眼鏡終於讓承民動了起來，因為他下了床走到吸菸室。

炎熱的天氣一直持續著，雖然有各種事情發生，但生活還是在繼續。前任總務班的班長「金主任」填補了大黑痣男的位置，書販子兼新來的清潔工每天都在病房裡轉來轉去。星期五下午，我和憂鬱洗滌工見面了。他拿著一本《數學解法》過來，在我床上坐了一會兒就走了。他說自己已經開始準備入學大學學力鑑定考試，他的表情看起來比想像的更明朗。星期一的遊樂園清掃選手團召集完畢，金庸毫無例外地又入選為選手，他同樣又開始抱怨連連。這麼熱的天誰要去打掃遊樂園啊？希望組以上的人都是冤大頭嗎？每次一出門打掃，就想跳河游走。

十雲山道長盯著數著飯粒吃的承民看，順口說了一句話。「遊艇場不是有船？幹嘛還要游泳那麼累。」

我的生活沒什麼特別的變化，照樣參加療程，每兩天吃一次藥，在走廊上繞來繞去打發時間。要說有什麼變化的話，就是我已經正式淪為萬植先生的座騎。兩個禮拜的時間裡，出現明顯變化的人只有萬植先生和承民。萬植先生腦子裡的山羊慢慢不再啃掉對承民的記憶。早上起床，萬植先生往往還能記得承民前一天的狀況，於是也變得一天比一天更加焦躁。天才剛亮，起床鈴還沒響，萬植先生滿懷擔憂的聲音已經吵醒我們。

「多別爾，你今天還是沒力氣嗎？」

萬植先生的變化如果算是積極的，那麼承民的變化便是消極的。管狀視角的症狀一天比一天嚴重，首先他無法呈一直線走路，總是像鐘擺一樣晃來晃去，近處的東西不是被踢翻，就是被撞到。門框、走廊牆壁、洗滌桶、人，連正門前面的柱子也撞個正著。被站著不動的人絆倒滾在地上，也是常有的事情。只有擺在他眼睛的正前方直線距離的物體才不會被撞到，那副特製眼鏡似乎對他幫助不大。從他的行為來看，已然成為一隻體型龐大的樹懶。他從來不正面看人，連萬植先生也不理睬。他也開始不說話，甚至連速度球都不碰，因此也不再發生二人組一天到晚過來鎮壓的事情。召之即來，揮之即去，叫他往東，他不敢往西，連他最厭煩的療程，他也乖乖參加。從他身上，我彷彿看見還沒尋回記憶前的街頭樂師。

我深深地感覺到，暴風雨來臨的那天夜裡，受到致命性傷害的，不是只有承民的視力，還有他的多話、豐富的表情、憤怒、幽默、活力、厚臉皮、帶笑的眼睛。所有描繪出這傢伙形象的特徵，全都消失了，回到我們身邊的承民已經完全遺失了自我。

嘟、嘟、嘟，鈍鈍的聲音在吸菸室裡響起，承民正擊打著速度球。萬植先生坐在乒乓球桌上，我就站在他身邊，兩人都提心吊膽的。

兩天前承民難得又開始碰速度球，萬植先生喜上眉梢，我也滿懷期待，以為承民終於從長長的睡夢中醒了過來。然而，事與願違的是，承民連連打不到球。拳頭不僅沒法跟上球的速度，更不用說連續出拳，只能嘟、嘟、嘟地發出單次出拳的聲音。他先伸出一隻手臂，瞄準一下晃個不停的速度球位置，然後再用另一隻手臂出拳。尤其是腳的位置不小心挪動半步的話，那一定會打偏。他已經數十次被反彈的球對著臉打個正著，簡直到了令人慘不忍睹的地步。儘管我知道這是因為視力大幅減弱所必然的現象，但心裡仍舊擺脫不掉一股不祥的預感。速度球就在承民眼睛的正前方，大小有一個孩童的頭這麼大。我不想再多解釋速度球所代表的事實——這個事實不會因為我不解釋就不存在。不看月曆，光陰依舊荏苒，這全新的真諦是承民讓我領悟的。

那天清晨，承民站在窗戶前面，起床鈴聲響起時，他一臉驚嚇回過頭來問，天已經亮了嗎？金庸一個機靈從床上坐了起來，萬植先生來來回回看看我又看看承民，我一臉僵硬。最後連不安地四下張望的承民，也慢慢收起臉上的表情。過了一會兒之後，承民才用沒有任何起伏的聲音，要人帶他去吸菸室。從那個時候開始，他就一直不停地擊打沙袋。連早飯也不吃，美術療程也不去。一直打到中午都不間斷，發狂似的不斷出拳。上衣全被汗水浸透，打到脫皮的手背上流著血，這傢伙卻連流血了都不知道，用手背抹去臉上的汗水，染得滿臉都是血。

中飯鈴聲響起，大家紛紛起身往外走，吸菸室裡只剩下五〇一號、二號房的人。我們之中沒有人敢出面制止承民，連話都不敢跟他說一句，只能圍在乒乓球桌旁邊，面面相覷。要不是崔基動及時走進吸菸室，大概一整天情況都會這樣。崔基動一整個上午也放著承民不管，只是在吸菸室外面走來走去。看他的眼神，似乎察覺到有什麼不尋常的事情正在發生。

「柳承民，別再打了，去吃飯！」

崔基動一面說一面走近乒乓球桌，承民擊出一記左鉤拳，接下來是右鉤拳，他的身體和腳同時不穩地晃動著。崔基動一個箭步扶住承民的肩膀，把他從沙袋旁邊拉開。

「叫你別打了沒聽到？」

承民甩了一下手肘推開他。「放開，我自己會走。」

他自己走去的地方，不是餐廳，而是乒乓球桌角。所有的人都發出「啊！」的一聲時，承民的大腿撞上乒乓球桌，一個反彈頭又撞上了牆壁。萬植先生從乒乓球桌上跳下來，扶起承民，崔基動也跟著伸出手。

「還好嗎？」

「別碰我！」

承民甩開兩人的手，搖搖晃晃地站了起來，摘下眼鏡，在手裡捏個粉碎。他的眼球紅通通的，就像他的手背一樣。眼睛裡流出髒水，不知道是汗水，還是淚水。吸菸室裡一片靜默，就像那天的空氣一般沉重難忍。在場的所有人同時意識到一個事實，因此全都說不出話來。

該發生的終於發生了，比預定的、預想的更快！

第四章　射向我心臟

「還沒到嗎？」

承民問。我乾巴巴地回一聲「嗯」。無障礙通道的坡度很陡，我得注意承民的腳步。我們混在散步組中間往下走，要到運動場去。承民用手臂攬著我的肩頭，我抱著承民的腰，就像玩兩人三腳一樣，配合彼此的步伐。這是根據需要和兩人身高差異所做出的步行方式，雖然我並不喜歡，但也逐漸習慣了這樣的走法。

「到哪裡了？」承民又問。

「二樓。」我一面回答，一面回頭看。

崔基勳跟在我們後面，手插在口袋裡，低頭看著地板，配合我們的速度在走。我拉過承民靠著欄干站，表面上是在讓道，其實另有目的。很少有護理師隨同散步的情形，一般都是護工們跟著出去。護理師會跟出來的情況，只有在醫院之間舉行足球或躲避球比賽，受邀擔任裁判的時候。剛好那天是第三區和第五區的足球比賽，我很想知道他是不是被叫出來當裁判。答案很快就出現在眼前，崔基勳迅速掠過我們往樓下走，運動場裡早就一片人聲鼎沸。

「要不要去給庸哥加油？」我問。

「好啊！」

承民回應，但看不出有什麼雀躍，臉上也一無表情，眼睛則被藏在反光的太陽眼鏡下面。最後一次看見那雙眼睛帶笑，是什麼時候呢？好像是一個月前了吧，就是心理劇時間引發騷動的那一天。即使在那個時候，我也以為擁有那雙帶笑眼睛的主人有顆鋼鐵之心。

承民失明的那天下午，崔基勳推著一張輪椅走進病房，說已經在一家很好的眼科裡預約掛了急診。

「不用去了！」

承民閉著眼睛回應。

「這不是你說不去就不去的問題，還得檢查一下你的眼壓……」

「出了問題我自己會先知道。」

「這是你的監護人要求的。」

「我不想被綁在輪椅上走來走去！拜託別管我了，我不會見人就咬的！」

承民果然說到做到，他沒有見人就咬，既不大吼大叫，也沒有拿腦袋撞牆。他只是安靜地睡覺，只有在太陽光照到眼皮時，才會動動身體，像被矛尖刺到眼睛一樣，拉起毛毯蒙住頭，轉身趴著，把頭埋在床裡。也是因為陽光刺眼，他才會只在床上窩了一天就爬了起來。一起床就去找崔基勳，要他幫忙買一副會反光的太陽眼鏡。第二天，一副閃著金屬光澤的草綠色太陽眼鏡就送到他手上，從此一天二十四小時都掛在承民的鼻梁上，遮住他的眼睛。我則一天二十四小時貼身保護承民的身體，不管去哪裡，不管做什麼，他都需要我的協助。就算我稍微離開一下，也會有事情發生。不是撞到什麼，就是被什麼撞到，再不然便是被絆個五體投地，摔個四腳朝天，或是掉到哪裡去。吃個飯也一樣，放著讓他自己吃的話，撒掉的比吃進去的還多。好幾次還用手去摸滾燙的湯碗，結果把整碗湯都打翻。身上到處都是燙傷紅腫的痕跡，就像頭一次油炸食物的新手小販一樣。

萬植先生把座騎從我身上換到了街頭樂師身上，沒有人叫他這麼做，他自己接受了承民需要一個跟班的這項事實。更令人驚訝的是，他竟然將這件事牢記在腦中，從此以後，一大清早頭戴礦工帽，身穿印花平口四角褲站在床頭等愛馬多別爾起床的光景，不復再見。取而代之的新習慣是，街頭樂師每天會過來接他。

院長走了之後，護理站開始讓承民服用新藥。當我問是什麼藥的時候，崔基勳回答是抗憂鬱劑，說是院長診斷後認為承民自殺的可能性很高。但說到藥效如何，那就「天知道」了。承民漸漸像個聾子一樣，不管誰喊他一概不回應。也不再參加療程，一整天只是蜷縮著坐在床上，盯著自己的腳趾頭看。這模樣似曾相識，不管是刷牙洗臉、刮鬍子、吃飯，甚至連呼吸都感到厭煩，典型懶惰鬼的樣子。臉上沒有任何喜怒哀樂的表情，也看破生死，一副生時無聊、死乃命數的無所謂態度。承民正用力地將自己推向深淵，那個我曾幾次進出過的地方——自閉的深淵。

大家不禁感嘆，終究還是瘋了啊！

就在承民失明之後的第十二天，柳在民又出現了。我之所以知道那人是柳在民，是因為當時我也在場。承民連會客室都要我陪著一起進去，柳在民就站在窗戶邊，近看和承民長得更像。如果不是兩人年齡有別，會讓人誤以為是雙胞胎。我讓承民坐在最靠近門的地方。

「我想和他兩個人單獨說話。」

柳在民對隨後入內的崔基勳說，承民卻用力抓著我的手臂。

「就待在這裡！」

不知怎麼回事，我心裡也是陣陣不安，不知道是對柳在民這個人的畏懼，還是害怕他們一對一的對決，或許還有其他原因吧。我轉頭向崔基勳求救，但崔基勳不置可否，一言不發地走出會客室，關上了門。我在承民身邊坐了下來，決定不管柳在民的反應。柳在民似乎也決定不理我，隨即進入正題。

「聽說你拒絕到眼科治療？」

承民沒有回答，只是不斷咬著唇。

「總得找看看治療的方法吧，我總不能眼睜睜地看你變成瞎子！」

柳在民的聲音很低，掛在嘴角的那抹微笑很溫柔，但他的眼神卻很冰冷，彷彿眨眨眼皮就會從眼裡射出飛刀一樣。這是他和承民顯著不同之處，我從不曾在承民眼中見過如此的冷酷。

「如果醫師認定治不好了，我也可以把你送到可以長期療養的地方去。佛羅里達、夏威夷，還是你住過的富蘭克林也不錯。」

承民的肩膀一聳一聳的，仔細一看，原來他在笑。我感到越來越不安，柳在民用手指頭在桌上叩叩敲了兩下，意思是警告他別再笑。

「這對你沒什麼不好吧，去醫院也不是多麻煩的事情。」

「去跟你媽說，我覺得太可笑了！」承民不再發笑。「我也不會照你們的心意去死，我打算一直在這裡生活下去。」

柳在民點點頭站了起來，我以為他要結束談話了，所以也跟著起身。沒想到柳在民卻一拳打向承民下巴，承民倒在地上，也帶翻了椅子。太陽眼鏡像被殺了一記的羽毛球一樣往牆壁飛。

「我會把你的話帶給我母親，正好她也很擔心你。」

我扶起承民坐好，承民用拳頭掃過嘴唇，嘴裡可能破皮了，血流了出來。柳在民一步一步走到我們面前站定，我猜，他剛才只是想用拳頭來試探承民是否真的失明。因為是從正面擊出的一拳，攻擊速度也不那麼快。換句話說，那個動作簡直就像在告知「我要打你一拳喔！」，然後才打出去的。也就是說，如果是一般人，絕對躲得過去。就算躲不過去，也會瑟縮一下，這是身體對應視覺危險信號的一種條件反射。承民卻是在毫無防備的狀態下，坐著不動挨了一拳，柳在民應該對此感到很滿意吧。

「你如果改變心意就跟護理站說一聲，我已經交代他們直接跟我聯絡了。」

承民蠕動了一下嘴唇，吐了一口混著血跡的口水。

「對了，先跟你說件好消息再走好了。上個禮拜有個從坪村來的年輕人找上了我，想打聽你的消息。他自稱是你的前輩，我很熱情地接待了他。聽他說了好多你們過去的往事，他還說六年前在葡萄牙的蒙塔萊格里錦標賽中第一次見到你，你是最年輕的優勝者。也提到一些他自己的事情，說他正在為飛越印度加瓦爾喜馬拉雅山做準備。這不就是以前讓你成為國際巨星的夢幻行程嗎？所以我告訴他，我可以贊助他，算是代你感謝他多年來的照顧。本來以為他會推辭，沒想到他感激地接受了。」

柳在民打開會客室的門，臨走之前又說了一句：

「你的後援人閔室長現在在一個溫暖的地方療養中，聽說是膝關節炎復發。」

當我們走出會客室的時候，柳在民已經不在護理站。

崔基勳在監視器前站了一會兒，回頭問我們：「還好嗎？」

承民低聲回答：「如果准許我們去散步的話，那會越來越好！」

第二天新調整過的分組表在公布欄上貼了出來，希望組的名單多了柳承民和李秀明。崔基勳不只接受了承民的請求，順便把跟班也加了進去。

五區護工拿張椅子，就坐在運動場記分板前面。他吹響哨音，比賽開始。五區先攻，一號選手金庸把足球擺在本壘板前，起腳開球。沒有人往散步步道上走，選手們都在等待上場，觀眾沿著邊線長長地站成一排，崔基勳卻不見蹤影。

承民說：「到森林裡去吧。」

大清早下了一陣暴雨，林子裡濕漉漉的。絲絲涼風穿過林間，樹上的褐色果實像小鈴鐺一樣晃動，半剝落的銀色樹皮也沙沙作響。

「下雨了嗎？」承民問。

「沒啊！」

「是風聲嗎？」

聽到後面有什麼動靜，我回頭看了一眼。幾個人三五成群走上了步道。我停下腳步，拉下承民攬在我脖子上的手臂，握住他的手腕。他的臉上顯出驚訝的表情，似乎在問我怎麼了？我拉著他的手穿過鐵絲網眼，碰觸白樺樹的樹幹。

一陣靜默之後，承民動了動修長的手指，摸了摸樹皮和內層。他的動作十分細緻、敏感，彷彿手下撫摸的不是一棵樹，而是光影交織的線條和紋路。

「啊，原來是樹皮在顫動！」

我的喉嚨有點哽咽，真的完全都看不見了嗎？

「你知道切羅基印地安人怎麼叫白樺樹嗎？」承民把手從鐵絲網眼裡抽回來，自問自答說：「站著的高個子兄弟。」

亮出的手掌上沾著白色粉末。

「印地安人認為樹木和人是兄弟，同樣都是太陽之子。」

人們紛紛經過我們的身邊，等他們離我們有五、六步遠的時候，承民脫下拖鞋丟在一邊，光腳踏在地上，手在半空中摸索前進。我也脫下球鞋，拉著承民的手繞在我的脖子上。當我們開始往前走的時候，承民又開口說：

「我十九歲的時候第一次飛越安納布爾納峰，和老鷹一起，那傢伙是最棒的領航員。只要我一吹口哨，就會如閃電般地落在我的肩膀上，再倏地飛去尋找熱氣流。你可以想像一下，人類把老鷹當成領航員一起翱翔在天際的模樣，不覺得很心潮澎湃嗎？」

我沒有回答。

「我十四歲就開始在天上飛，這是非常順理成章的事情，因為我住在山岳地帶，而且老大過去是一名飛行傘錦標賽的選手。我到富蘭克林沒幾天，他就帶著我飛了一次。原本我們只是抱著開車上山沿著山脊觀景的想法，但當老大問我要不要試飛一次看看的時候，我當然二話不說就同意了。我一點頭，老大就幫我固定好套帶（harness），他指著最邊上的懸崖方向，要我全力往前跑，自己也會跟我一起跑，讓我別怕。我當然大聲說自己一點也不怕，但說是這麼說，其實我已經嚇得半死，再往前就無處可跑了，難道要我往懸崖下跳嗎？不管怎樣，先跑了再說，反正要死也不是我一個人死。心裡這麼一想，就真的往前跑了起來，不知不覺間才發現腳踩在半空中，懸崖已經落到身後去了。一瞬間，我還以為自己掉進了海裡，周圍一片海藍色，寧靜安詳。好一陣子，我屏住呼吸，只是凝視著前方。一隻老鷹伸展著翅膀，就這麼翱翔在天際裡。這時我才真切感受到，我正在天空飛翔。」

承民的聲音就像風聲一樣，變得越來越輕。

「於是我正式開始接受飛行訓練，只花了六個禮拜，我就能單獨飛行，我終於可以一個人飛上天了。那種心情真是筆墨難以形容，就像被魔棒點到頭，整個人徹底解放的感覺。無時無刻拿針扎我心臟的那股狂躁衝動霎時間消失無蹤，不堪的人生一瞬間變得無比耀眼。」

我只是望著腳尖低頭走。

「大煙山脈就是我的遊樂園，我和老大還決定兩人一起飛越阿帕拉契亞山脈，於是展開了嚴苛的體能和攀岩的訓練，我一點也不感到艱苦，只覺得有趣極了。因為我相信，世上所有的高山、遼闊的大海、所有的天空都在等待我去征服。」

承民忘情地笑了起來。我卻想起了老大那男人所調製的印地安人眼藥。他會做出那種藥，不就表示他知道承民的病名。從承民的敘述中來推斷的話，那段時間他的眼睛應該沒什麼問題。那麼時間上似乎前後對不起來，總覺得哪裡缺了一塊。

「前年是我這一生最光榮的一年。那年我好不容易才在激烈競爭中拿到了參賽權，還獲選加入飛越加瓦爾喜馬拉雅山飛行小組中。集訓結束之後，我們在去年五月正式出發。老大鼓勵我要飛完全程，實際上我也幾乎要飛完全程了。但眼看著目的地就在眼前，我卻被捲入暴風雲中。迎面襲來的速度太快，我根本無從躲避，轉瞬間就被捲進了暴風眼。黑暗中我掌握不到方向，也分不清上下。就算不做任何盤旋動作，高度也一直朝著大氣層在上升，我甚至看到護目鏡和儀表板上都結了冰。我一點辦法也沒有，只能接受拳頭大小的冰雹洗禮，完全被禁閉在冰塊中。可能是升到兩萬英尺的高空時，我短暫地昏了過去。等我睜開眼睛一看，竟然飄流到一個奇怪的地方。灰雲如海浪般翻湧，雲層下方閃電連連，頭頂上方則是一片夜空。我第一次在恍若伸手可及的距離裡，看到那麼多的星星，有種飄進世外汪洋的感覺。一片流星如雨、彩星交織的穹頂大海。遼闊的星海，好美好美！我真想就此停止呼吸，就這樣死去。而奇怪的是，當我有了想死的念頭時，我感到四周完全安靜下來，連我的心臟都停止跳動似的。粗喘的氣息平穩下來，眼睛也緩緩閉上。」

又有一群人經過我們，我還是只低頭看著地上走。

「當我再度睜開眼睛，發現自己躺在醫院裡。聽說我接受了緊急手術，這實在很荒唐，就像是宿醉的第二天，醒來時發現自己在垃圾桶裡一樣。更可笑的是，美國的報章媒體都在報導我的事情，說我堪比連續八次中樂透的人一樣幸運。從三萬英尺、零下四十度的高空，失去意識墜落下來，竟然能毫髮無傷。如果肋骨斷了刺到肺裡，和左手肘粉碎性骨折算不上什麼大傷的話，或許真的稱得上是毫髮無傷吧。我的同伴和警察到處搜尋，終於在離無線電失聯地點六十公里左右的一處村莊的樹林裡，發現了墜落在此地的我。當時我呈現極度興奮狀態，不停地向初次見面的醫生描述我所看到的星海。醫生聽完了我的話之後說，那是我在失去意識之前，精神錯亂發作才會看到那些景象。我又接受了一次手肘手術，再等到骨頭接合，復健治療完成，匆匆十個月就過去了。想到可以再度飛上青天，這麼無聊又漫長的時間，我硬是撐了過去。然而，就在治療快結束的時候，眼睛的問題就突然冒了出來。」

承民的話停在這裡，就像收音機聽到一半突然斷電一樣，非常突兀。我一抬頭就看到了崔基勳。我悄悄地看了承民一眼。怎麼這麼巧？崔基勳就像影子一樣，和人群站在一起，我卻一點也沒發現，他是何時、從哪裡出現的。

我們經過崔基勳的身邊，停在步道出口前，夏日殘陽佇立在金色的玉米田上。一如既往週日的水壩裡有幾艘汽艇在狂飆。天上沒看到滑翔翼，但我想起了第一次沿著林蔭道走過來的那一天。承民出神地凝視滑翔翼的那雙眼睛，浮現在我腦海。我也想起天亮那刻所看到的、充滿瘋狂的那對眸子。

我終於明白，承民對飛行的渴望，對遲早會失明的恐懼，不停嘗試逃跑的行動……所有的一切都指向同一個目的——就是在完全失明之前，最後再嘗試一次飛行。只不過我猜不出他所說非去不可的地方是哪裡，富蘭克林？喜馬拉雅山？他連一步都無法踏出大韓民國的領土，有什麼辦法到那裡去？這點他自己應該是最清楚的，不是嗎？

崔基勳走開了，連一起站在那裡的人也跟著離開。

承民的額頭抵著鐵絲網問：「你到底是誰？」

我有點驚慌，這個問題太突兀，也太莫名其妙。

「我時常會想，你究竟是怎樣一個人？不要跟我說那些看不見的，要放在心裡的東西，到底有沒有什麼，是你人生必須面對的？」

我的臉一下子脹得通紅，我生氣了！明明兩人相處得好好的，怎麼轉眼有種被打臉的感覺。我轉過身靠著門扇，如果我理解得沒錯，他想問的是我「以什麼樣的特徵存在」，那我無話可說。因為在我的人生裡，我只是一個幽靈。

「早就告訴你，別理會那傢伙了，你怎麼都不聽？」腦中的理智又出來耍嘴皮子了。「看那傢伙說話的樣子，那根本就不是在問問題，而是在嘲笑你，你就一點脾氣都沒有嗎？」

我惱羞成怒大叫。「沒有，沒有，你想怎樣？」

承民把頭轉向我，嘻笑了起來。

那天晚上，我又夢到自己在白樺林裡，沒有像上次的夢一樣，迷失在森林裡，也沒看到像路燈一樣高高掛的人頭。我只是呆呆地站在鐵鍊纏繞的鐵絲網門前。夜空倒影在水里湖的水面上，卻連一顆星星也看不到。

我們每天都到白樺林散步，只要一走上散步道，就習慣性地脫掉鞋子，光腳走路。俯瞰著由金轉黃的玉米田和幽藍的水里湖，就在出口前消磨時間。滑翔翼往往會飛過來，每次看著他們無聲無息地翱翔，我就會偷偷觀察承民的眼睛。

我還是無法完全相信他已經失明，如此的懷疑不是空穴來風。承民雖然用太陽眼鏡遮住了雙眼，但側面卻遮掩不到。如果想全方位遮蔽的話，就得戴護目鏡了。這話什麼意思呢？就是說有人可以從側面看到他在移動視線。這個人就是免費出借肩膀，讓他整天搭著的人——在下是也！我會這麼想也是有原因的，我曾偶然間看到承民的視線會突然捕捉到移動的物體，也就是當滑翔翼升空的時候。承民拒絕眼科治療和柳在民的提議，原因也很令人費解。但僅此而已，目前還缺乏足以支撐這個懷疑的線索。

不知道是每天散步，還是抗憂鬱劑起了作用，承民的行為有了顯著的變化。他會表達自己的需要，每天刮鬍子、洗澡，穿著整齊，床上也整理得乾乾淨淨。東西都收進置物櫃裡，言行近乎「恭順」。這是很讓人瞠目結舌的變化，這個寡言少語、不再嘻皮笑臉、行為端莊的模範青年柳承民，我怎麼看都覺得很陌生。

護理站對這一連串變化的評價是「順從」，對他的警戒與如臨大敵的態度，確實放鬆了下來。其中態度出現兩極化改變的人，非護理長莫屬。她是個膽子只有綠豆大的人，以前承民喊一聲「護理長」，就能嚇破她的膽。自從大黑痣男手腕被咬傷之後，她甚至連正眼都不敢看承民一眼。現在她居然會向承民釋出善意，還主動跟他打招呼。

「承民早！今天心情如何？散步很愉快嗎？」

過沒多久，她會在護理站前叫住他，問東問西。再過幾天，甚至把承民叫進護理站，請他喝咖啡。承民自然也不會推辭她的善意，她一叫，他就進去。給他什麼，他就接過來吃。問他問題，他也會好好回答。雖然不知道他們在聊什麼，但透過玻璃窗看過去，氣氛好得讓人起雞皮疙瘩。承民乖得像個少年一樣，護理長的臉上則閃爍著馴服失明狂人的自豪。

夏天就快過去，每一天都是同樣平淡的日子，至少表面上是如此。

九月十日星期五，天上下著雨。為了迎接成立三十二週年，醫院停診一天，我們則每人分到一塊紀念糕吃。雖然是臨時休假，但美術療程還是照常進行。

參加美術療程的資格如下，了解美術的人、想要了解美術的人、不了解美術但熱愛美術的人、不熱愛美術但有手指頭的人、沒有手指頭不過有腳趾頭的人。美術材料一向採用印有紅色蝴蝶結的乳白色紙。只要把這紙摺好抹上膠水黏起來，就可創造出某服裝公司的購物袋，這就是我們美術療程的內容。

美術療程一個禮拜排了四次之多的原因，就在那「購物袋」上頭。至少得做這麼多才足以補貼我們的生活，不是嗎？按此道理就不難理解，即使是臨時休假，我們也得參加美術療程的理由了。況且放假我們也沒事可做，再說吃人嘴軟，我們連紀念糕都吃了，總得為醫院共榮盡點心力吧。

五〇一號、二號房的出席率超過百分之百，放假一天不用去農場勞動的韓伊，就把智恩也拉了過來一起參加。這傢伙露著只剩下三顆牙齒的嘴，一面開心地笑，一面手下不停地摺紙，期間還不忘拿袖子給智恩擦口水。智恩雖然討厭韓伊的動作，但還是認真地在韓伊摺好的紙上抹膠水，原本胖呼呼的臉上顯得十分蒼白，因為她已經連吐了好多天，而且都是在餐廳吐。之前有被承民驚嚇的前例在先，我建議趕緊帶智恩去看眼科，但金庸把我喝斥一頓，說不懂就別亂講。護理站的人似乎也在暗中觀察，卻直到美術療程時間之前，才總算採取了措施。女總務班的人拿著裝了小便的檢驗用紙杯，和智恩一起從廁所裡出來。

雖然人數多了一個，但五〇一號、二號房的摺紙進度最慢。承民伸長腿，坐在椅子上，屁股把椅子晃得嘎吱嘎吱響。萬植先生特地坐到承民的大腿上，開心得很。競走選手忙著做自己的事情——把上衣的釦子扣上、再解開，香菸從口袋裡掏出來、再放進去，褲腰帶拉緊、再鬆開，褲管捲上膝蓋、再放下去……街頭樂師正拿著一塊黑布細細地埋頭擦拭他的口琴。十雲山道長去泡咖啡，金庸一心只顧著打探韓伊的私生活，問他有沒有把智恩看好啦？娶老婆本準備了沒啊？雙方家長什麼時候見面啦？韓伊十分機靈，馬上就掌握了問題的重點，從紅襪子裡掏出什麼東西，一副得意洋洋的樣子打開來給人看。竟然是定期存款存摺，雖然韓伊晃一下馬上又塞回去，沒能看清楚，但我確定不是一般銀行所發行的存摺。

「韓伊，我不是告訴你那東西不要隨便拿給外人看！」十雲山道長回到位子上說。

金庸一聽卻火冒三丈。「我們是外人嗎？」

道長咕嚕嚕一口氣喝完他泡回來的咖啡。喝過的人就知道，下雨的清晨咖啡香有多誘人，但這誘人的咖啡香讓智恩作嘔，於是胃裡的東西就哇啦哇啦全吐了出來。大家都嚇了一跳站起身來，護工和女總務班的人趕緊跑過來。兩人扶著智恩走出餐廳，韓伊哭哭啼啼地跟在後面出去。

餐廳很快又恢復了原有的秩序，智恩同房室友拿了拖把過來，把地上拖乾淨。窗戶也都打了開來，驅散嘔吐物的臭味。幸好下著雨，清新濕潤的空氣一下子全湧了進來。

十雲山道長望著自己手上的咖啡杯喃喃自語。「我的咖啡又沒對她怎樣？」

金庸回了一句：「不是你的咖啡對她怎樣，是她肚子裡的孩子對她怎樣了。」

十雲山道長細長的眼睛眯得更細，金庸拍拍肚子。

「她懷孕了，我敢跟你打賭！」

我想起上次五〇一號、二號房住戶們偷跑去白樺林的那天，是兩個月前的事情吧，才兩個月就會孕吐了嗎？

「應該不是韓伊的。」彷彿知道我在想什麼，金庸說。

「那孩子原本在二區，那裡床位不夠，再加上他在那些人裡面算是聰明的，就送到我們五區來。不管怎樣，他在那裡的時候接受過結紮手術。那裡的孩子到了青春期，只要父母同意，就馬上進行結紮。等到檢驗結果出來，護理站大概會很傷腦筋。其實答案顯而易見，A棟的人就算想那麼做，也沒那個條件！」

我想起了每天上來帶韓伊和智恩的那個總務班老傢伙，不會是那老頭幹的吧？還是監督勞動的護工幹的？不然是農場的人？韓伊是不是在農場裡看到了什麼？假設他「看到了」，那麼之前所發生的種種事情就能一次解釋清楚。韓伊被人打得遍體鱗傷回來，他在護理站前的示威行動，自殘。一想到這裡，連我都快吐了。

午睡時間之後，大家都知道智恩懷孕了。根據消息靈通人士說，小便檢查呈現陽性反應，這消息在病房區裡傳了一圈之後，終於傳進了韓伊耳朵裡。韓伊直接跑到護理站，先把護理長叫出來，又在肚子上做出大肚子的手勢，再拿出定期存款存摺，看來韓伊正確地知道懷孕代表什麼意義，同時對自己是孩子父親一事深信不疑，表情充滿自豪地要求與智恩結婚。

護理長一臉難堪，相信她一定感到不知所措。檢查結果讓她驚慌之餘，韓伊竟然打出結婚牌，而且病房住戶也全都保持沉默，就看她怎麼回答。

幸好憂鬱洗滌工及時推著送洗衣物車出現救了她，一瞬間改變了整個氣氛。上午才聽說他通過考試，現在一看到他出現，大家都起立鼓掌。就連不知道這件事情的人，也跟著一起加入拍手隊伍。白金漢公主鼓勵他，再接再厲拿到博士學位，以後當大學教授。名校出身的金庸，也保證自己這個大學畢業生會負責幫忙他通過入學大學學力鑑定考試。十雲山道長要他發表金榜題名的感言，賢善她娘則問她家賢善是否也榜上有名？憂鬱金榜生嘀咕著說：「四十歲才拿到中學畢業證書，有什麼了不起的……」就往A棟去了。我把承民交到金庸手上，就跑回五〇一號房去。

憂鬱金榜生在房間裡等我，我們先舉手擊掌，再握拳相碰之後，他開心地笑出聲音來，這是我第一次看到他開懷大笑。

「我馬上就得下去，送貨卡車今天會來送東西。」

「送什麼東西？」

「還不是洗衣室裡要用的東西。」

「啊，不過為什麼是您去？您負責收貨嗎？」

「不是，那是班長該做的事情，我只負責整理倉庫。」

憂鬱金榜生拉拉扯扯地剝掉萬植先生的床單。

「送貨卡車常常會來嗎？」

「一個月一次，如果有什麼特別訂購的東西，中間也會隨時過來。我們算是大客戶，他們不敢怠慢。」

我笑了起來，他也跟著笑，笑完之後才小心翼翼地問：「剛才你笑什麼？」

「我沒想到竟然還有人靠精神病院吃飯。」

「不只是有，還多得很呢！給廚房送東西的，送自費零食過來的，給鍋爐房送汽油的，還有來收購物袋的車。」

對於來收購物袋的車，我多少也聽說了一些。每個月第三個星期五，會有一台廂型車過來收我們做好的購物袋。

「那些車都停在哪裡辦事呢？我從來沒看到這些車停在大門口。」

我不經意地隨口問了一下，只不過是在他收拾床單的時候閒聊兩句而已。但他的回答卻平白多出一些微妙的意思。

「當然是停在地下停車場，貨倉在那裡，也最接近電梯。」

他把金庸集中放在床上的毛巾和內衣褲一股腦丟進桶裡去，我重新端詳了一下這個巨大的洗滌桶，腦子裡回放起承民和我引起電梯事件那天的情形。

「電氣室旁邊的鐵門，就是通往地下停車場的門，對吧？」

「嗯。」

「那裡也隨時上鎖嗎？」

「原則上如此。」

「實際上不是？」

「不方便啊，隨時都有人進進出出的。管理室的啦，電氣室的啦，洗衣房、各區護工和總務班的、救護車司機走進走出的，還有工作人員和外部車輛也時常要進來。沒辦法每次都跟進跟出幫忙開鎖上鎖吧，也不能把鑰匙隨便交給這個人那個人的，萬一不見了怎麼辦？所以白天的時間大部分都開著不管。」

「那裡不用自動門嗎？」

「地下都是一般普通的門，不然太麻煩了，連正事都做不了。不過，你問這麼多做什麼？」

一直有問必答的憂鬱金榜生突然反問一句，我驚慌之下隨口搪塞。

「沒什麼，我只是想到地下好像沒有緊急逃生梯，萬一停電或者電梯故障的時候，要怎麼進出而已。」

他奇怪地看了我一眼之後才說：「蜜絲李老師你大概沒看到吧，電梯旁邊就有緊急逃生梯啊！」

傍晚時雨終於停了，希望農場前面的路上，難得擠滿了車輛和人群，一片鬧烘烘的。這些都是來看水里遊樂園煙火節慶典的人潮，金庸說，這個慶典是從三年前開始舉行的，會一直持續到星期天。尤其是在星期天晚上會舉辦大規模篝火晚會，同時會施放煙火秀。他還特別強調，在東南亞巡迴演出的歌手們全都預定回國來參與此次表演，要大家好好地拭目以待。不知情的人聽了這話，絕對會以為金庸是這次活動的主辦人，並對他所說的內容深信不疑。

那天晚上，五區住戶們就像一群蟬似地緊緊巴著吸菸室的窗口不放。雖然是人家的慶典，但總歸是慶典，而且還是值得一看的慶典。看不到遊樂園，還是看得到火紅一片的天空。看不到水里湖，仍舊聽得到汽艇的喧囂聲。看不到放煙火的人，照樣能看到綻放在白樺林另一端的絢麗煙火和照明彈劃過天際的白色煙霧。

我和承民也夾在蟬群裡，承民吸菸，我想事情，其實也沒什麼好想的，只不過是幾個單字像煙火一樣迸出來而已。洗滌桶、電梯、地下停車場鐵門、白天不上鎖、外部車輛。我斜睨了承民一眼，太陽眼鏡下的眼珠似乎在看著遙遠的天空。他真的失明了嗎？還是暫時看不見而已？

鵝哭聲打斷了我的思緒，回頭往旁邊一看，一眼就從人群縫隙裡看見咧著嘴像鵝一樣的韓伊。他那大得不成比例的五指，正一下下梳理智恩的頭髮。嚴格來說，打斷我思緒的不是哭聲，該說是笑聲才對。但不管韓伊是哭是笑，梳不梳理頭髮，智恩的注意力全集中在窗外的風景上。就我所知，這是兩人一起共度的最後一個晚上。

第二天，智恩並沒有和韓伊一起去農場上工，而是和護工一同朝著正門而去。韓伊抓著護工大腿，整個人掛在護工大腿上。護工一臉難堪的表情，做出聽診器貼著智恩肚子的樣子，表示要帶智恩去婦產科看診的意思。韓伊無奈只能放開他的大腿，但仍舊一臉不安。在他被總務班老頭拉著走進逃生通道之前，一直不停地回頭看。

韓伊的不安果然成真，智恩到了夜裡都沒有回來。晚點名前，韓伊就一直守在病房區正門口。他茶飯不思，甚至連廁所都不去，有人叫他回去病房或叫他閃開的話，他就會驚聲尖叫，暴跳如雷。不管他的話，他就蹲在那裡一動也不動。星期天一大清早，我們只見到韓伊躺在地上，手裡抓著一顆臼齒。小護士正打開百合房的門。

一個上午病房區吵吵鬧鬧，大家都在討論兩個話題，一個是智恩到哪裡去了？大多數的人認為，智恩做完人工流產手術之後，應該已經被送走了。另一個就是孩子的父親是誰？對於這點大家眾說紛紜。

有人認為是病房的住戶，但眾人不約而同地否定了這個看法。韓伊一天到晚睜大眼睛黏在智恩身邊，根本就無隙可趁。除了五〇九號那一根駐守的正門前面之外，醫院裡所有場所都逃不掉監視器的監控。有人說，可能是總務班的人，趁著韓伊沒注意，把智恩拉走幹壞事。也有人主張是護工幹的。從之前韓伊時不時被揍一頓回來的樣子來看，這種事具有週期性，以總務班的地位來看，做不到這一點。金庸最後綜合出來的結論是，總務班和護工合夥犯下的「集體性侵」。也就是說，為了讓他人不敢聲張，就集體幹下了壞事。這個結論雖然令人髮指，卻是最具有說服力。問題就在，金庸那張老愛亂放砲的嘴。

勞動組的女孩子裡面，智恩算是長得最漂亮的。差只差在愛流口水，不然和外面的女孩子比起來可說毫不遜色。因此韓伊才會拚命守護，但光憑一個韓伊，又怎麼可能抵擋得了周圍虎視眈眈的禽獸。金庸下了結論說，男人的禍水就是紅顏。

十雲山道長做了總結發言：「你的禍水就是你那張鳥嘴，知不知道？」

九月的清掃選手團召集完畢，不管是人數還是服裝都和八月相同，但選手名單則有了變化。金庸被踢出去，加入替代打者。

前一天下午，出於承民的拜託，金庸替我帶承民去淋浴室，因為承民覺得每天都麻煩我，他很抱歉什麼的。但當他們回來的時候，兩人之間的角色卻互換了。金庸攀著承民的手臂回來，說是在淋浴室滑了一跤，閃了腰云云。把兩人領回房間的，是萬植先生的第十八代多別爾——街頭樂師。金庸一直纏著護工到晚點名的時候才放過他，一下子要痠痛貼布，一下子要止痛藥，一下子要暖暖包。等到天一亮，床上就躺著一個半死不活的人，只剩下一張嘴能動。

「唉喲唉喲，我要死了，我還沒娶老婆呢，唉喲喲喲……我沒法去做體操，也沒法去清掃啦！」

希望組以上的小組成員裡，沒被選進清掃選手團的男子只有兩個，我和承民。替代選手會是誰，就算是希望農場裡的狗也很清楚吧，不需要特別指出就是我自己。

清掃選手團已經在休息室裡待命了有十分鐘，這都是出於護理長的命令，因為她正在護理站和承民說話。崔基動以稍息姿勢站在兩人身後，選手團全體人員都對他們的對話內容倍感關切，我卻一點興趣也沒有，肯定是承民軟磨硬磨要隨我一起去。除此之外，沒有其他理由需要讓選手團待命的了。結果也一定如同食人魔博士的大光頭一樣顯而易見，只要崔基動堅持，這事就沒門兒。先不管那邊的事情，我自己這頭才有燃眉之急。我聽到一個人心惶惶的消息，九月的清掃工作主要是清理煙火節之後的大堆垃圾，因此將選手團的派遣規模擴大為兩倍。遴選三區的乖寶寶十人和一區的總務班十人，連同水壩四周都得清理乾淨。總務班也出動的話，大黑痣男作為監督前來的機率就是百分之九十九點九。百分之零點一的機率，則是指望哪位貴人打破大黑痣男的後腦袋。我作夢也不想碰上大黑痣男，因此懇切祈求貴人的降臨。

我看到護理長拿起電話，短暫的通話之後就結束，然後轉頭對崔基動說了些什麼。崔基動走進更衣室裡拿出一套灰色工作服和帽子出來，同時也把我叫了過去。我搞不清楚狀況走到護理站窗戶前，工作服和帽子就落到了我的手上來。

「承民也要去，帶他回房間去換衣服。」

「李秀明。」

這次換成護理長探出頭來，她把該給承民的體面都用到我身上，說相信我會看好承民，她實在見不得承民那麼鬱悶的模樣，才直接請示院長得到允許的。我驚訝得闔不攏嘴，怪自己竟然一時忘了承民是說服鬼才，連天下無敵的金庸都能被他說服當信使。我相信昨天晚上金庸不是在淋浴室的地板上，而是在承民的舌頭上滑了一跤，才閃到腰的。現在要說服護理長，那根本就是小菜一碟，不僅之前表現良好，還有累積下來的情分也很深厚。崔基勳會同意倒是比較出乎意料之外，但也不是不能理解。一旦擒賊先擒王，小嘍囉還有什麼問題？

護理長的交代囉囉唆唆一大串，絕對不要讓他到水邊去，一定要聽護工的話，到哪裡都要記得拉緊承民的手……看來她想賣個人情出去，結果自己擔心的事情更多。但事到如今，護理長也沒法出爾反爾，給自己打臉了。

承民從護理站走了出來，我看到他的嘴角帶著一抹隱約的笑容。我卻笑不出來，只想告訴他，我們今天會死在大黑痣男手上。

九點，大樓門口一前一後停了一輛職員通勤的交通車和一輛救護車。三區住戶十人、總務班二人、三區護工上了救護車，其餘的人全搭交通車。我和承民最後上車，大黑痣男就坐在最前面的座位上。他一手拿著棒子，棒尖啪啪地敲在另一手的手掌上，露出尖牙獰笑，那種笑比起黑夜中兩眼放光的禽獸眼睛更令人不快。矮胖子和電線桿男就坐在大黑痣男後面的位子，接下來是五區護工、鎮壓二人組、總務班五人，剩下的位子也全都坐滿了。無奈之下，我們只好坐在司機後面的位子，也就是大黑痣男的對面。

救護車和交通車駛離大樓，在大門的鐵門前停了下來。警衛趕緊從警衛室跑出來。正門比我記憶裡的，還有從吸菸室往下看時所估計的，還要高、還要大。過來開門的警衛和鐵門一比，簡直就成了小侏儒。圍繞著醫院前庭圍牆上的鐵絲網，又厚又密。這裡看起來已經不像醫院，反而像是具體實現了食人魔博士的理想，成了一棟私人監獄。

救護車率先駛過大門，接下來才是交通車。我暫時忘記了大黑痣男的存在，注意力集中在窗外的風景上。難得出來沒有圍牆的地方，算算竟然有九十六天了。

交通車穿過林蔭道，右轉駛上白樺林前面的道路。時間已經過了九點，仍不見太陽的蹤影，只有層層白霧從水里湖的水面上不斷翻騰而起。我們很快就碰上了排隊走到水壩上方的農場勞動組，他們對著我們不停揮手。驀然想起當我們從病房區出發之際，正巧從百合房裡出來的韓伊。如果是平時的早上，韓伊和智恩一定也排在走路到水壩去的隊伍裡，兩人手拉著手，韓伊不時為智恩擦口水，智恩嫌煩還會發脾氣。至少到上個星期四為止，兩人都還是這麼相親相愛。但到底是誰，對他們做出了什麼樣的事情，竟然使得其中一人被關進隔離室，另一人不知所蹤。護理站對此保持緘默，真相被隱藏了起來，只有骯髒的傳聞如大霧彌天。

離出發不過五分鐘，前頭的救護車在路邊停了下來，三區的人大概是負責水壩四周的清掃工作吧。交通車則再往前又行駛了五分鐘之後，也在山腳下的空地上停了下來。這裡是遊樂園的戶外停車場，裡面停了幾輛接駁車、廂型車和小客車。遊樂園就位在水壩的方向，中間還隔了一條道路。正門上方掛著「第四屆水里遊樂園煙火節」的橫幅，旁邊則有許多大型充氣玩偶迎風招搖。

趁著下車排隊的空檔，我往四周看了一下，卻找不到一般遊樂園裡常見的民宿或餐廳。要說有什麼比較吸引人的地方，也只有距離停車場約一百多公尺遠的奇岩峭壁，模樣就像是一座巨大的溜滑梯。蒸騰的濃霧掩蓋住峰頂，某個如金庸一樣殷勤的人告知，那就是水里峰，是超過海拔一千公尺的連綿山峰中最高的一座。

承民不停地吸鼻子，一臉受不了風大的表情。

遊樂園雖然只是一座大型公園，但光靠我們清掃選手團似乎沒多大幫助。裡頭的光景，大概需要派出重裝備軍團才有可能解決。以演唱會舞台為首留下的篝火痕跡，消風的廣告氣球東倒西歪，彩紙碎屑散落一地，被踩在地上破破爛爛的萬國旗，草地上隨處可見的果皮、寶特瓶。而遊樂場的幾項設施就被埋在了這堆種類繁多的巨大垃圾山裡面。海盜船、旋轉木馬、摩天輪、售票處、便利商店、射擊場、簡餐店、兩座紫瓦屋頂的涼亭、公用電話亭、化妝室、管理辦公室等等。盡頭處有一道階梯可以下到水壩，階梯旁邊立了一塊遊艇場的招牌。招牌前面站了兩個看起來像是職員的男人，他們的腳底下堆著三架推車和一堆清掃工具。

大黑痣男和他們打過招呼之後轉過身來，將清掃選手團分成了三組：

一組：負責清掃遊樂園內部。一區護工、總務班三人、清掃選手十二人。

二組：負責釣魚池和遊樂園周邊。徐兵長、鎮壓二人組、清掃選手六人。

三組：負責遊艇場。大黑痣男、矮胖子和電線桿男、承民和我。

遊艇場就像一個浮在水面上的四方型箱子，塑膠圓桶編成的筏子為底，單槓粗細的鐵條交織成大梁，塑膠遮陽棚撐開成屋簷，天台則讓人聯想到馬戲團的帳篷頂。中央立了一座大型燈塔，從塔頂拉出來的電線上垂掛著霓虹燈泡，呈放射狀向四方延伸出去。屋頂欄干上則掛著一幅黃色橫幅。

汽艇、小鴨船、花生船、香蕉船、魔術香蕉艇、水上摩托車、滑水

滑水訓練，歡迎初學者

矮胖子和電線桿男率先走下階梯，我和承民按照平常的方式走路，承民的手搭在我肩頭上，我摟著承民的腰，才下了一階而已，後腦杓就被大黑痣男的棒子敲了一下。

「你們兩個是來這裡秀恩愛的嗎？」

接著棒子就對著我們的頭頂、後腦、側邊，一通亂敲。

「還不快點走下去。」

但問題是，就算給駱駝穿上耐吉運動鞋，也不可能跑得像獵豹一樣快。我們再怎麼挨打，腳步也加快不了多少，反而更耗力氣，心情也變得很鬱悶，估計今天這個日子絕不好過，說不定到太陽下山之前，我們已經被曬成人乾。承民一點就燃的脾氣也令我擔心，他越生氣，反而會讓大黑痣男越高興。

不過我似乎白擔心了，承民一點也沒耍脾氣，每當腦袋挨上一記的時候，他就教我一句實用生活英語，以愛制暴。

「Kiss my ass. Suck my dick...」

走過連接湖岸和遊艇場的鐵橋之後，就看到了售票處，矮胖子和電線桿男站在售票口旁邊，售票處裡面有個男人正在接電話。大黑痣男一湊近窗口前面，男人就抬起手作勢等一等。我和承民則站到電線桿男身後去。

為了掌握工作環境，我四下看了看。售票口前有一個很陡的鐵梯，鐵梯通往天台。梯子下面廚餘和一般垃圾全都混在一起堆積如山。垃圾上面小飛蟲和蒼蠅嗡嗡亂飛，附近地面上也因為垃圾堆裡流出來的污水弄得濕滑骯髒。鋪了塑膠墊子的地面上，放完煙火之後剩下的鐵芯，像乾草一樣滿天飛。樓梯的後方，則是小鴨船停泊場。正面是遊艇場碼頭，繫了一整排汽艇、水上摩托車、中型天鵝船等。左邊用粗繩像欄干一樣圍了一圈，旁邊堆了像塑膠桌椅、摺疊梯、滑水板、螢光黃救生衣、橡皮艇等等亂七八糟的東西。

大黑痣男一根菸差不多都抽完，男人才走了出來。兩人似乎是舊識，大黑痣男稱呼「部長」，還特意問候「舅舅」是否安好。男人一面回答老闆去首爾了，一面把我們每個人上上下下打量一番。

「哪幾個要負責拆卸燈塔？」

大黑痣男用棒子指指矮胖子和電線桿男。這個和那個。

「兩個人拆可能有點困難，我們只有兩名職員，沒辦法在這裡盯著。我現在也得過去遊樂園看看。」

「我盯著就行，拆就讓那兩個拆。去年也是他們兩個自己拆的，這您不用擔心。」

部長指了指承民。「那這個人我帶走好了，個子高，很多事情都用得上。」

「這傢伙只是個子高而已，其實一點用都沒有。腦袋是飯桶，脾氣是瓦斯桶，眼睛也看不見。」大黑痣男做出瞎子拿手杖點路的樣子。「所以我帶過來只是想讓他打掃打掃算了。」

「你們醫院還有本事教盲人打掃啊！」

「這事情有點複雜，說來話長。」

「這小丫頭也是來打掃的？」

怎麼聽，「這小丫頭」好像是指我的樣子，部長的眼光在我被帽簷遮住的臉上探索。

大黑痣男哈地一笑，用下巴指指承民。

「這是那傢伙的導盲犬，也會點打掃的事情。」

兩人都不再說話，部長打開售票處後面的倉庫門之後，就到遊樂園去了。矮胖子和電線桿男拿出工具箱，就爬上天台。我分配到的任務，就是把堆在繩索裡面的東西搬到倉庫整理好，以及打掃遊艇場。大黑痣男拿了兩個大塑膠袋給我。

「先把梯子下面的垃圾清掉，清出來的東西拿到岸邊去放。」

承民愣愣地站在那裡，腦袋又被敲了一下。

「站在那裡幹嘛，飯桶！還不快點跟著去。」

我們走到鐵梯那兒，承民腰靠著鐵梯欄干站在那裡，我開始收拾垃圾。沒給橡皮手套，我只能直接用手收拾。一碰到那堆爛糊糊的廚餘，我就忍不住作嘔。我一乾嘔，承民就伸出大手往他自以為是背的地方拍撫。他拍得太認真了，我都覺得他不是在拍，是在打我呢！更何況他拍的地方根本不是背，而是我的後腦。

「無聊嗎？」承民拿開手問。

我猛一下咳了起來，灰塵鑽進鼻孔裡，讓我喉嚨發癢。

「要不要講我的初戀給你聽？」

這話說完卻沒下文了，直到我把垃圾都收拾完裝進塑膠袋，承民一句話也沒說，轉身面對遊樂園的方向站著。看樣子不像在回憶初戀，而是在揣摩遊樂園那邊的氣氛。那裡喧鬧異常，此起彼落的高喊聲，木板和鐵板掉落發出的轟隆聲，還有推車經過水泥地面的輪子嘎嘎聲。

我坐在小鴨船邊洗手，這裡天水相連，景色秀麗，但從漂浮著垃圾的水面下，卻傳上來陣陣令人作嘔的惡臭。偶爾有水鳥群自岸邊的蘆葦濕地裡飛起，白霧籠罩之下的湖面，散發出珍珠光澤。但這不是流動的霧氣，而是像雨一樣垂直落在湖面上。空氣一如晚秋清晨般，涼颼颼的。

「你們在幹嘛？該做的都做完了？」

大黑痣男的聲音響起，大概是不想讓垃圾堆裡流出來的污水弄髒鞋子吧，他站在離梯子有兩步遠的地方，棒子在手上晃個不停。我趕緊把垃圾袋拿到岸上。大黑痣男帶我們到倉庫，門一打開，裡面什麼都沒有，但棒子卻對準我腦袋敲了下來。

「進去把打掃工具找出來，等一下要刷刷洗洗。」

承民也挨了一記。

「你到那裡去，別礙手礙腳的。」

大黑痣男拿著棒子，指著欄干左邊堆放滑水板之類雜物的地方。看來這人的腦容量也就只有他臉上那顆黑痣那麼大，說一聲「那裡」，就以為眼睛看不見的承民能聽得懂，自己走過去？

手機鈴聲響起，大黑痣男從口袋裡摸出手機來。我把承民帶到滑水板旁邊，承民低聲說了一句。：「你等一下故意惹火那傢伙。」

想幹嘛？不安的氣息從四面八方湧來。大黑痣男背靠著倉庫門在講電話，聽他在問原州找到合適房子了沒什麼的，好像是「賭友」打來的。一瞧見我在看他，馬上瞪起眼睛，晃晃手上的棒子，我趕緊跑進倉庫裡。說什麼清掃工具，也只有一支乾癟的大拖把和一個塑膠水桶而已。除此之外，就只有在地板上滾來滾去的幾個塑膠袋和用完隨手丟下的幾根電線罷了。我提著大拖把和水桶走了出來，卻在倉庫門口嚇到動彈不得，覺得腦子裡一片空白，因為承民正悄悄把手伸向滑水板。大黑痣男手機講到一半卻突然對我發火。

「你這白痴，在偷聽什麼，還不快出來。」

我向後退了一步，回過神來才發現自己已經對著大黑痣男豎起一根手指來。更令人難以置信的是，這根手指居然是中指。大黑痣男猛眨著他的豬眼，不敢相信自己看見了什麼。我心裡其實很害怕，但既然做了就豁出去吧，現在再想收回那根手指，也無濟於事。因此，我再度挺直有點畏畏縮縮的中指，大黑痣男啪地一聲用力闔上手機。

「你現在在做什麼？」

你是真不懂，還是裝不懂？為了把我的意思明確地灌進大黑痣男的豬腦裡，我把中指豎得像根木樁一樣。去你的，懂吧？去—你—的！

大黑痣男的臉上慢慢升起霞紅，然後變成消防車的豔紅色，大嘴一張就亂吼。「你這小子，活得不耐煩了？」

大黑痣男舉起棒子正想衝過來，滑水板在他的背後一閃，人就趴在地板上。可能連他自己都不明白是怎麼回事，他就已經趴了下去。因為在他被滑水板用力打在後腦之前，只顧著氣得全身發抖。我的精神也有點錯亂了，明明自己一直抱持著懷疑，事到如今卻無法相信眼前所發生的事情。承民，你眼睛看得見啊？

承民一腳膝蓋頂在已經暈過去的大黑痣男背上，拿下太陽眼鏡。

「來給歐巴幫個忙吧？」

什麼忙？怎麼幫？我腦子裡一片空白，手自己彷彿有知覺地動了起來，撿起三、四根電線遞了過去。也就是說，接近一個月的時間裡，你都在作戲。只為了現在來這一招？如果是真的話，你真是一個無可救藥的瘋子！

我從大拖把上拔下幾條破布，丟了過去。順便一提，不知道這傢伙還記不記得，他以前也在我嘴裡塞過一團和這個類似的東西。

承民拿電線把大黑痣男五花大綁之後，一把抓起他的頭髮，頭往旁邊一扭，就把那團破布塞進他嘴裡去。承民這傢伙，就是這麼貼心！

「我眼睛還不到看不見的地步，知道嗎？」

承民從地上撿起棒子，又在才剛被滑水板打破的後腦杓上，用力地補了一棒。

「屁都不懂，還敢說我是飯桶，這下讓你知道瓦斯桶的厲害！那種話你也敢說，那自己就最好多小心點了。」

大黑痣男沒有睜開眼睛，看來已經完全昏了過去。在承民涼涼的說話聲裡，我也快昏了。雖然一時覺得很痛快，但這下該如何是好？

承民嘿嘿嘿地笑著說：「死不了的，只不過暫時沒法再去賭場罷了。」

我們把大黑痣男推到倉庫最裡面，關上門，連門閂都給閂上。這時，矮胖子正在天台上發火。他和電線桿男之間似乎一點默契也沒有，反正他扯著喉嚨大聲咆哮。我探頭往遊艇場外頭瞧了瞧，總務班兩人和清掃選手三人正在樓梯上方的立式看板前，不知道在做什麼。沒看到部長，也沒看到那名男職員。遊樂園那裡還是一樣吵鬧。承民撿起塑膠袋和一根電線，指著停在碼頭上的那一排汽艇說：「挑一艘你喜歡的。」

我看著承民，簡直都快氣炸了。承民把頭往旁邊一點，似乎催促我「愣著幹嘛？快挑」。挑就挑吧！就算是小偷，也可以挑一家自己喜歡的去偷，不是嗎？於是我挑了離我們最近的一條紅色汽艇，只要走四步就到了。

承民上了汽艇，拉緊發動繩。正在解開纜繩的我，被突然爆發出來的巨大馬達聲差點嚇破膽，趕緊轉頭往天台鐵梯上看。沒人探出頭來，只有陣陣越來越厲害的爭吵聲傳來。承民趕緊對我打手勢，快上船啊！

我上船了，就算沒叫我上，我也會上去。事到如今，我還有哪裡能去？只不過我滿心擔憂，在這濃霧之中，承民開得了船嗎？現在能見度到何種程度？汽艇稍微後退了一下，隨即轉向右方。

「抓緊！」

我還來不及抓住什麼，汽艇的船頭就已經高高翹起，船身就像隨時要翻覆似地向後傾斜。我的身體也隨之後傾，慌亂中我連忙抓緊後座椅背。

「走囉！」

汽艇彈跳而出，眼前變得一片白茫茫，我只感到心悸得厲害。乾脆把頭埋在椅背下方，眼不見為淨。

「秀明，到前面來。」承民喊我。

不知在什麼時候，汽艇已經奔馳在水面上了。

「幫個忙，快點！」

我不想幫忙，也沒跨到前面去，只是抬起頭朝後面看了看。遊艇場已經消失在大霧中，水流正捲著黑色漩渦，追在我們身後。噴濺而起的水沫弄濕了我的後頸，冰冷的霧雨鑽進了我的內衣中，我感覺體溫比氣溫還低。從對大黑痣男豎中指之後，這是我所做出最理性的決定，但我知道自己又被捲進麻煩之中，所以這個決定也沒多大用處。

承民正向我展現他無比的耐心——「真的不過來這裡？」「霧太大，我看不清楚前面。」「汽艇翻了怎麼辦？你會游泳嗎？」

我不會游泳啦！不得已我只好把腳先掛到椅背上，再像颱風中走在溪石上的溪蟹一樣，掙扎著跨過起伏不定的椅背到前面去。好不容易穩住重心，轉過身坐在椅子上，突如其來的尖叫聲差點沒嚇掉我的魂。蘆葦濕地裡，五名清掃選手正不停地揮動竹耙。五區護工和鎮壓二人組就站在長長的浮橋尾端。這裡是釣魚池，指示牌上這麼寫著——「水里釣魚池」。

「哎呀呀！」承民邊喊邊用力轉動方向盤，汽艇險險地擦過浮橋。雖然避免了相撞，但船身大幅傾斜，幾乎半邊都泡在水裡面。我趕緊撲過去，把體重集中到另半邊的船身。汽艇歪著船身向前奔馳了幾秒之後，才總算恢復了平衡。

趕緊離開這裡吧，我迫切地想逃離此處。趁著某人還沒追上來，趁著護工和鎮壓組還沒採取某種措施，我只想消失到哪個地方去。然而，事與願違，承民卻把汽艇掉頭，往浮橋的方向衝過去。他放慢速度，緩緩地畫著圓弧，駛過浮橋前面。我就這麼眼睜睜地看著承民脫掉上衣一扔，伸出一隻手臂，挺起裸露的胸膛，大聲咆哮地說：「來啊，都來啊！來殺死我啊，你們這群混蛋！」

我的背脊升起一股戰慄，這股戰慄來自於理解，來自於直覺。承民不是對著護工或鎮壓二人組咆哮，而是對著整個世界，對著這世上所有左右自己人生的槍口怒吼——射向我心臟啊，不然你們永遠別想關住我！直覺帶來不祥的預感，這傢伙想自殺。

「我要開始飆了喔！」

承民彷彿這時才想起我的存在，轉頭對我說，聲音裡帶著憤怒的哽咽。我沒有回答，這事已經不需要徵求我的同意，我只想問他，有沒有看到護工已經掏出了手機。汽艇翹起船頭，分水而出，速度儀表顯示一下子就超過了時速三十海里，周圍的花崗岩峭壁在湖上的大霧之間若隱若現，霧雨開始化為雨絲落下來。

「要不要開開看？」

承民看我不動，問了我一句，我腦子進水才會聽你的！

「試試看吧，心情會變好的。」

雨水不斷打在承民臉上，我盯著他看，估量著隱藏在他那雙笑眼之後的算計。我們的麻煩已經夠多了，光是現在惹出來的麻煩，就多到足以填滿水里湖還有剩。據我所知，剛才又多添了一件。後方傳來快艇的聲音，不是一艘，是兩艘。這傢伙到底想幹什麼？除了讓我心情變好之外。

「真的很簡單，就跟開車一樣。」

承民的話既邪惡又奸詐，我從鼻子裡哼了一聲之後，就不理他了。自己暗暗嘀咕，哪兒簡單啊？對你來說，有什麼是不簡單的？一個患了夜盲症和管狀視力，還敢在大半夜狂風暴雨來襲之際，車飆得像飛機一樣快的傢伙。一個把老鷹當同伴，飛越喜馬拉雅山脈的傢伙。一個穿越暴風、冰雹、打雷閃電，去過星海的傢伙。一個為了尋找脫逃的機會，能假裝失明一個月之久的傢伙。對這種人來說，開個汽艇，當然就跟熱身一樣簡單。但你知不知道，這世上不是只存在你這種人。開汽艇？開車？我連方向盤都沒碰過！除了三輪車之外，我還沒開過有方向盤的東西呢！我突然想笑，這股神經質的笑意是我不想阻擋，也阻擋不了，已經爆發出來了。我開始笑個不停，笑到咳嗽，笑到乾嘔，笑到眼淚都出來了還得用手背抹，笑到發狂，暫時忘記了對追兵的害怕。承民也跟著笑了起來，他根本不明白我為什麼笑，只是傻傻地跟著笑。我們的笑聲就像兩顆小石頭，穿透汽艇聲而出，撞擊到對面的花崗岩峭壁上，又傳回了水里湖，在湖面上迴盪。鉛灰色的天空逐漸變暗。

「過來這裡，我教你。」

承民向我伸出手，不知不覺間他的表情變得很認真。

我不再笑了，只剩下陣陣迴盪的笑聲還殘留在大霧裡。

「嗯？」

承民催促著。追兵從水壩兩側包抄過來，距離漸漸拉近。路面上也出現了追兵，大霧中響起的救護車警笛聲告訴了我們這件事實。我感覺得到自己整個人緊張起來，一股衝動像烏雲一樣朝著腸胃湧去。開開看又怎樣，只不過是汽艇，開一下又如何，反正我也不會有什麼損失。我們現在做的事情已經停不下來，無法回頭，也難以掌控。反正早晚難逃一死，乾脆在死之前幹點什麼事情好了。再說，承民也已經把學費帳單丟給我了，他要我為他奉獻一己之力，掩護他的行為。並且以速成的方式把操縱法教給我，要我開著汽艇，盡可能在湖面上兜圈子拖延時間，他好趁機逃跑，跑得遠遠的。

我抓住承民的手。好吧，你這狗雜種，就讓我當你的護具吧！

承民讓我坐在駕駛座上，握緊方向盤。他的大手就覆蓋在我的手背上，足以載入金氏紀錄的初級汽艇操縱課於焉開始。與此同時，一堆足以讓鯨魚跳舞的讚美也開始滿天飛。

「小子，你厲害！」「哇塞，開得真好！」「你天生平衡感出眾喔！」

在讚美的激勵下，我一個人操縱起方向盤來。汽艇沒有翻覆，也沒有倒退，像滑冰一樣，平穩地滑過水面。我越來越開心，忍不住吹起口哨，身體也微微擺動起來。快艇聲和救護車警笛聲，已經被我拋到九霄雲外去了。

承民脫掉衣服，只穿上褲頭鬆弛的四角褲，坐在那裡打包行囊。他把褲子、襪子、球鞋、太陽眼鏡全放進帶來的塑膠袋裡，收拾好之後纏上電線，再繞上自己的腰捆好。

「看見水壩了嗎？」

看見了，大霧裡高高的一堵灰牆，不是烏雲，應該就是水壩。

「看見就減速，掉頭往農場方向靠過去。」

我轉頭望著承民，心底升起一股陌生的衝動。即使我已經以行動表達贊同之意，但聽承民這麼說依然感到詫異。你要走了嗎？現在？從這裡？

「開你的船，看哪裡啊？看前面！」

手上一下子沒了力氣，方向盤唰啦啦自己打轉，承民趕緊抓穩方向盤。他似乎察覺我所受到的衝擊，放慢速度，把方向盤往右邊一打，很沒誠意地問我：「要不要一起走？不管汽艇，我們跳水也行。」

我搖搖頭，讓這傢伙放心。汽艇在閘門前畫了一個完美的圓弧之後，就掉過頭來。當接近農場方向的岸邊時，承民從方向盤上放手。

「你沒事吧？」

「沒事。」

我好像還有些話沒說，卻想不起來是什麼，算了，沒必要多花力氣。承民拍拍我的肩膀之後，便頭也不回地跳進水裡。我握緊方向盤，追兵的聲音從我的正前方傳來，大霧裡點點燈光雜亂地晃動著，我和他們免不了狹路相逢。

「警告，放慢速度。」

隨著擴音器的警告聲響起，兩艘汽艇出現在我的視野中，他們像剪刀岔開，避開直行的我。第二次、第三次，警告不斷響起，要我放慢速度，把船停靠到岸邊。我深深吸了一口氣，瞪著隱藏在乳白色霧氣後面的水流，一手拉起變速檔，這瞬間且讓我也瘋狂一把！

汽艇像在水面上一掠而過的鳥兒般，騰躍而起，朝著上游開始狂飆。速度儀表上的指針不停抖動，已經超過紅色警戒線。三十五海里、三十八海里、四十海里，我的呼吸變得急促起來，胸口一陣疼痛。這火辣辣的壓迫性疼痛沿著神經系統，擴散到心臟，就像之前在白樺林裡所感受過的那種痛，兩者難分軒輊。我感覺胸腔開始出現裂痕，龜裂的中心有種陌生的東西正鮮活地跳動著，彷彿隨時都有可能撕裂我的胸腔，一躍而出。我再也忍受不了，只想做點什麼，哪怕是吼兩聲也行。

「閃開！」

為什麼非要喊「閃開」不可呢？我也不知道，但我很清楚那瞬間有什麼透體而過，是痛快感、解放感，以及一種領悟。我的心臟也和承民的一樣鮮活，正在我的胸腔裡劇烈跳動著。一艘汽艇從我左邊掠過，我握著方向盤整個人站了起來，頭伸到前擋風玻璃外，把我身體裡的滾燙激動全給宣泄出來。對著追兵，對著遼闊的湖水，對著水里希望醫院五〇一號房，對著我所離開的那個世界。

「閃開，都給我閃開！」

一掠而過的汽艇突然出現在正前方，另一艘則緊貼著我的右邊進逼，左邊是遊艇場，我已無處可逃，也停不下來，兩艘汽艇都已逼近。而其實關鍵在於，我根本不知道怎麼把船停下來，承民只教了我開船，所以我只能一直開，直直對著遊艇場開過去。

一聲巨響之後，船身像要爆炸似地劇烈晃動。我握不住方向盤，整個人飛向半空中，背後受到一陣撕裂般的撞擊，微溫的水湧進我的身體裡，將我吞沒，我深深地往下沉進湖裡。

我光著腳走在白樺林裡，濕冷的泥土從我的腳趾縫裡鑽了進來。一路上月光流淌，如夕陽般帶著淡淡紅色。四周的森林看起來就像老舊童話書裡的插畫一樣靜穆無聲。貓頭鷹的叫聲、樹葉晃動的聲音、草蟲鳴唱的聲音，連這些屬於夜晚的聲音也一點都聽不見。整個世界顯得那麼虛幻，無聲的安靜。空氣裡沒有夾雜任何一點其他的味道，我感覺自己正走在亡者的世界裡，看來我已經死了。

出口就在眼前，門沒有上鎖，也沒有綑著鎖鍊，像是隨便安裝在門框裡似地，只要用指尖輕輕一推，門就會咿啊一聲打開。水里湖對面的山脊上，掛著一輪明月，如同初升旭日一般碩大、火紅。但有一道又長又黑的陰影穿過月的中心，形狀看起來就像一個人平躺在那裡。不，那確實是一個人，垂著又黑又長的髮絲，手平放在胸口上，就躺在月焰中。

我想回房間，就算後退一步也好，甚至只要能轉個頭。但我連眼睛都無法閉上，像樹生了根似的無法移動雙腳，只能眼睜睜看著一切。我看到一具越來越清晰、越來越接近的蒼白裸體，後仰的脖子上插了一把剪刀，鮮血順著髮絲往下流。那個人從月亮上滑翔而下，就像穿梭在峭壁與峭壁之間的纜車一樣，慢慢向我逼近。恐懼如火焰般吞噬了我，我一點也不想看到那人的臉，也絕不能看到。

不要來，不要過來，但我發不出一點聲音，只是嗚嗚地抽泣著。

秀明啊，秀明啊！從遙遠的地方傳來承民的呼喚聲。

「你在作夢啊，秀明！」承民不斷地低語。「沒事，什麼事都沒有，你只是在作夢。」

張開眼睛，火焰一瞬間全部熄滅，月亮也冷卻成灰色。剛才還步步逼近的人影如今已逐漸遠去，變得越來越淡。然而我開始全身發冷，冷到牙齒不停打顫。

「你醒了嗎？還好嗎？會冷啊？」

夢完全消失了，但過了好一陣子之後，才感到寒氣消失，身體慢慢轉暖。又過了好久之後，我才終於看到被綁在對面床上的承民。

「看得到我嗎？」

「看得到。」

沙啞的聲音從我嘴裡冒了出來，就像扁桃腺發炎一般。我試著動動手腳，發現四肢都被固定住，不過還有知覺，應該沒有被固定很久吧。骨頭沒有縮成一團，應該也沒有受到藥物的爆轟吧。只是頭痛欲裂，身體也全被冷汗浸濕了。我嘗試弄清眼前的情況，從我們兩人同處一室來看，應該是一起躺在監護室裡吧，雖然不知道為什麼不是躺在隔離室裡。看來承民跑不了多遠，又被抓了回來。

「你就不能好好做點什麼嗎？」我問。

承民無聲地笑了起來。「聽說你把遊艇場撞爛了，湖水味道如何？」

真是的，這問的什麼問題啊！你沒看到整個湖水裡飄來飄去的垃圾嗎？

「怎麼又被抓回來了？」

「一時忘記手機無遠弗屆的威力，我才剛爬上水壩旁邊的斜坡……」

承民笑得像個白痴一樣，花了將近一個月的工夫，卻在最後功虧一簣，不過看不出承民有何悲憤不甘的樣子，彷彿只是將牛刀小試的事情弄砸了的感覺。後面還有一齣真正的大戲嗎？我不禁猜測，因為三十六計中不就有「無中生有」之計？

「他們在大霧裡架構了包圍網，埋伏起來，有護工、總務班、救護車，還有農場的狗群。而且我全身赤裸，內褲也不知道在哪裡就鬆脫掉了，只剩下腰上還掛著衣物袋。」

我想起承民那條褲頭鬆緊帶已經鬆掉了的四角內褲，眼前浮現一個赤身裸體的逃亡者，只在腰上圍了一圈垃圾袋，我忍不住哈哈大笑，也沒必要忍著不笑。都到這個地步了，笑笑又怎樣。這笑一發不可收拾，不僅針刺般的頭痛消失不見，連承民自己也笑到快喘不過氣來。

「汽艇好玩吧？」

笑聲戛然而止，崔基動拿著治療托盤站在門前。

「再過十五分鐘，你們兩個都要去一樓。」

他走到我們兩人之間站定。

承民問：「去那裡幹嘛？」

「接受新的治療，你們兩個都有藥物上的問題，自己應該知道吧？怕你們忘記，我才提醒一下。承民有眼壓問題，秀明有藥物過敏問題。新的治療不會有什麼痛苦，會先麻醉。」

「麻醉之後要做什麼？送到手術室去？該不會要把我們的腦袋……」

「送去ＥＣＴ室啦，預定五週、共計十次的療程。」

我忍不住瑟縮了一下，整個人起了雞皮疙瘩。承民發出既不是口哨，也不是喘息的奇怪聲音，就像是穿過深深的岩石縫隙而出的海風聲。

「這麼說，是要讓我們躺到電床上？」

「那不是電床，正確的名稱是電痙攣療法。這種治療法過去因為偏見而停滯不前，最近才再度受到矚目，技術也有了新的發展。使用電力十分輕微，時間不會超過零點五秒，痙攣也不嚴重。而且會先注射肌肉鬆弛劑，也會先麻醉。比起藥物治療，副作用少，效果反而更為顯著。聽說會讓人不再胡思亂想，心情也會變得平靜。接受過這種治療的患者，有百分之八十以上的人後來都積極肯定ＥＣＴ的療效……」

「說起來，就是可以修成正果的意思吧？」承民打斷崔基動的長篇大論。「那治療的對象就不應該是我們，而應該是修道者才對。」

「會弄到這種地步，都是你們自找的。院長和部長一致認為，不能再因為你們的關係，造成其他人的傷害。」

「那麼崔基動護理師您的高見呢？」

崔基動看著我們不說話，眼睛裡充滿氣憤，不過他會生氣也是可想而知的。

「我的高見不重要。」

他用注射器把他的怒火發洩在我們的屁股上，打完針之後就出去了。

他一離開，承民就問：「你不會也接受過那種療法吧？」

「我碰到過接受那種療法的人。」

「他們怎麼說？真的很開心？修成了正果？」

他會這麼問，基本上不是要得到什麼答案，而是更接近於受到驚嚇冒出來的自言自語。不管怎樣，我還是給了他答案。

「似乎覺得這個世界變得比較友善，無憂無慮，沒有抱怨，也沒有憤怒。用『壞掉的鐘』來形容的話，或許有助於你的理解。」

承民的眼睛眨個不停。

「你想想街頭樂師就知道了，就是他找回記憶前的那樣子。我們啊，會變成五區最聽話的乖孩子！」

「我說，他們到底對腦袋做了什麼，才會變成那副德性呢？」

「聽說是把電極板貼在眼角上通電，然後就有點類似癲癇發作的樣子。兩眼翻白，腰弓起來，全身痙攣，口吐白沫，最後匡噹一聲倒下去。」

「不會吧……」

承民呻吟起來，自言自語地說：「大家都瘋了！」看來他被嚇得不輕。但我被承民的這句話嚇得更厲害。在精神病院裡哀嘆沒有正常人，這人腦子沒病吧？我很想問問他，已經被關在精神病院兩次了，難道就沒有學到什麼嗎？真想給這個一看到天空就熱血沸騰的

「男子漢柳承民」一點教訓。既然已經不可能逃出去了，那麼對一個未來都得終老於此的精神病患來說，總得從頭到尾好好學習一番才對吧？

我們被固定在兩台移動病床上離開了監護室，承民交給崔基動，我則交給新來的護工金主任負責。歡送人潮擠滿了正門圓柱前面，十雲山道長、金庸、競走選手。韓伊則蹲在正門下方，萬植先生下巴掛在街頭樂師的肩膀上，愣愣地望著承民，帶著水氣的迷濛雙眼，看起來很悲傷。五〇九號那一根唱起了出征歌。

「這怎麼回事，我的兄弟啊！你不是在追逐魔鬼，怎麼自己反而犯了罪，受到地獄的刑罰……」

就在移動病床要從正門出去之前，我抬頭看了看休息室裡的月曆和時鐘。九月十三日星期一，四點二十分。從發生事故之後，到做出ＥＣＴ的決定之間，竟然不用半天的時間，這才是對我最大的衝擊。

電梯下降到一樓之前，承民也像金庸一樣話說個不停。莫名其妙自己笑了起來，不然就自問自答。秀明啊，我們一起做生意吧？做得好的話，說不定能大賺一筆。我們一起開通一列在病房區裡繞行的電車吧。很簡單的，只要你抱著我的腰，趴著就行，繞走廊一圈一根香菸。不不，基於財產回饋社會的理念，我們到沒有電力的偏遠地區去好了，怎樣？只要在嘴裡咬著一個燈泡，不就成了路燈。你喜歡哪一項，我比較喜歡第二項……

他的聲音比平時高了兩個八度，視線也不安地移動著。承民在發抖，但不想讓人發現，所以虛張聲勢。他的用心讓人唏噓，他的作勢讓人同情。不過，其實我沒資格同情他，我自己也抖得厲害！但抖歸抖，該同情的還是要同情。

順序上，我排在前面。崔基勳把承民推到候診室去，金主任則把我推進了ＥＣＴ室。門闔上之前，我聽到承民的輕聲低語。

「秀明，如果我腦子被弄壞的話，你就勒死我吧。」

我馬上回敬一句「神經病」，但不知道承民聽見沒。

「李秀明，心情如何？」精神二科科長操縱著機器問。

心情？我狠狠地盯著他後腦杓看——棒極了！

「關於這項治療，相信你已經聽過說明了吧？」

科長回頭看著金主任，指指設有手腕、腳踝固定裝置的病床。

「移過去。」

金主任解開移動病床上的束縛帶，我自己爬了起來，躺到另一張床上，彷彿聽到安置在床頭的機器裡傳出電線「滋滋」叫的聲音。我不想看到機器，就轉身面對著牆，閉上眼睛。暴風雪似乎從牆壁裡席捲而出，我開始鼻塞，不停地咳嗽。肚子裡排山倒海，酸水湧上喉頭。五分鐘前才小過便，現在膀胱又脹得快炸開來似的。

「放鬆！」護士說。

我一放鬆，手腕和腳踝就被皮帶固定住。

「說『啊』！」

一塊護齒塞進了我嘴裡，我一面用鼻子呼吸，一面睜大眼睛，努力自我安慰，別怕！最糟的狀況，頂多死了而已。就算死，全身麻醉之下，還來不及害怕就死了。而等我醒來，發現自己已經死掉，或許這樣反而更好呢！

護士在我手臂綁上橡皮繩，我看見盛了白色液體的三十CC注射器，針頭隨即刺破皮膚插進血管裡來，藥效跟著血液循環開始發揮作用，一股令人作嘔、嗆鼻的藥味竄上喉頭。脖子以下的身體完全麻木，一點感覺也沒有，接著連脖子上面的部分也失去了知覺。

我們躺在監護室裡，像兩個酒鬼發酒瘋嘮嘮叨叨的。承民躺在對面的床上，問我「被電的滋味如何？」我回答「記不太清楚」。我問他「被電過的心情怎樣？」他丟了一句「飄飄欲仙」回來。有點無聊，他馬上要我說些有趣的話題。

我馬上編了一個故事「玉米田裡的深井」給他聽；承民則回報給我一個在公共電話亭裡，以其超凡脫俗的強壯力量，讓一個胸部堪比屁股大的金髮女郎欲仙欲死的「黃色故事」。我對他坦承，我好想死；承民則招認，他只想活。他說，眼睛被電了以後，眼冒金星，一眼就看盡整個宇宙；我也回敬說，喉嚨被電了以後，嗓音就跟帕華洛帝一樣成了男高音。承民反駁，不像帕華洛帝，像扭扭舞始祖恰比．卻克。「不過有什麼用，你這個笨蛋，既不會唱歌，又不會跳舞」，如果他不要在後面多加這麼一句話，那就再好不過了。

我本來聽了很高興，這下情緒瞬間掉到谷底，忍不住發起脾氣來。

「我會，我會，我都會！只要我下定決心，就一定能做得很好。你這臭小子！」

「別再吵了，回病房去吧！」

崔基勳的聲音從旁邊傳來，睜眼一看，他正在解開承民的束縛帶。

承民抬頭嘲笑我。「你少吹牛了，笨傢伙！」

崔基勳又嘮叨了一句。「部長在巡房，你們回病房的時候安靜點。」

當我的束縛帶也被解開的時候，承民正對著門，一面扭屁股一面從嘴裡發出鼓點節拍，鼕鼕，鼕鼕，鼕鼕噠噠……

這表示「我是不是吹牛，他等著瞧」的意思。我自然不甘示弱，要瞧來瞧啊！我一面打拍子，一面開始和音。承民向後轉過身來，對我打手勢，過來啊！

我飛快地走過去，和承民面對面站好。街頭樂師出現在天花板上，開始吹起口琴。頭自然而然隨著節奏擺動，腳跟點在地板上。

「Come on, let’s twist again like we did last summer. Yeaaaah, let’s twist again like we did last year...」

我們並排面對崔基勳站著。

「棒巴啦，棒巴啦，棒巴啦棒。唷！」

膝蓋微彎，扭著腳底板，朝崔基勳面前扭過去，再一個轉身又扭回來。

承民手指著崔基勳問：「那男人是誰？」

我兩手圈成望遠鏡放在眼睛上大聲說：「崔基勳！」

「在幹什麼？」

「在看熱鬧。」

「叫他滾！現在是扭扭舞時間！」

崔基勳似乎對我們的演唱會很滿意，原本還像一尊銅像似地站在床邊，不知什麼時候唇邊已經露出微笑。我和承民再一次扭到他面前去，還順便拍了一下他的肩膀套交情。

「小子，不錯嘛！」

我們勾肩搭背走出監護室，卻一點也不想回房間，打算去吸菸室。身上沒香菸也無所謂，只要喊一聲「菸！」，天上就會降下菸雨。喊一聲「火！」，就有人閃電般伸長手過來點菸。喊一聲「音樂！」，一絲不掛的繆思就會抱著床飛奔過來。這世界多美好，人生充滿玫瑰色彩，青春的國度無憂無慮！

One, two, three o'clock, four o'clock rock。我們踏著踢踏舞的舞步走在安靜的走廊上。

Five, six, seven o'clock, eight o'clock rock。舞步停在正門圓柱子前。

韓伊還在正門前面，但和幾小時前不同，他平躺在地板上，兩臂往上伸，圍成一個圈，雙手十指交握，下巴高高抬起到頸骨突出的程度，望著上方。他的姿勢看起來，就像和某個看不見的人身體相疊，緊擁在懷的樣子。承民在韓伊耳邊打了幾個響指。

「朴韓伊，這麼早就睡啦？」

沒有反應。承民用指尖壓下韓伊的下巴，原本歡樂的氣息霎時變冷。幾天的時間裡，韓伊的臉孔變得跟骷髏一樣。雙頰整個凹陷下去，眼睛下面就像貓頭鷹似的整一圈黑。但他在微笑，露出灰青青的牙床，嘻嘻地笑著，一臉沉浸在美夢中的表情。笑容從承民的臉上褪去。

「韓伊啊，你怎麼了？」

承民把韓伊的雙臂往下拉，但奇怪的事情發生了。十指交握的雙臂毫不抵抗地放了下來，但承民一鬆手，他就保持著這個姿態不動。承民又喊了一聲「朴韓伊！」，把交握的十指分了開來。承民一鬆手，韓伊的姿勢就停在十指被分開的狀態。剛才還有點迷糊的腦袋，這下終於完全清醒過來。原本還在別的世界徘徊的雙腳，也終於落回了現實之中。

承民回頭問我：「這孩子怎麼這樣？」

我搖搖頭，我也是第一次看到。

「韓伊，朴韓伊！」

承民舉起韓伊的左腳，同樣的事情又發生了。連同剛才弄出來的姿勢在內，韓伊呈現出令人難以理解的模樣。雙臂平行伸直，停留在肚臍上方；一邊的腳抬高呈四十五度角；視線固定在半空中，臉上仍舊帶著夢幻般的笑容。

「不回病房又在那裡做什麼？」

崔基勳邊從監護室裡收拾了床單出來，邊訓了一聲。承民要他自己過來看，他走過來一看，也嚇了一跳。

「什麼時候變成這個樣子？」

你自己都不知道，我們怎麼會曉得？崔基勳把韓伊翹起的腳放下去，還像做體操一樣，晃動他的手臂，四下擺動他的頭，結果都一樣。崔基勳趕緊從護理站裡推出一張移動病床，當他抱起韓伊放上去的時候，尹寶拉和食人魔博士從五〇九號房走了出來。

「怎麼回事？」

食人魔博士走過來，看到了韓伊。他背著手，眉頭緊皺，盯著韓伊看了好一會兒，彷彿這麼盯著看，就能看出到底是怎麼一回事。

「好像是蠟屈症[1]的樣子。」崔基勳說。

食人魔博士歪著下巴看了一眼崔基勳，讓韓伊右腿抬高。皺巴巴的定存摺子從鬆脫的紅色襪筒裡掉了出來。

「送到隔離室去。」

說完他厭惡地把手一放，便頭也不回地進了護理站。尹寶拉跟在後面進去，拿起電話，向科長報告韓伊的狀況，說話聲透過窗戶傳了出來。我雖然不知道蠟屈症是什麼，但多少還是看得出苗頭。韓伊已經放棄了自控意志，從他像一尊蠟像一樣，任由他人操控這點就足以證明。再不然，或許他在這具自己不要了的軀體裡，創造出一個夢幻地帶，就此躲了進去。韓伊被送進了百合房。

我和承民靠在吸菸室窗邊，看著窗外，外頭還下著雨。我們回來得太快了，什麼菸雨、閃火、一絲不掛的繆思全都消失無蹤，只剩下如同韓伊那本皺巴巴定存摺子一樣讓人喘不過氣來的氛圍。像是一種失落，一種恐懼，一種悲傷，也讓人想吐。無力感和厭惡感重重地壓在肩頭上，混亂與憤怒充斥在胸口中。

那天，五〇一號、二號房的人都吃不下飯，大家都一臉心亂如麻，誰也不說話。只有金庸一個人按照重要性逐條播報當天新聞。

頭條新聞是，大黑痣男躺在一區裡，他在我撞爛遊艇場之後，過了好久才在倉庫裡被人發現。果然如承民的預言一樣，沒死，只是頭蓋骨出現輕微裂痕，主要是他氣到發狂，正住院治療中。不幸的是，聽說治療的情況十分不樂觀。就算給他打了鎮靜劑，他還是口沫橫飛地詛咒我和承民。

第二條新聞，和智恩有關的傳聞終於真相大白，是護工和總務班的人聯手犯下的罪行。受害者不只智恩一人，只要是話都說不清楚的小女孩，都被輪番欺負過，以上是內部告密者說的。總務班共犯之一得到不再追究的承諾之後，把事情全部招認出來。事件雖然真相大白，但醫院方面採取息事寧人的態度。智恩在某個地方接受人工流產手術之後，就

1 蠟屈症（Waxy Flexibility）：持續維持某姿勢，受外力改變後，則維持新的姿勢。

被轉到附近一家療養院去。主犯護工被要求寫悔過書，之後全換成女總務班去監工，如此而已。食人魔博士全副心神都放在封鎖消息上面。

第三條新聞，從大清早就守在正門口前面的韓伊，在食人魔博士查房之前，一直坐在那裡不動。誰都沒法把他拉回房間裡，連威脅要把他送進隔離室都發揮不了作用。我和承民從監護室裡出來的時候，韓伊或許終於與智恩重逢，說不定下定決心不再走出兩人的世界。

夜越來越深，我卻一點睡意都沒有，也不想睡，怕會作夢。怕夢中又走回白樺林，又看到那個人，怕看清他是誰，怕自己也像韓伊一樣陷在夢裡走不出來。小小的病房，忽然之間卻變得如此空曠，甚至有點冷。是因為剛從精神錯亂狀態醒過來的關係？是因為醒來之後，發現現實變得比過去更為悲慘的緣故？也或者，是因為恐懼。承民也醒著沒睡。

「你是怎麼打算的？」我問。

承民不解地「嗯？」了一聲。

「我問的是你從遊艇場出去之後，原本打算去哪裡？」

過了好一陣之後才聽到回答。

「水里峰。」

我轉過頭去望著承民，這回答出乎我的意料之外。

「去那裡做什麼？」

「第一次去白樺林的時候，我高興得像是發了大財。水里峰這種程度就夠了，有可以滑行的山坡和足供滑翔的風量。」

承民的呼吸變得急促了起來。

「因為去不了喜馬拉雅山了，我沒辦法去那裡，就算有法子去，我也沒時間了。」

所有的謎團都解開了，原來是星海。現在非去不可的地方，「漸漸」和「沒有時間」之間省略掉的話，逼得承民要發瘋的事情，將這所有一切連接起來的地點，就是星海。我有點難以置信，真想問問他，你難道想在失明之前飛到那裡去找死嗎？這話我實在問不出口，只好轉移話題。

「你連滑翔翼都沒有啊！」

「水里峰上有，坪村的前輩應該已經放在那裡了。庸哥放假回家的時候，我拜託他轉告，也得到答覆說已經準備好了。期間只要沒人動過，應該還在藏放的地方。」

「既然打算上水里峰，為什麼還要開著汽艇下到水壩去？」

「上游人滿為患，後面又有汽艇和救護車的追兵。我本來想上山的，聽說希望農場後面有條路，可以沿著山脊上到水里峰。」

「你現在可以看得到多少？」

「視野半徑二十度左右吧。」

我隱約想起，視野直徑二十度以下，稱為法定失明狀態。也就是說，到失明為止，還剩下直徑十度的意思。

承民補充說：「如果我說，沒法一眼看清你的臉和上半身，這樣你有概念了吧？」

「靠這樣的視野，你還能飛行嗎？」

「中心視力目前沒問題，至少看得清我的前方。」

「你的眼睛從小就這樣嗎？」

「應該是吧，只是我自己沒意識到罷了。那時候我的夜盲症沒這麼嚴重，只不過動態視力[2]不好，運動很差。尤其是籃球、足球、棒球之類的球類運動。往往眼睜睜看著球飛過來，卻抓不到球瞬間的移動軌跡。等我看到球的時候，球都不知道跑哪裡去了，好幾次都直接打到我臉上。我也不太會打架，因為我無法敏銳地看清對方的拳腳動作。我只是身材高大而已，其實就是個出氣筒。可笑的是，我從未將不擅長球類運動和不會打架聯想在一起，更沒想到其實原因出自我的眼睛。可能以前有檢查過吧，我已經記不太清楚了。不管怎樣，我都是照著自己的想法去理解。接不到球，是因為反應力太差。打架每打必輸，是因為實力和經驗不夠。這些其實也沒妨礙到我的生活，大不了不打棒球、不踢足球就算了。打架只要多打幾次，自然會越打越厲害。看靜物的話，一點問題都沒有。直到我們在阿帕拉契小徑縱走時，我才隱約開始感到不對勁。和老大相比，我的夜視力很差，對黑暗的適應力也很緩慢，所以才開始點印地安眼藥的吧。我想像老大一樣，夜裡也在山路上到處跑。」

承民停了一下，窗外風聲呼呼。

「半年前我才終於知道眼睛有了問題，我的眼壓突然升高，當時懷疑是青光眼，經過精密檢查之後，才發現是RP，青光眼只不過是RP累積下來的併發症罷了。這個結果被通報到所屬的飛行俱樂部去，我被下令禁飛。我感到前途一片渺茫，比起對失明的恐懼，不能再飛的憤怒要來得更大。如果是你，你會怎樣？一個自己想要的世界，一個可以自由自在飛行的世界，突然有一天就成了飛行禁地。」

我不知道該如何回答，也不知道該說些什麼。折翼之鷹的絕望，不是水裡鴨子能夠理解的。

「那時候我才發現了那傢伙的真面目，已經沉睡超過十年的傢伙，像惡魔一樣重新復活。那時候的我，如果不放火，就一定會殺人。我想殺掉的人，就是我自己，所以有一陣子，我自甘墮落，什麼都敢往嘴裡倒，酒、毒品、咳嗽藥，哪怕是漱口劑也一口喝下去。因為我腦袋清醒的話，就無法戰勝那時時刻刻折磨我的傢伙。老大來找我那天，我也沉醉在毒品的幻境裡。老大要我跟他一起回富蘭克林，他說從一開始他就知道我眼睛的問題，閔室長把我送過去的時候，就已經告訴他了。如果閔室長知道的話，那麼老頭一定也知道，夫人和柳在民也全都知道。我氣得快發瘋，推開他要他滾，惡言相向說要把整個世界

---

2 可以看得清楚移動中物體的視覺精準度。

都放火燒掉，連我自己都毀滅掉。我哭著喊，既然他早知道我的眼睛有問題，既然他早知道事情會變成這樣，當初為什麼要教我翱翔天空的方法。早知道我就不要學這東西了。話是這麼說，其實我很清楚老大為什麼要教我飛行。他想告訴我，這世上還有比放火更有意思的事情，他只想盡力延緩我失明的時間。所以他才會抱著便當盒到處去抓毒蛇，只為了我這個和他一點血緣關係都沒有的傢伙。明知道他用心良苦，我還是沒有跟他回去。因為我知道，那個我生長的地方，也是禁錮我的所在。後來發生了各種亂七八糟的事情之後，我的眼壓又升高了，我接受了第二次的手術，術後我才真真切切體會到自己的處境，就像站在隧道中央，望著出口的感覺。短短幾個月，我的視野少掉了一半。主治醫師警告我，再這樣下去，我不是在精神病院裡，就是在監獄裡瞎掉。那天，難得我神智清明，好好想了一想。我、我的生活、我的人生、我的命運，這種種問題中什麼是我不得不接受的，什麼是我可以選擇的。答案出乎意料地簡單，不管我選擇什麼樣的生活，我的眼睛終究會瞎掉。如果醫師說的沒錯，我很快就會失明，這個問題是我不得不接受的。公平的是，我也有一個選擇的餘地，就是可以選擇在哪裡失明。」

那個地方就是星海嗎？這就是你所做的選擇嗎？難道你想在同一個地方面對死亡和失明嗎？在我看來，這個決定實在欠缺考慮，完完全全是一種瘋狂的執著。

「你為什麼那麼沉迷於飛行？」

承民把頭轉向我，似乎急切地想對上我的眼睛，視線在我的帽簷上下徘徊。

「在滑翔的時候，我才是真正的我，不是莫名其妙冒出來的誰誰誰私生子，也不是愛放火的瘋子，就只是單純的我，一個從所有桎梏中解脫出來、自由自在的存在。」

我突然覺得很不舒服，我討厭明明已經被逼到懸崖邊上了，還大言不慚談什麼存在，我極其看不起這種自我膨脹的人。

「我不知道。作為自我存在的時刻，是否真的有那麼了不起，值得用餘生來交換？」

「你覺得人生是什麼？活著是什麼呢？死亡又是什麼？」

我覺得他有點過分，我只不過勸他要愛惜生命，他就要我回答一個人類已經煩惱了數千年的頭痛問題，而且還一次問三題。

「我不是想拿整個人生來換取那短暫的片刻。在我的時間裡，能作為自己而存在，那對我來說才是生命，證明我還活著。我想活下去，我不想死，所以努力求生存。如此而已。」

如水泥石牆般的凝重沉默，橫亙在我倆之間。我努力想開口說點什麼，最終還是放棄了，只簡單問了一句：「那你現在有什麼打算？」

承民盯著小夜燈看了好久，才一把拉起毛毯蒙住頭，悶悶的聲音從毛毯裡傳了出來。

「不知道！」

我把承民當成了魔術師嗎？隨隨便便就能從袖子裡掏出數十隻兔子來。沒想到他才掏出了幾隻之後，就山窮水盡了。聽到「不知道」這句話的瞬間，我一下子愣住了，一股空虛席捲而上。一個本領盡失的魔術師，除了黯然地走下舞台，還能如何？醫師說的沒錯，承民只會被關在精神病院裡瞎掉，或是死掉。

「收購物袋的貨車這個星期五會來吧？」我問。

「應該會來。」

憂鬱洗滌工玩著原子筆隨口回答，他正和剛學會的因式分解題目格鬥中。我窩在自己的床尾看他，病房裡一個人都沒有，金庸去申請自費零食，承民和萬植先生去洗澡。

「您見過司機嗎？」

「來來去去地見過幾回，但是沒說過話，購物袋都是五區總務班負責搬上車的。」

「司機一個人來嗎？還是跟誰一起來？」

「通常都是一個人來。」

「都是同一個司機嗎？」

「每次來的人都不一樣，好像固定輪番來的樣子。」

「通常都是幾點來？來了以後怎麼和病房區聯絡呢？」

「下午兩點半到三點之間來，來了以後正門警衛會打電話過來。」

「通往地下停車場的門，白天也開著嗎？」

憂鬱洗滌工這才將目光從因式分解上移開。

「您還記得上次我躲在洗滌桶下到地下室去的事情嗎？」

他的眼睛慢慢在我臉上梭巡，似乎想看穿我的算計。

「再幫我那麼做一次，就這個星期五。」

憂鬱洗滌工吞了口口水問。「承民？」

「是的。」

「承民一個人？」

這個問題有點奇怪，我連忙點頭。

「我啊，只要是蜜絲李老師的吩咐，我一定照辦，但是……」

「放著不管，那傢伙會死的。」我趕緊打斷他的話，我想他是打算拒絕。

「沒有時間了，說不定下個禮拜，或是這幾天，世界就可能從那傢伙眼前完全消失。在那之前，他還有個地方非去不可。」

「我不是不想幫忙。」憂鬱洗滌工飛快地看了門口一眼，門關得緊緊的，外面一點聲音都沒有。「我沒有立場去拜託司機順道把承民載出去，剛才也說了，司機經常換，而且也不是我負責的事情。更不可能用走的走出醫院，不管白天還是黑夜，在大門口就會被逮到。這你也知道的嘛。」

「不一定非要拜託司機才能上車吧！」

兩人之間一時沉默下來，憂鬱洗滌工的臉色不停變換，我緊盯著他的眼睛，生怕自己如果沒能抓住他的眼光，就連他的心也抓不住。

「有東西要我幫忙找的吧？」

憂鬱洗滌工終於開口，我說「是」，高興得差點用喊的。

「我需要一頂有帽簷的帽子，一件便服上衣，一條曬衣繩。」

他點點頭。

「還需要一根木棒，可用的替代品也行。」

他又點了點頭。

「地下室有幾台監視器？」

「緊急逃生通道和電梯前面沒有，倉庫裡有一台，倉庫對面也有一台，停車場入口有一台。」

「那就幾乎沒有死角地帶囉？」

「可以這麼說。所以如果不想惹人懷疑接近司機的話，最好還是穿上總務班的制服。如果能推著一台摺疊式推車，像是有什麼事情要做的樣子走出去的話，那就顯得更自然，也可以拿來代替木棒使用。」

我吞了一口口水，在我考慮這件事情的時候，最先想到的就是這點，只是不敢說出來而已。

「那麼做叔叔不就更為難了嗎？」

他微微抬高嘴角和眉毛，像是在笑。

「剛好有個傢伙，身材和承民差不多。」

對了，電線桿男！

「您沒問題嗎？」

「我在這醫院裡混了八年，這點本事還有。」

於是我們開始討論細節，他把我的交代像被數學公式一樣一件一件死記下來。

「也就是說，承民藏身在緊急逃生梯內側之後，叔叔就走進洗衣室，裝作若無其事的樣子。」

「我是說萬一，如果星期五當天出了問題，計畫取消或有所改變的時候，怎麼通知我？」

「我會拜託清潔工叔叔傳話，說今天不上課，休息一天，用這個當暗號，表示計畫中斷。」

「喔！」

「還有什麼不確定的地方嗎？」

憂鬱洗滌工稍微猶豫了一下才問。「蜜絲李老師你不走嗎？」

我？有點莫名其妙，也有點感到驚慌。這男人為什麼認為我應該走呢？對我來說，這種事情我想都沒想過，因為還沒有一個世界值得我迫切地逃出去追求。

「你不僅在學習上幫助我，每次承民要逃，你也義不容辭地幫他，害得自己身陷危險。那你為什麼從來不替自己想想呢？」

我有些尷尬地笑了笑，感到自己滿臉通紅，非常不好意思。因為他似乎在指責我，你連自己都管不好，還好意思管別人的閒事。

「我啊，很喜歡蜜絲李老師，真的！雖然這不是我該說的話，但我每次看到老師，心裡就很痛，很不是滋味。所以我不能理解，像你這種人，為什麼會在這裡、這個樣子生活。所以上次去原州考試的時候，我就問崔基動，蜜絲李老師到底得了什麼病？他說，你得了逃跑病。那時候我不明白崔基動說的話是什麼意思，還以為只是一個沒見識的人隨口亂編的話。所以我想，大概是你老是從醫院偷跑出去，所以你父親就乾脆把你關在這個偏僻的山谷吧。然而，現在我才終於明白，我根本想反了。」

憂鬱洗滌工接下來說的話，狠狠地刺痛了我的心。

「你得的是逃避這世界，逃避面對自己的病，對吧？」

他沒有等我回答就把書夾在腋下，慢慢地站了起來。當他打開房門的時候，正好碰上承民、萬植先生和金庸，或許因為氣氛有點不尋常，三人看了看我倆的臉色。憂鬱洗滌工推著洗滌車走出病房。

金庸問：「氣氛怎麼怪怪的？你倆師徒吵架了嗎？」

我走出房間到吸菸室，站在窗邊看著下面的森林。冰冷潮濕的風打在我熱辣辣的臉頰上，一掠而過。

曾經有一個護士學校實習生問過我：「整天倚在窗邊都想些什麼？」那是在羅丹醫院的時候，站在我身邊的另一個男人替我回答了這個問題。

「作夢啊，窗戶就是通道，希望就是鴉片。」

說得白一點就是，倚在醫院窗口看著外面的世界，夢想有一天能出院。但出院以後，又希望趕緊回到可以夢想出院的醫院。

我們努力遵守醫院規則，是為了出院，或說對自由的渴望。渴望的最高點，就是回歸正常生活的希望。然而，當有一天得到了渴望已久的自由，回歸外面的社會時，我們必須面對的，不再是希望，而是現實。除了從連接兩個世界的橋上跳下去自殺之外，我們在世上一無所成。因此這時，我們又會覺得倚在醫院窗口邊，看著外面世界，夢想著希望的日子，會比現實的生活更甜美、更安全。外面的世界只是一塊記憶裡的土地，很久很久以前，我曾經在那塊土地上生活過……

我也曾經無數次經歷過那虛妄的惡性循環，在那期間連接裡面和外面的那座橋晃晃蕩蕩地慢慢磨損，成了一條鋼絲，於是我也不想再踏著鋼絲到外面去。但我也不想照著父親的話，在這裡過一輩子。我只不過是站在懸崖邊上，撫觸著那條老舊的鋼索躑躅不前罷了。連帶著，也害怕未來的某一天，我會真的放開手。

我睜著眼一夜沒睡，有人說過，落水者眼中會閃過自己的一生，憂鬱洗滌工把我推落水中，二十五年的歲月浮現在我眼前，流逝的記憶又重新回到我腦中。從過往的歲月裡走來的少年，嘴裡不停呢喃著意味不明的話：「不是我的錯，我不是故意要那麼做的。」

星期三過去，星期四到來，我還沒告訴承民我幫他設計的脫逃計畫。我本想堅持自己是在深思、熟慮，其實該說是我善變、猶豫吧。想法每分鐘都在改變。告訴他吧，等於是讓承民去送死。不告訴他吧，他逃不出去，最後一定會自殺。說了，或許他會選擇忍耐著活下去。但是這麼一來，我等於犯下了一個無可挽回的錯誤。

下午四點，美術療程結束之後，希望組以上的人外出散步。正門圓柱子前面，五〇九號那一根又在此出沒。又被降回耐心組的承民，帶著再度回到自己身上的萬植先生一起，坐在吸菸室裡不走。不管是表情還是舉止都非常沉靜，但這種沉靜絕非安定，而是如同廢墟的死寂似的。就像是逃避到絕望與痛苦無法觸及之處的感覺，所謂「置身度外」的安全地帶，就像韓伊一般。

我還在猶豫，到底說，還是不說？

我只好不停地在走廊上徘徊打轉，正巧就在正門前遇見韓伊。其實不是遇見，該說是看到才對，因為他躺在移動病床上，被送了進來。他的身體就像死海狗一樣癱在床上，眼睛翻白，打呼似地喘著粗氣。他的嘴裡塞了護齒套，嘴邊沾滿白沫，整整四天的時間，韓伊一直躺在百合房裡，不時聽到消息說他病情沒有起色，最後還是動用了ＥＣＴ。

載著韓伊的移動病床慢慢地從我面前經過，我的視線一直跟隨韓伊失去焦點的眼睛而去。一股寒氣從心底升起，躺在移動病床上的人，現在是韓伊，下次可能變成承民。會變成承民的同時，也會變成我，我們都有可能以那副模樣穿過正門回來，這讓我倍感屈辱。

不知何時，承民來到我身邊。

「你們兩個從半夜十二點開始禁食，明天早上九點三十分進行ECT。」

尹寶拉對著並排站在一起的我們囑咐，我最終還是把脫逃計畫告訴了承民。

早飯鈴聲響起，大家都往餐廳湧去，只有接到禁食命令的我和承民還留在吸菸室裡。這個早上是特別的，應該緊張得全神貫注才對。但我們還沉浸在茫然不知所措的懶散情緒裡。承民頭抵著窗櫺，只顧著吸菸。我後腦杓靠在窗櫺上站著。

「要下雨了。」我自言自語地說。

承民牙縫裡咬著香菸，頭向後仰看著我。他的眼底一片漆黑，完全看不出裡面的想法。昨天傍晚當他聽著那個脫逃計畫時，也是這樣的一雙眼睛。沒有表示一點個人意見，也沒有提出任何問題，讓人不知道他究竟有沒有在聽。我就像一陣風，徘徊在緊閉的窗戶外頭，好想看進承民的眼裡。聽我說完之後，提出問題的人，反而是坐在承民膝蓋上的萬植先生。

「那，多別爾，明天我找街頭樂師玩嗎？」

承民低低地回了一聲「嗯」。萬植先生要求明天再提醒他一次，怕夜裡山羊又出來攪局。金庸問承民會不會開車，終於聽到一個痛快的回答。

「那是一定會的。」

我決定相信他的話，也不得不相信，因為承民必須靠自己上到水里峰。九點左右，金主任打開吸菸室的門叫我，說崔基勳在護理站等我。我和承民瞬間面面相覷，承民的眼裡寫著「出了什麼事？」，我想我的眼中也一定浮現同樣的話。護理站窗戶前面，白金漢公主緊靠在那裡，控訴自己去洗個頭回來，王冠就不見了，要崔基勳幫忙搜尋。金主任把我推進護理站，把公主從窗戶前面拉開，帶到吸菸室。護理站裡只有崔基勳一個人，沒看到護理長。我怯怯地站在門口，心裡倍感不安，突然間就把我叫到護理站來，到底有什麼事情，難道他們看出什麼苗頭了嗎？

崔基勳把我帶到護理站窗邊的桌子去，我們對坐在面山的窗戶下面，也是過去護理長時常和承民促膝而談的地方。桌子上放了一台電話。

「要不要來杯咖啡？」

問完了之後，他才想起「啊，你在禁食」。我轉過頭看著窗戶，不想讓他看出我心裡的不安。窗戶位置開得很低，就和吸菸室裡一樣，即使坐在椅子上，也能將後山的森林盡收眼底，天空烏雲密布。崔基勳豎起兩根手指頭放在下巴上，看著對面的我，似乎不是在擔心我的樣子。他顯得很難堪，也有點不知所措，一臉有話卻不知該如何說的表情，難道我還會吃了你不成。

「你父親過世了。」

森林掀起一陣樹浪。

「星期一晚上的時候。」

我無法從森林移開眼睛，我已經分不清是風晃動著森林，還是我的眼睛在晃動。

「他心臟不好，你應該也知道吧？聽說是在睡夢中過世的，兩個月前住院的時候，醫生建議動手術，但你父親似乎拒絕了。看他把身後事準備得這麼妥當，應該是自己早已有了預感吧。沒讓你參加葬禮，也是你父親的意思。按照他的遺言已經進行了火葬，從現在開始，你的監護人是姑媽。而且，依照你父親的意思，你將繼續留在這裡生活。」

我回頭看著崔基勳，他的臉也和森林一樣晃動，馬上整個護理站都開始晃動起來。心臟不好，拒絕接受手術，睡夢中過世，這都什麼意思，我不懂。我竭盡全力回想父親最後的身影，是拉下書店鐵捲門那時的樣子。有什麼不一樣的地方嗎？看起來有哪裡不舒服嗎？但無可奈何的是，我卻一點也記不起父親的臉孔。崔基勳拿起電話聽筒遞給我。

「要不要和你姑媽通個電話？」

整個世界從我身邊退開，我獨自坐在一片靜默裡。

「有沒有什麼不明白的地方，沒有什麼想問的話嗎？」

「我可以出去了嗎？」

我好不容易才開口說了這句話，然後聽到一聲「去吧」的答覆，就從椅子上站起來。

朝著門走了幾步之後又回過頭去，我想起來要問什麼了，對上崔基動的眼睛，我問：「新林書店呢？」

「你不知道嗎？你住進來的那幾天，你父親正準備關掉書店，這是他把診斷書帶過來的時候說的，所以才會那麼遲才來。」

我點了點頭，一下，又一下，再一下，傻傻地一直點頭，走出了護理站。承民就站在玻璃前台，金庸、十雲山道長、競走選手、街頭樂師和萬植先生圍了一圈，站在我們兩人身後。他們似乎已經從金主任那裡聽到了消息，承民的表情在問「是真的嗎？」，我又點了點頭。

人家這麼說的，說我父親死了，崔基動不是會開玩笑的人，所以應該是事實沒錯。還說叫我不用去參加葬禮，我無所謂。還說叫我一輩子住在這裡，我真的無所謂，住就住，反正都幫我準備得好好的了。就那老頭啊，父親，我的父親都幫我準備好了。

我的頭在脖子上面不安地跳動，劇烈的頭痛錐刺著我的眼睛。承民把我帶進吸菸室，我們默默地吸著菸。思緒一下子全湧了上來，父親去世了，我拿到了一張終身保險卡，這一輩子都有了保障。不用擔心自己會露宿街頭或淪為乞丐，更不會有被人痛打一頓扭送派出所去的危險。我可以在水里希望醫院裡安全生活，接受醫院的保護，到死為止。就算父親不在了，我能安全地……接受保護……到我死去……

我開始打嗝，帶著哭腔，卻沒有哭。

九點二十分，我們下去ECT室。承民先，我在候診室數羊，好幾次數一數忘了，又重新開始數。移動病床發出匡啷匡啷的聲音，從候診室門前經過。承民出來，該輪到我了。

又重複經歷了一次同樣的過程，束縛帶、護齒套、注射麻醉劑、眼前一黑，但我的意識沒有完全失去，黑暗裡還聽得到滋滋滋的聲音。這聲音隨即鑽進腦袋，一道強光劈開了眼前的黑暗。下巴一緊，空氣中瀰漫著刺鼻的血腥味，我的眼球向上翻，脊椎像霓虹燈似的發出一閃一閃的光芒。關節骨嘎啦作響，整個身體向後弓。我再也受不了了，從自己的身體裡彈跳而出，落到了某個地方。

這裡是新林書店前面，街上漆黑一片，風雨交加。

我打開門走了進去，霉味和紙張味道迎面撲來。昏暗的日光燈、老舊的桌子、椅背塌陷的椅子、排滿書的書店牆壁、橫擺在中央的五座書架、書架邊角下堆積如山的書、貼得到處都是的便條紙，一下子全都映入眼簾。人文、社會、哲學、歷史、漫畫、全集、參考書、題庫。文學書籍架子下面，有個人縮著背，一屁股坐在地板上，全神貫注地看著書，是一個身材十分瘦小的少年。

愛倫．坡的小說，我自言自語，他正在看《紅死病面具》，目不轉睛地盯著普羅斯彼洛親王追逐紅死病面具，跑進了有著血紅色窗戶的漆黑房間的一幕。

街上傳來陣陣雷聲，背後的玻璃大門匡啷匡啷響。少年從書上抬起眼睛，向我站著的地方投來一眼。這時布穀鳥從牆上的掛鐘裡彈了出來，一聲、二聲……叫了十聲。少年闔上書，夾在腋下站了起來，怯生生地朝著玻璃大門前面走來。他的身上穿著一件大得可笑的襯衫，臉色十分蒼白，眼神不安地晃動著，看著四面八方。我倒吸一口冷氣，終於意識到這少年是誰，這是什麼時間點了。

這少年十八歲，是高中二年級的學生，今天是暑假開始的第一天，也是母親從醫院出院回來的第四天，父親去鄉下參加姑媽的六十歲壽宴。現在就是「那天晚上」，少年就是我。

少年突然伸出手來，我差點「啊」地叫出聲。細瘦的手指頭穿過我的身體，落在門把上。書店的門被關上，還上了鎖。少年轉過身，走向樓梯的門。

不要去，不要把門打開，我對少年說。少年停下腳步，頭歪向一邊，小心翼翼地回頭看後面。但也只是如此而已，他徑直跑向樓梯門，我也連忙跟了過去。一定要阻止他，告訴他不能上二樓去。就在樓梯門前，我以為自己抓住了少年的肩膀，其實我手上抓住的是門把而已。少年消失無蹤，連經常掛在門上的鎖頭也不見了。我嚇了一跳放開手，但已經為時太晚。門開了，一點聲響都沒有，自己就打了開來。奇怪的味道順著樓梯蔓延下來，一種潮濕、帶著腥味、令人作嘔的味道。我站在那裡動彈不得，只能眼睜睜看著遺忘之牆被推倒，沉睡已久的記憶再度甦醒。所有的記憶全都伸長了觸手，緊緊捲住我的脖子，我被拖進了「那天晚上」的漩渦裡去。

我兩階當成一階跑上了通往二樓的樓梯，老舊的木造梯子嘎吱嘎吱響，我完全忘了父親說過不要在樓梯上跑的告誡，都怪我太晚想起還沒給母親準備晚餐。中飯的時候，父親還打電話跟我確認過。

「你媽中飯吃了嗎？」

幾個小時前又打了電話回來交代。

「有沒有常常上去看看你媽？你不會又只顧著看書吧？晚飯七點吃，藥九點吃，別忘了！」

我自己說了「別擔心」，卻把這事忘得一乾二淨。每次一鑽進書裡，我往往就顧不上別的了。我心裡好焦急，如果讓父親知道這都十點了，我竟然還放著母親不管，父親大概會罰我十頓不准吃飯。

打開客廳電燈開關，我的心一下子提了起來。主臥室門洞開，母親卻不見蹤影。奇怪的味道變得更加濃烈，簡直到了刺鼻的程度。這股味道來自浴室，從稍微打開的門縫裡，混合著水蒸氣一起流淌出來。我把夾在腋下的書放在桌子上，走近浴室。隱約聽見水流的聲音，卻感覺不到一點動靜。我把眼睛貼在門縫上，只看到母親黑色的髮絲飄飄搖搖地對著外面，這才終於放下緊張的心情，母親好久沒洗澡了，這難聞的味道大概是因為太久沒洗的關係。

我往廚房走去，走到一半突然停下腳步，母親是怎麼到浴室去的？她是怎麼打開上鎖的房門呢？難道父親出門前把鑰匙給了她？多打的一副鑰匙明明在我身上，就在我褲子口袋裡……我把手往口袋裡一摸，瞬間一個可怕的念頭攫住了我。我開始狂敲浴室的門。

「媽，是我，您在做什麼啊？」

沒有回答，我握住門把在猶豫著，進去看看，還是再等等？令人作嘔的血腥味讓我不安，我開門踏進浴室，然後在一陣蒸騰的白色水蒸氣裡整個人都嚇得僵住了。

母親躺在浴缸裡，頭靠著浴缸邊緣，一頭濃密的黑長頭髮直直垂到浴室地板上，眼睛睜得大大的。在胸口上蕩漾的水波，是一片鮮豔的血紅色。沿著浴缸流下來的水，順著頭髮滴落的水珠，噴濺在牆壁和天花板上的水漬，全都是血紅色的。我過了好幾秒之後，才明白這血紅色的東西是什麼。又花了好幾秒，才意識到母親泡在血水裡的脖子上，插著一把剪刀，那是放在書店裡用的、刀刃細長的剪刀。當我發現順著磁磚從排水口流出去的血水，是由母親身上流出來的時候，我已經無法再繼續待在那裡面了。

從來不知道下去書店的樓梯有這麼長，雖然只要往下走十五階就是樓梯門，但這十五階比通往地獄的階梯還長。我的腳步沉重得邁不開，也不敢回頭往後看，感覺脖子上插著剪刀的母親追了過來，兩隻手用力抓住我的腳踝。但我還是在下到樓梯中間的時候，回頭看了一眼。身後跟著一串血腳印，我沒想到是自己的腳印，張口就驚聲尖叫。瘋狂地跺著腳，最後從樓梯上滾了下來，頭撞在門上，卻感覺不到痛。趕緊站起來打開門跑出來，再掛上鎖頭，嘴裡大吼大叫地往書店門口跑。

「不要過來，不要靠近我！」

我被成堆的書絆倒，書堆垮了下來，我也失去重心，往一旁的書架倒去。書架被我一撞，整個向後翻，連帶著後面的書架也跟著翻倒，第二排、第三排，一排排書架全都倒了下去。

最後，整個世界安靜下來，書店裡瀰漫著白茫茫的灰塵。我躺在寂靜與灰塵中不解地想著，母親是怎麼從房間裡跑出來的？輕微的響聲傳來，像是天花板和牆壁晃動的聲音。不對，這不能說是聲音，也不同於晃動，像是地震，從地底最深處發出，一舉衝向地面的低沉震動。就在我躺著的地方，我的背下就是震源。

母親到底是怎麼從房間裡跑出來的？彷彿在回答我似地，窗戶開始嘎啦作響。天花板如湧浪般連番起伏，牆壁左右扭曲，書架上的書紛紛掉落到地上來。隨著尖銳的爆炸聲響起，日光燈整個爆掉。

這不是真的，這種事情從來沒有發生過，我躺在夢與記憶、幻覺的交叉點上。躺在十八歲與二十五歲重疊的時間點上，這下我才終於明白過來。

我想站起來，想從崩塌的書店裡跑出去，想從那晚吞噬掉我的深坑裡掙扎而出。但是，我逃不出去，我的身體被壓在書架與書架之間的某個地方。震動的強度漸增，一波一波來勢洶湧。書店就像一個箱子，往一個方向扁塌下去。大大小小的爆裂聲此起彼落，牆壁和天花板嘎啦啦四分五裂。最後上鎖的樓梯門和書店玻璃大門同時炸了開來，爆炸碎片將我層層覆蓋，從過去飛來的無數把剪刀刺穿我的脖子，我終於失去了意識。

「醒了嗎？」

眼睛雖然還對不上焦，但已知道自己身在何處。這裡不是書店，是監護室。崔基勳坐在床上，低頭看著我。旁邊的床位是空的，大概承民比我早醒來就先出去了。

「可以給我水嗎？」

像是早就準備好了似地，他馬上將一個帶吸管的杯子湊到我嘴邊。微溫的水滋潤了我乾涸的舌頭，滑進我的食道。我把水喝得涓滴不剩，但還是覺得口渴得厲害，感覺喉嚨裡沾滿了玻璃碎片和水泥灰塵。

「走得動嗎？」

崔基勳一面解開束縛帶，一面扶我坐起來，我頭暈暈的。

「不舒服的話，在這裡多休息一下再回去也可以，這次精神錯亂的時間比上次還長。」

「幾點了？」

「二點四十。」

我把雙腳垂在床沿，坐了起來，看著腳尖。已經過了五個小時，承民應該離開了吧，都沒來得及跟他道別。

「承民很擔心的樣子，怕你又會變得像上次恐慌發作時那樣。」

我驀然抬起頭看著崔基動，聽不懂他在說什麼話。他扶著我，帶我往房門走去。

「他帶著一隊人馬守在門前，還威脅我說，如果你發生什麼問題，就要扭斷我的脖子。」

崔基動顯然不是在開玩笑，承民就站在監護室前面。旁邊一排才剛洗完澡、乾乾淨淨的臉孔。競走選手、金庸、十雲山道長、街頭樂師、萬植先生。真受不了，這群人在這兒做什麼呢？這都什麼時候了，承民怎麼還在這裡？我用眼角餘光搜尋憂鬱洗滌工，果然看見五〇六號房前面停著一台洗滌車，可能在病房裡收拾床單吧，同時盡可能地拖延時間。

「把他帶回房間去躺著，剛醒來頭應該還很暈。」

崔基動走進護理站，承民一句話都沒說，只是猛吞口水，也不來扶我，更沒打算帶我回房間去。

按照原定計畫，這個時候承民應該躲在地下緊急逃生梯裡，憂鬱洗滌工應該在洗衣室裡，病房應該亂成一團才對。但現在沒有一件事情如期進行中。

「秀明，知道我是誰嗎？」

金庸小心翼翼地問，其他人的眼光都集中在我嘴上，一臉想聽我回答金庸問題的表情。我這才明白這個問題的意義，他們擔心我會變成像街頭樂師一樣。我看著承民。

二點半到三點之前，有三十分鐘的時間，不知道還來不來得及。或許動作快一點，還能搭上車。最好的情況是貨車還沒來，最壞的情況是貨車已經開走。不管怎樣，憂鬱洗滌工還在等，他從五〇六號出來之後，又把洗滌車推到五〇二號房，承民至少還有機會離開病房區。我的呼吸變得急促起來，腎上腺素在血管裡沸騰，心臟越跳越快，激起一股衝動，衝動不到十秒便化為決心，而決心用不到三秒鐘就脫口而出。

「我也一起走。」

「真的嗎？」沒有人開口問這句話，只是彼此互相使眼色。護理站就在眼前，我們哪敢開口說什麼話。金庸走進吸菸室裡，十雲山道長夾著象棋板進了五〇九號房，競走選手轉往B棟大步走，承民和我走回房間，街頭樂師帶著萬植先生緊跟在後。信號很快就會過來，我們忍不住加快腳步。

當我們走到五〇一號房的時候，街頭樂師突然停下腳步，像個哨兵站在門口。我坐在我的床沿上，把自己清楚地暴露在監視器下面，說不定崔基勳會想看到。我看了看窗外，五〇九號那一根的氣象預報果然準確，外面正下著傾盆大雨。承民背對著監視器坐著，拿出手錶來看，二點四十八分。

信號來了，像是助跑似的有人狂奔而來，還帶著哭腔「賢善啊，賢善啊啊……」。賢善她娘從B棟走廊直奔護理站而來，嘴裡拚命哭喊著。她八成從競走選手那裡聽到了賢善的消息，說賢善來看她，卻挨了護理長一頓痛打之後被趕走。

接著怒吼聲和哀號聲組成了二重唱，怒吼聲是由白金漢公主發出的。剛才走進五〇九號房的十雲山道長口袋裡，塞著已經斷成兩截的公主王冠，這是早上金庸發揮當年的本事，順手摸來的東西。道長只是把那東西很有技巧地塞到五〇九號那一根床底下，再讓金庸去找公主，偷偷告訴她，在五〇九號那一根的床底下看到斷掉的王冠就行；哀號聲則是五〇九號那一根試圖從憤怒的公主手中拔出自己那一根的聲音。聞風而來看熱鬧的人，也跟著起鬨，形成二重唱的合音。一段時間裡，最少有五分鐘，護理站監視器前面無人監控，這點時間就足夠了。

承民剝下枕頭套站了起來，把枕頭套套在監視器上面。在門外待命的憂鬱洗滌工推著洗滌車走進來，髒衣物的量還不到平常的一半。我說：「多加了一名乘客」，憂鬱洗滌工默不作聲把洗滌桶清空，拿出桶底的包袱來。裡面是一套總務班制服、天青色運動衫、天青色棒球帽、曬衣繩和乾毛巾。承民換穿上總務班制服，戴上帽子之後，和萬植先生短暫地對看一眼。雖然什麼話都沒說，但我知道他在道別。萬植先生也沒說話，只是點了兩、三下頭，脫下礦工帽，戴到我頭上。我把這動作解釋為，他在拜託我，為眼睛看不見的逃亡者照亮前程。

承民先跨進了桶裡，我再坐到承民的大腿中間，馬上覺得身體把桶撐得好緊，讓我不禁擔心還沒出到病房區外，桶子就會被我倆撐破。就算這個桶很大，就算我身材嬌小，但要裝下兩名成人男子，還是很勉強。我盡可能將身體縮成一團，頭夾在兩膝蓋中間。承民懷抱我的背，趴在我身上，上面再用髒衣物遮掩。

洗滌車快速移動起來，在人們的哄鬧聲、護理長的斥責聲、賢善她娘的哭喊聲、五〇九號那一根的哀號聲、白金漢公主的怒吼聲、金主任的高喊聲以及刺耳的哨音遮掩之下，熟練地突圍而出。

「崔護理師，麻煩開一下正門。」

洗滌車繞來繞去之後，憂鬱洗滌工喊了一聲，但沒聽到崔基動的回答，只傳來門開啟的聲音。洗滌車向外滑行，這時，卻有人急迫地喊道：「喂，等等啊！」

是下午來值勤的護工，承民急促的呼吸聲鑽進我的耳中，而我都快被嚇尿了。哪裡不對勁嗎？那麼該如何是好？現在我和承民被洗滌桶箍得沒法逃走，也沒法反抗。

「你也要去地下室嗎？」崔基動的聲音在問。

堆滿重物的推車輪子沉重的滾動聲後面，是護工的聲音。

「金主任要我替他去，說收購物袋的貨車馬上就要來了。」

「是嗎？那為什麼還帶著總務班的人？」

「啊？要往車上搬貨的話……」

「你一個人去，東西卸下來就上樓。」

「可是司機一個人……」

「你沒看到這裡一團糟嗎？」

崔基動的聲音變得很嚴厲。

「三分鐘之內給我回來。」

護工無可奈何地拉長聲音回答「是」。時間突然變得好慢，電梯門開了，洗滌車率先進去，堆滿購物袋的推車跟在後面進來，電梯門闔上的過程長得讓人快發瘋。電梯往地下室下降的時間，就像失眠的夜一樣無聊又漫長。而在這煩人的時間裡，護工嘴裡一直罵「屌」。什麼真倒楣，一上班就被人折磨得不成屌樣啦；屌什麼屌，一下子要人做這個，一下子要人做那個啦；這屌電梯，跟個軟屌一樣慢啦。

就在電梯也快失去耐心之際，終於抵達了地下室，可以感覺到堆著購物袋的推車往外推的動靜。洗滌車也往外推了出去，隨後響起鐵門開了又關上的聲音。一句「走掉了」的低語傳來，髒衣物從頭頂上移了開去，憂鬱洗滌工拉住我的手，幫忙我站起身來。

我們連道別的時間都沒有，憂鬱洗滌工只是用力握一下我的手，就放了開來。我和承民趕緊藏身到緊急逃生梯裡，那裡有一架小小的推車在等待我們。我只露出個眼睛，朝著洗衣室的方向看去。

憂鬱洗滌工正在按洗衣室的門鈴，接著門打開來，他消失在那裡面。電梯靜止著，承民用力抓緊小推車手把，萬一有人走樓梯下來，或護工發現我們的話，可以馬上橫掃而出。

過沒多久，護工推著手推車上了電梯，地下室完全沒了聲響。

我們悄無聲息地從緊急逃生梯出來，把停車場的門打開一條縫，觀察外面的情況。「感謝老天！」嘴裡不自覺地說出這句讚美，因為廂型車車尾就在眼前。車子沒有熄火，車前大燈還開著，後車門向上敞開。貨車後面一綑一綑的購物袋被扔得亂七八糟堆了一地，說不定關鍵時刻能遮掩住貨車。

司機一腳膝蓋跪在後車廂邊上，弓著上身面朝裡趴著，似乎對護工就這麼走掉很生氣的樣子，一面把一綑一綑的購物袋移來移去地整理，一面嘴裡碎碎念，這該死的醫院，工作人員跟病人一樣都是神經病。

前一天晚上我們商量的奪車脫逃作戰計畫是，承民在貨車抵達之前，先藏身在緊急逃生梯裡面。廂型車來了以後，總務班和護工就會將堆滿購物袋的推車推下來。等他們把購物袋都搬到車裡，推著推車離開之後，穿著總務班制服的承民再推著小車跑出來，說有東西忘了拿，要貨車停車，然後用小推車把司機擺平。

推車靠牆放著，作戰計畫變更。在司機眼裡，我們是神經病，但在我們眼裡，司機的屁股就像一顆放在罰球線上的足球，而且還是一顆很溫馨的足球。經驗豐富，腿又長的承民決定挺身擔任踢球者，眼尖的我則勇敢地擔任後防。司機的頭撞在購物袋堆上，整個人趴了下去。承民一膝蓋抵住司機的背，把他的兩手臂向後反剪說：「乖乖地別亂動，我不會傷害你。」

司機馬上停止掙扎，我拿毛巾堵住他的嘴，再用曬衣服綑綁他的手腳。在這中間，承民把地上一綑綑的購物袋往車子裡丟，那模樣看起來就像一個力氣大、手腳利落的總務班人員。購物袋一下子全扔進了車子裡，承民站在後車門的陰影裡換穿便服運動衫，也換了一頂帽子戴，然後坐進駕駛座裡。我關上後車門，把司機安置在成綑的購物袋堆裡，然後貼著他旁邊坐下，看著車窗外。停車場的入口遠遠看去只有火柴盒大小，通往地面的通道，像一條垂直的坑道。我忍不住擔心，廂型車會不會開不進通道，反而在停車場裡四處亂撞就像遊樂園裡的碰碰車一樣，橫衝直撞，四處碰壁。承民戴上司機放在儀表板上頭的太陽眼鏡，把大燈換成了遠光燈。

承民一口氣就穿過停車場通道，把車開上了地面。沒有發生任何碰撞，只有在穿過出入口的時候，車體在牆壁上刮了一下。考慮到承民狹窄的視野，還能把車開到這種程度，已經算很了不起了。廂型車穿過一樓的緊急逃生出口，經過中間玄關，朝著大門口開下去。就像走在獨木橋上的山羊，小心翼翼地往前開。我用雙手摀住司機的嘴，縮進購物袋堆裡去。

廂型車乖乖地在大門口停下來，警衛打著傘從警衛室裡跑出來，看都不看承民的方向一眼，就把大門打開，只在雨傘下方伸出手來，做出通過的手勢。這個手勢首先表示出，他沒有看到地下停車場裡的罰球畫面，其次是代替「慢走」的致意。結論就是，目前一切都進行得順利。從神學觀點來解釋的話，意味著老天爺可憐我們，冥冥之中在保佑我們。

我們緩緩地駛離大門，儀表板上的時鐘指著三點十一分，表示我們從病房出來，經由地下室到穿過大門，總共花費了二十分鐘。不，正確的說法應該是花費了一百天，從我被廂型車載進這道大門開始，到開著廂型車離開的這瞬間為止。

背後傳來鐵門匡地一聲關上的聲音，警鈴自始至終都沒有響起。我把摀在司機嘴上的手拿開，坐正起來。廂型車正駛入林蔭道裡，森林在大霧的籠罩之下，幾乎連路都看不清楚。粗如鋼絲的雨點在大燈的照射下，發出斑白的光芒。被濃霧吞噬的森林外圍，雷電正在怒吼。我不禁懷疑，承民的視力範圍只能看得清前方幾公尺遠而已，這段下坡路他真能平安無事地開下去嗎？我記得這段路大概有一公里這麼長，說不定下車用走的還更安全。

寂靜中突然間「啊！」的一聲吼叫，打斷了我的思緒。承民雙手緊握方向盤，上身都快撲到擋風玻璃上，大吼一聲。這聲吼叫彷彿不是從喉嚨裡發出來的，而是從頭頂爆發出來似的。這時，閃過我腦中的只有一句話——啊啊，這小子瘋了！

車像離弦的箭一樣衝了出去，我生命中最戰慄的一段時間也於焉開始。車子像雪橇一樣，從白茫茫的下坡路上滑了下去。我緊緊抓住車門把手，卻還是重心不穩被顛得七葷八素。頭不斷撞擊到車頂，身體也像雨刷一樣不停地左搖右擺。我的臉抖到快痙攣，嘴也張得大大的像在笑。一綑綑的購物袋嘩啦啦全都塌了下來，像石頭一樣滾來滾去。承民彷彿忘記還有煞車器這東西，即使車子滑行在下雨的彎路上，像跳舞一樣晃來晃去，他也絲毫沒有減速的意思，甚至一鼓作氣加速前進。一道道的閃電打向濃霧，森林被撼動得東倒西歪。我用力閉上雙眼，眼不見為淨。但用身體所感受到的速度更可怕，車子現在不是雪橇，成了全速墜落的噴射機。我死命抓緊把手，用力想些比噴射機更可怕的事情，免得自己在噴射機裡被嚇死，於是我想起了賢善她娘，但承民卻在這個時候高喊：「抓緊喔！」

我已經抓得很緊了，所以拜託速度放慢一點吧！承民果然立刻放慢了速度，不過像是撞上了什麼，我感覺車子後輪飛了起來，隨即又落下撞擊到地面上。我的腦袋撞到頂上的天窗，又落下來往前行大禮似的跪了下去。把手從手裡脫開，我也跟著摔了個狗吃屎。從遙遠的地方傳來高塔崩塌似的轟隆聲。

等我回過神來一看，我的身體彎得像肉夾子似地，卡在購物袋堆裡。頭上戴的礦工帽歪下來遮住大半張臉。頭頂的玻璃天窗連連破裂。碎片紛紛落下。好險啊，我忍不住起了雞皮疙瘩。要不是有礦工帽，我的腦袋下場就會像玻璃天窗一樣。可憐的司機，下半身被埋在購物袋堆裡，已經昏了過去。

「沒事吧？」

承民送來問候，低沉而穩重的聲音彷彿剛才的一切都沒發生過。我眨了眨眼睛。

「你先別動，我倒車一下。」

車子發出隆隆的聲音，承民不斷反覆倒車、打方向盤之後，把車子停在一處較為平坦的地方。然後又問了一次：「沒事吧？」

那語氣聽起來像是敢說有事，就打到你說沒事為止。但我實在做不到嘴角掛著親切的笑容回答「沒事」，於是我就對他大吼：「你到底會不會開車啊？」

「呵呵，小小激動了一下！」

承民的眼裡帶著不要臉的笑意，看了讓我更加暴跳如雷。喔，激動，你一個小小的激動，就不把後面載的兩條人命當回事啦？我坐起身來，發現前方是白色水泥橋，旁邊則是往大霧底下流去的水流。回頭看看後方，「水里希望醫院」的大型立式看板橫倒在路中央。我不自覺張大嘴巴，撞到那個，車子竟然沒事？

「到前座來。」

承民伸出手來，我抬起下巴指指看板。

「怎麼變成那樣？」

這傢伙露出牙齒無聲地笑了起來，那是一種他所獨有的、讓人感到不安的笑法。

「總比撞壞大門要好吧！」

腦子裡亮起紅燈，我沒聽錯吧？他的意思是說，他撞不了醫院大門，就故意撞壞醫院看板來代替。

「為什麼？」

「不這麼做，我就要瘋了！」

我無話可說。如果我們開出來的是一輛翻斗大卡車的話，那傢伙鐵定會開去撞醫院。顯然我現在該做的事情，就是從這瘋子開的廂型車上跳下來。我默不作聲地抬起屁股，司機也扭著身子醒了過來。塞了毛巾的嘴裡發出類似牙疼的聲音。我這才想起來，趕緊把翻覆在他腳上的一綑綑購物袋給清除掉。他的身上看起來並無大礙，除了被嚇破膽，褲襠濕了一片之外。我把司機扶起，讓他在購物袋堆裡坐好之後，承民說：「從現在開始我會好好開車。」

他的話要能信，世上就沒有不能信的屁話了。問題在於，雨也下得太大了，我既沒有雨傘，也沒有雨衣。只好摸摸鼻子，跨到前面承民旁邊的位子，就當他說的是屁話好了。

我們再度出發，白樺林前面的路被倒下的立式看板給擋住了，我們只好繞道往希望農場前面的路去。能見度比起在森林裡好多了，強風把霧氣全都吹到湖水方向去。儘管如此，前面也不見得有多清楚，只不過能區分出水流和道路罷了。但是對承民來說卻非如此，當他把車子開上水泥橋之後，車子側邊撞上欄干，下橋的時候又把路標撞倒。而且看不見前面彎道，差點把車子直直開到水壩去。好幾次差點撞到電線桿，幸好險險地停了下來。他不時地揉著眼睛，整張臉都快貼到前面擋風玻璃上。我如坐針氈，不停地在旁邊歇斯底里地大叫。「靠左靠左，那裡是水壩！」「你沒看到前面的護欄嗎？閃那邊去！」真是的，還不如我來開算了。我早就沒有了老天爺在保佑我們的感覺，頂多只覺得幸好路上沒什麼車。抵達遊樂園之前碰上的車輛，只有兩、三台小轎車而已，路上沒有行人，也不見後有追兵。按照計畫順利進行的話，短時間內應該不會出現追兵才對。

金庸和十雲山道長會在病房區裡到處搧風點火，引發騷動，讓護理站徹底忘記承民和我的存在。不過這沒法拖上太長的時間，只要醫院沒有垮，就不可能會出現失控的情況。只希望憎恨承民的人現在正在上班。尹寶拉，如果沒什麼特別的事情發生，她應該不會主動找上承民。而所謂特別的事情，就是食人魔博士上樓巡視之類的。

樹藏於林，石藏於採石場，我不知道這是哪個國家的格言，但值得重視。我們把車子停在遊樂園的戶外停車場裡。停車場裡只停放了六輛車，彼此相隔甚遠。三輛轎車，一輛休旅車、一輛接駁車、一輛一噸重的小發財車。我們的廂型車就停在小發財車旁邊。下車一看，廂型車外觀簡直慘不忍睹。就像一輛從海拔一千公尺高的石頭山上滾下來的油罐車差不多。只有儀表板上的時鐘還好好的，指著三點四十分。

滑翔場三公里，水里峰三點二公里

滑翔場入口的栗樹上，掛著這樣的木牌，承民在木牌下面大聲嚷嚷。

「找到了沒？」

我走下斜坡，雨水橫流的路面走起來濕滑不堪，即使扶著樹幹下去，也不止一次差點滑倒，腳下還不時絆到糾纏不清的藤蔓。

「找到了沒？」

找到了！陡峭的斜坡中間一字排開三座墳，全都面向水里湖。我看了一下墳前的供桌，承民說有一座墳的供桌下面用石頭封住了。

「找到了沒？」

我惜字如金，繼續不理他，使盡吃奶的力氣，用力把封住第三座供桌下面的石頭給弄出來。一搬開石頭，在供桌下方和斜坡傾斜面之間，竟然出現一個很大的空間，一個用塑膠袋包裹的背包就放在那裡面。

「找到了沒？」

「別喊了，我耳朵沒聾！」

拿出背包抱在懷裡，我回到栗樹下。承民馬上拿走背包，遞給我一瓶一公升裝的水，這是從車上偷拿下來的東西，他還順手拿了香菸和打火機。司機就丟在車上不管了，反正總會有人來救他的。

點了根菸銜在嘴裡，白煙緩緩融入大霧中。風雨似乎暫時止住，遙遠的樹梢上方，還壓著一層厚重的鉛雲。承民一面翻著背包，一面嘴裡也沒閒著。問我有沒有爬過真正像樣的山，不要領著瞎子歐巴走到一半走不動了，在那裡哭著要回家。如果真的不行，現在還有機會棄權。

真是的，把我看成什麼人，好想跟他翻臉，但想想又算了。說實在的，我還真的沒爬過什麼像樣的山。我似乎也沒好好做過什麼事情，更別說是「像樣」的事情了。等我死了，把我的魂勾到閻羅王前面的陰差還真輕鬆，只要一句話就能說明這傢伙的一生——在他娘的雙腿間出生，書店裡長大，精神病院裡送走青春。

雖然承民的眼睛快瞎了，但他畢竟是在高山地帶長大的山岳飛行專家。可是對我來說，三公里山路算是很了不得，還是算稀鬆平常，我一點概念都沒有。所以要我帶著承民上山，簡直就跟端著鳥槍指揮砲兵部隊一樣，可笑至極。

「你真的沒事嗎？這次ＥＣＴ的後遺症好像比上次嚴重，而且你還餓了一整天。」

承民邊說，邊從背包裡掏出巧克力棒遞給我。

「下山的時候就你一個人下來，司機說不定已經報案，你有把握不被捉到嗎？」

承民這次怎麼遞給我一頂帳篷，我接了過來展開。

「那是防水夾克，有點大，但總比淋雨好。如果患上了低溫症，那可就糟了。」

夾克的下襬垂到我膝蓋，袖子還超出指尖至少五公分以上。如果這樣還說是有點大，那阿拉斯加都可以說沒那麼冷了。

「那你就不會患上低溫症嗎？」拉上拉鍊之後，我禮貌性地問了一句。

「反正我上去以後還要換一身衣服。」

夾克口袋裡放了兩根用紫紅色油紙包裹的棒子。看起來有三十公分長，尾端還塞了塑膠塞子。我拿出來問：「怎麼會有炸藥？」

承民揹上背包，嘻嘻地笑起來。

「求救用照明彈啦！」

「射上天去的？」

「拿在手裡的，和火把差不多。」

「怎麼點上火？用打火機？」

承民花了大概五秒的時間做了示範，拿下塞子，把塞子靠在抹了硫磺的尾端上，像火柴一樣擦兩下。

「亮度相當於三十瓦特的電燈泡，大概可以燃燒三十分鐘。」

「淋到雨也不會熄掉？」

「只要別丟到水裡，那就沒問題。」

我觀察了一下照明彈，覺得真是神奇，這時承民又看了看手錶，四點三十分。

我突然感到一陣心焦，鳥槍手和瞎眼砲兵想要攜手走上三公里的山路，不只要和山，還要和時間賽跑。太陽下山的時間大概是七點半左右，考慮到比平常更陰暗的天空，最晚必須在七點前抵達滑翔場。這有可能嗎？我們交換了帽子戴，承民把萬植先生的礦工帽壓到眉毛上方，打開頭燈。

森林裡很黑暗，風勢減弱，霧氣又再度變濃。參天大樹遮蔽了天空，礦工帽的頭燈雖然亮如探照燈，但還是不足以看清前面的路。濃霧就像黑洞一樣吞噬了光線，路面狹窄，無法讓兩人並肩而行。我們只好一前一後握著承民的登山杖一直線前進。我握著登山杖手把走在前面，承民抓著登山杖尾端走在後面。

果然，承民走起山路一點也不累，即使揹著一個相當於萬植先生重量的背包，行走之間也輕鬆自如。一路上一直抽菸，也不見他呼吸不穩。問題在於眼睛，路面濕滑難走，到處都是突起的樹根，像一個個捕獸夾似的。石頭、斷枝殘幹、樹墩之類的障礙物也不時出現。要想安然穿過這條山路，似乎不那麼容易。承民就算把礦工帽頭燈貼近地面行走，也仍舊不時絆到腳。偶爾還被長長伸出的樹枝卡到頭，好幾次一個失足，失去重心扭到腳。

甚至一腳踩空，差點直接滾到斜坡下面去。這都要怪那些茂密生長的草叢遮蓋了路的邊界，四處流竄的大霧模糊了物體的位置。

果然不出所料，我走得上氣不接下氣，因為這一路全都是上坡路。而且路陡得可以用鼻子直接在地上畫出中央分隔線的程度。心臟和肺、手腳全都一起陷入假死狀態，只有眼睛還是好好的。習慣了大霧的存在之後，慢慢就能看清腳下和四周，在大雨之中還能繞開指頭大小、活蹦亂跳的蟾蜍走。但承民卻膽敢對我使出不入流的小手段。

「有蛇！」

承民手指之處，是一條蛇狀樹根，我一聲不吭踩著樹根走過去。幾分鐘之後，那傢伙又大呼小叫。

「蛇啊！」

我面無表情瞪著這個放羊的年輕人，看來他得被蛇咬一口才會正經起來。

「好啦，好啦！臭小子，不嚇你了！」承民看我的臉色不佳嘀咕一聲。「你這人就跟木頭一樣，一點也不懂什麼叫幽默。」

我當然懂幽默，只是不覺得拿蛇開玩笑有什麼意思。轉身用力扯了一下登山杖，扯過來的只有登山杖，而登山杖的主人正拉下褲子，給大樹們奉上熱騰騰的茶湯。

「繳過路費！」

承民嘴裡咬著菸，嘿嘿地傻笑，我靜靜地在一旁看著他。

承民不是出來散步的，這趟路也不保證他能平安歸來。這是他最後一次飛行，他也沒想過能活著回來。處在這種情況下，躁動難安才算正常？還是害怕得不知所措才算正常？我想起了我們第一次接受ＥＣＴ那天，承民一直喋喋不休地開玩笑，那讓我感到很難過。因為我知道，他是為了不讓人發現自己的恐懼，才故意虛張聲勢的。當我看到承民給大樹灌溉黃湯時，我知道他同樣在虛張聲勢。同時我也了解到，這種時候我就得裝作若無其事，就算承民知道我已經察覺，但這也是對一個竭盡全力不想被恐懼打敗的人的一種基本尊重。於是我邁開大步走到他身邊，一起繳了過路費。

「你幹嘛跟來？」承民拉上褲子問。「剛才我一路在想，你怎麼會想從醫院裡逃出來，你不是一個打算老死在那裡的傢伙嗎？」

我把登山杖的另一端放在承民手裡讓他抓好。

「我才想問你幹嘛那樣呢？」

「我怎樣了？」

「我從監護室出來的時候，你怎麼還在那裡？你不是一個連螞蟻洞都不放過，拚命想跑的傢伙嗎？」

「喔喔……」

山路稍微寬了一點，我們得以並排同行。

承民轉過一個彎之後，才開口說：「我這次也花了點力氣才從ＥＣＴ的後遺症裡清醒過來，精神錯亂狀態也比上次要長。當我勉強打起精神，睜開眼睛的時候，清楚地看見你的臉，儘管你馬上恢復原來的狀態。那時，我看見你臉上的表情，就和我在理髮風波那天看到的一樣，眼睛直勾勾地瞪著，全身僵硬，嘴裡不停喃喃自語，聲音裡充滿急迫。仔細一聽，才發現你在哭喊，那是驚嚇過度發出的喊叫聲。我那時好慌，因為我怎麼大聲叫你，你都醒不過來。我以為你這小腦袋裡出了什麼大事，以為你八成因為父親的事情受到太大的衝擊。即使金主任推我，要我回房間裡去，我也邁不開步。」

「所以你才等著要看我醒來才肯離開？廂型車司機有說要等你嗎？」

「生活中偶爾總會碰上一些無奈的時候。」

我被承民真摯的語氣雷到，看了他一眼。承民臉上沒有笑意，反而一臉陰鬱。我脫口說出一句連我自己都感到意外的話。

「我在書店。」

「書店？」

「父親經營的那家書店，我出生長大的地方。」

我低頭看著腳尖，泥濘中只有線蛇大的蚯蚓扭著身體前進。我吞了一口口水。

「小時候，我母親幾乎都不住在家裡。」

我從來都不覺得這有什麼奇怪，即使後來知道她在哪裡，也從來不在意她怎麼會去那個地方，在那裡怎麼生活。不在家更好，所以我甚至希望她別回來。每次母親回來，我就幾乎不上二樓去，只躲在書店角落的小房間，到後來，乾脆就搬到那個小房間去睡。母親通常都在主臥室裡，病情發作的時候，會喃喃自語些聽不懂的話，在附近晃來晃去。有時她會隨便闖進人家家裡，挨了一頓打之後才回來。也會一整夜蹲在客廳窗戶旁邊，或者從垃圾場撿一些髒東西回來，堆在臥室裡。偶爾碰上母親的時候，我還會嚇到全身雞皮疙瘩都站起來。一張面無表情的臉，一雙失去焦點的眼睛，好幾天沒洗澡散發著惡臭的身體。對我來說，母親是一個可怕的人，一個骯髒的女人，一個討厭的大人，如此而已。

但是對父親來說，母親的存在卻有著不同的意義。擅長理財，又是一家小有名氣的舊書店老闆，父親卻對比自己小十六歲的妻子十分癡情。母親住院的時候，父親每個週末都一定去探視。就像個熱戀中的年輕人一樣，鬍子刮得一乾二淨，穿上燙得筆挺的襯衫、西服，開著一塵不染的小貨車到醫院去。然而回來時的表情，卻充滿絕望、悲傷，讓人不忍卒睹。母親出院或放假回家，父親一定親自為母親洗澡、餵飯，自說自話地哄她。每當這時，父親的眼裡沒有書店，也沒有我。

母親為什麼會變成那副模樣，我完全一無所知，因為父親並沒有告訴我，我只知道母親是在我八歲的時候住院的。從那之後的十年裡，母親無數次輾轉在醫院和家之間。往往家裡住一個月，醫院住一年；再回來家裡半個月，又住醫院兩年。每次醫院通知「病情好轉，請帶回去」的時候，父親就會把母親接回家裡。但回來之後，病情惡化，又只好再住院。所謂病情惡化，就是母親又闖了大禍。大部分都是自殺，趁父親不注意的時候上吊、割腕、吞刮鬍刀片。還曾經從二樓客廳窗戶跳下去，結果摔斷了腿。最後父親不得已只好把母親鎖在房間裡，封住窗戶，把一切可能用來自殘的工具全都清理掉。這世上大概除了新林書店之外，沒有哪家會把菜刀、筷子、廚房用剪刀、鎚子、老虎鉗、釘子之類的東西鎖進保險櫃吧。

「那天晚上的事情，是母親闖下的最後一次禍。」

我停了一下，以為自己會心跳加速，冷汗直流，呼吸急促，恐懼如烏雲罩頂般襲來，那麼我就可以不用再繼續講這個讓我忍不住脫口而出的故事。然而，什麼症狀都沒發生，我的心情平靜，頭腦也很清明。於是，我又繼續把那天晚上的故事講下去。

「我趴在倒下的書架之中，動彈不得，連頭都不敢抬。因為我以為母親就站在我面前，脖子破了一個大洞，鮮血直流。所以我就趴在那裡一直哭，哭到吐，嚇得尿出來，還不停地尖叫，最後就昏了過去。等我醒過來一看，我在醫院裡。父親就坐在我身邊，臉上的表情卻很微妙。像是悲傷，也像是鬆了一口氣。我感到很混亂，也百思不得其解。鑰匙和書店剪刀怎麼會到母親手裡？母親為什麼偏偏還在浴室裡，而且還泡在浴缸裡，把剪刀刺進自己的脖子？是不是死前曾短暫地恢復了神智？父親要我忘記一切，再也不要提起那件事。我也想這麼做，也相信自己做到了，直到那傢伙出現，想喚起一切。」

我小小地咳了起來，沒法說話，喉嚨好乾。承民把水瓶遞給我，我接過來喝了兩、三口。

「羅丹醫院主治醫師的看法是，不管是恐慌障礙，還是形式類似的噩夢，都和那天晚上的事情有關。意思就是如果能打開我的記憶，或許一切問題就能迎刃而解。於是藥物治療、精神分析、催眠療法，各種療法都嘗試過了，卻全都失敗。因為我什麼都不說。」

我又喝了一口水，路又漸漸陡了起來，連一公尺的平地或下坡路都沒有。

「最近我老作夢，每作一次夢，就越接近那天晚上一步，我真的好怕。」

「怕作夢？」

「不是，怕自己必須承認自己正站在懸崖邊，因為一旦承認的話，就得面臨選擇，選擇跳下去，或是面對那天晚上的真相。」

承民轉頭看著我，我又低頭看著腳尖，現在只剩下故事的最後一段了。

「那天接近中飯的時間，我正在整理剛收進來的書，用剪刀把綑書的繩子剪斷，撢掉灰塵，按照類別和書的狀態分類之後，決定上架的位置。這是我所負責的工作，一如讀書一樣，也是我喜歡的工作。因為運氣好的話，我可以找到一、兩本吸引我的書。那天我找到的，就是愛倫．坡的小說集。我一看到就如癡如狂，被愛倫．坡給吸引住。一開始我只打算看個幾頁就好，但不知不覺間我就直接坐下看了起來。要不是父親的電話，我已經把母親的中飯給完全忘得一乾二淨。我急沖沖地上到二樓去，沒有意識到自己手上還握著剛才剪繩子的剪刀，我還沉浸在看到的小說故事裡。」

深深吸了一口氣，用力閉上眼睛之後再睜開，多年來被遺忘的真相，正從塵封的記憶裡走了出來。

「把鑰匙和剪刀擱在二樓的人，是我，不是父親。我隨手把剪刀放在餐桌上，準備好飯菜之後，就捧進母親的房間裡，卻忘了拔走還插在房門上的鑰匙。然後我轉身下去書店，又再度沉浸在小說裡，直到發現推開房門出來，拿起放在餐桌上的剪刀插進自己脖子裡的母親。幾個小時前，我才想起了這個片段，就是你在監護室想叫醒我的時候。我一直懷疑是父親做的，也以為我是害怕那個懷疑父親的自己，才把那天晚上的事情封閉起來。其實並非如此，我完全是對自己所做的事情感到害怕，才虛構出對父親的懷疑。或許這是一種出於應急心態，下意識給自己製造出的安全地帶，因為……」

「不是你的錯。」承民說。「該來的總是會來的。」

「因為，我已經好幾次有那種想法。事實上是每次母親出現的時候，每次！」

承民沒再說話，我也已被真相打倒。或許，真相並非像我過去所畏懼的那般強大。我只是被自己的影子嚇到，才會無止境地逃跑。無論如何，我覺得夠了！現在，我很慶幸自己還能往前走。

「跟你一起出來，是因為我想知道自己要的究竟是什麼？自己能做些什麼？能不能找到一些頭緒？」

我一腳踢開腳尖前面的小石頭，小石頭畫出一道弧線，落入了大霧裡的某個地方。

樹木變得逐漸稀疏起來，露出了天空的一角。連日來的傾盆大雨也慢慢轉為毛毛細雨。我們一言不發地走著，嚼著巧克力棒，喝口水，不停地向前走，慢慢地越走越順，速度也越來越快。

七點，我們走出了森林，從水里峰峰頂抬頭看，可以看到山脊上插著滑翔場的旗子。角度完美的斜坡盡頭，有一處懸崖，懸崖對面則是籠罩在大霧之下的水里湖，霧氣不斷地從湖裡往上飄。承民豎起手掌，測了一下風向。

「是迎面風。」

雖然我不知道什麼是迎面風，但很明顯這是承民喜歡的風。那傢伙腳下濕透、骯髒的運動鞋，輕快地飛進了小雨中。天青色的運動衫、總務班制服長褲、襪子也全都一件件脫了下來。承民在風雨和夜幕之間，全身赤裸，不過這傢伙本來就喜歡全身脫光，所以也算不上有什麼特別的看頭。真正有看頭的，是當承民從背包裡拿出自己的衣服，開始穿戴起來的時候。看到他穿上飛行服，套上新的襪子和靴子，拉上拉鍊之後，我雙腿發軟。

承民完全變了一個人，就站在我可望而不可即的那個世界裡。面對面站著的我倆之間，相隔雖然只有一公尺，卻不是一個單純物理上的距離，而是一個難以跨越的鴻溝。只有萬植先生的礦工帽，還能證明我們曾經共同存在於一個相同的世界裡。若非如此，我會以為所有的一切不過是一場夢。和承民初識的那天夜裡、一起度過的夏天、登上水里峰的這段山路，甚至是承民這個人的存在，一切的一切。

「我們過去懸崖邊上一趟吧，我得確定一下坡度，順便走一次看看。」

我們手拉著手慢慢走下滑翔場斜坡，承民用鞋尖仔細探索地面，緩緩前行，彷彿想用腳深深記住地面的情況。我用腳踢開小石頭和樹枝，把地面清理乾淨。凡是有礙滑翔的東西，就算是一片樹葉也一概不留。與此同時，我也不斷問自己，也是我不得不問的，我到底在這裡做什麼？我到底想要什麼？我到底是什麼樣的人？我到底……我到底……

我們走回背包所在的陡坡上，天開始慢慢暗了下來，毛毛雨還繼續下著。承民趕緊展開傘體，以頭燈確認了一下視野，檢查操縱繩和機身，套上套帶。等到調整好腿帶後，便結束了飛行前的準備工作。背後的傘體迎著風，豎起一堵結實的牆。

「不跟我說一路順風嗎？」承民問。

我拿出照明彈握在手裡，指著懸崖邊。「我在那裡跟你說，你看到光就馬上跑過來。」

承民伸出手，我猶猶豫豫地握住，鬆開手時，手掌裡多了承民的手錶。

「不要再被人搶走了！」承民的眼睛在護目鏡裡笑著。「你的時間屬於你自己。」

我握著手錶轉過身去，慢慢向前走，走著走著我就開始跑了起來，一口氣跑到懸崖邊。深深吸了一口氣之後，打開照明彈的塞子，小心不讓點火的部位被雨淋到，用力將塞子擦過去。「嗶」的一聲，火花著了起來。我把剩下的另一根也同樣點起之後，兩手各握一根，轉身面對承民。雙手高舉過頭，白煙往天空裊裊升起，橘紅色的閃光包圍住我，就像路燈亮起一般，周圍變得一片光明。我屏住呼吸。

承民向我跑來，關掉了礦工帽上的頭燈，穿過漆黑的夜幕，朝著燃燒的焰火直奔而來。他彎著腰，邁開雙腿，飛快地向前跑。黃色的滑翔翼在承民的腦袋後方，豎起一道牆體，一路相隨。五公尺、四公尺……

承民的雙腿離開地面，踩在半空中，輕飄飄地浮了起來。乘著水里湖升起的上升氣流，順利地飛上天空。滑翔翼在飛翔途中轉了半圈，突然間滑翔翼周圍亮了起來，承民打開了礦工帽的頭燈，燈光短暫定住在那個位置上。

我想，承民在尋找我，想跟我道別。滑翔翼又在天空盤旋了半圈之後，才逐漸遠去。承民的身影越來越模糊，轉瞬被夜幕吞噬，只剩下頭燈的燈光閃了兩、三次，接著便完全消失無蹤。

斜坡上一陣死寂，冰冷的風伴隨著黑夜到來。我的身體開始顫抖，難以控制的激烈顫抖，但又有一股炙熱如火的感動迴盪在我心中。那感動是對勇於奔向自己世界者的「敬畏」；而戰慄則來自無處可去者的「絕望」。

我在懸崖邊上躺了下來，天空黑沉沉的，伸手，觸不到星星。

兩名精神病院患者劫車逃逸，一人被捕

十七日下午，位於旌善郡的H醫院所收容的精神病患李某（二十四歲）[3]與柳某

---

3 在新聞報導中指的是足歲。

（二十四歲）二人，以暴力拘禁到院回收紙袋的廂型貨車司機後，劫車逃逸。根據警方的說法，李某患上低溫症休克，於逃逸次日十八日上午八點左右在水里峰頂上被人發現，送往附近醫院救治，至今仍陷於昏迷狀態。一同逃逸的柳某，到目前為止仍下落不明，警方事後得知，此人即世宙百貨公司物流倉庫的縱火嫌疑犯。警方正針對其家屬與醫院人員，調查柳某入院原委與背後情況，全力追緝柳某的下落。

——《江原日報》二〇〇四年九月十八日社會版

死不見屍的自殺，協助自殺罪能成立嗎？

警方對於之前九月從旌善郡H醫院逃逸後失蹤的患者柳承民，做出已自殺身亡的結論。同時以暴力拘禁、劫車逃逸和協助自殺等罪名，起訴另一名患者李秀明，預定本月十八日下午於江原地方法院第一次開庭審理。李某被以與柳某逃亡途中採取暴力方式綁架貨車司機金某，拘禁在車廂中，最後棄置於附近遊樂園停車場內的罪名，遭到拘捕。警方對於曾是飛行傘選手的柳某，在附近滑翔場中利用個人滑翔翼飛走之後失蹤，當時柳某雙眼接近失明，加上醫院院長和職員證實，柳某出現嚴重的憂鬱症症狀，以及當時大雨傾盆、天氣極端不穩等情況來研判，生還機率很低，因此做出已自殺身亡的結論。

並且也對同行的李秀明追加協助自殺罪名。警方表示，李某在明確清楚狀況的情形下，仍協助柳某進行飛行，顯然相當於協助自殺罪。但是在柳某屍體未被尋獲的情況下，李某的協助自殺罪能否成立，還是未知數。

——《江原日報》二〇〇四年十月十八日社會版

＊

精神鑑定審查委員會——下午六點

五個人都不發一語，看似沉浸在個人的思緒中。四個小時裡，他們一直在聽我說話，過程中沒有人打斷我，也沒有人出聲制止，甚至沒有人提出問題。對此，我已經感到十分滿足，我望著窗戶外頭，原本紛飛的細雨，現下正逐漸轉為暴風雨。

「為什麼你一直在那裡待到早上？」律師問。

「因為我無處可去。」

「協助自殺罪沒有成立吧？」

「是的。」

「紀錄上顯示，你在記憶和認知能力受損的情況下，被關在公州監護所裡。原本的狀態是根本無法出庭應訊，但現在主治醫師診斷認為，你充分擁有自我生活的能力。你能說明一下僅僅四年半的時間裡，為什麼會出現差異如此之大的不同見解。」

「柳在民這個人對我很有興趣，尤其是對承民的去向。他大哥那裡，十分想了解承民入院的原委。警察則想知道我們逃逸的過程。我不想讓憂鬱洗滌工被迫出庭，那麼解決這所有問題的方法只有一個，就是保持緘默。幸好這並不需要付出什麼特別的努力，因為鑑定醫師們已經先行對我做出智力嚴重受損的診斷。警察也是因為有坪村前輩的供詞，才會做出承民已經乘著滑翔翼離去的結論，承民留在滑翔場的衣服和鞋子也對此結論提供了有力的證據。」

「難道你從沒想過會出現那樣的結果嗎？」

「我沒想到這麼多。」

女醫師問：「李秀明，你承認柳承民已經死了嗎？」

我默不作聲，承民對我而言，不是一個可以生死論斷的存在。承民本身是存在的，在某種層面上已經超越了時間與空間、生與死、記憶與現實之類的概念。我無法找到一個合適的說法，因此難以回答。

「恐慌障礙怎麼樣了？」臨床心理醫師問，他的眼睛望著我剪到耳下的頭髮。「就你個人的看法認為，已經在某種程度上克服了嗎？」

說完全克服，那是騙人的，恐懼依然存在，但已經不做悲觀的想法。當我被移送公州監護所的那天，我沒有發出一聲慘叫，撐過了剃髮過程。這也是我第一次控制住自己內心裡的那隻野獸，同時也讓我對自己燃起了希望，知道自己無論如何一定做得到。

「如果我說，我每個星期都固定理髮，這算不算回答呢？」

他點了點頭，但從表情上看去，不知道他是否認可我的回答。

「聽說你的法定監護人反對你出院？你知道原因嗎？」這次換成人權委員會的那個男人發問。

「姑媽到公州探視過我，說父親留下遺言，要讓我在醫院過一輩子，除了住院費之外，其他的遺產都已經成立信託基金，我不得任意動用，因此她打算遵照父親的遺言處理。我一出獄，就再度被送進醫院。六個月之後，我提出出院申請，卻在書面審查時就被駁回。從那之後，每次快到六個月之前他們就辦理轉院，讓我連申請資格都沒有，因此我才會不停地輾轉在三家醫院之間。直到我來到這裡，才總算能再度提出申請。上次在書面審查時就駁回，這次能來到這裡，新換的主治醫師幫了我很大的忙。」

「你一定很埋怨你父親吧？」

「那時我無法理解，但是現在……站在父親的立場……」

我停了一下，喉嚨裡乾乾澀澀的，我忍不住微微咳了兩下。

身為委員長的保健福祉局局長首次提問：「你琢磨出什麼了嗎？」

「我覺得，如果一個父親不得不讓自己殘障的孩子孤獨地留在世上而離去的話，或許就會那麼做。」

又是一段沉默的時間，我等待有人能打破沉默。

「出院之後，你可能無法取得父親的遺產，你要靠什麼生活？」人權委員會的那個男人又問。

「在公州的時候，我學了抹灰和砌磚，為了能自食其力，我一直在做那樣的工作。我還有一個零存整付的定期存款存摺，雖然金額不多。只要我願意，出院之後就能找到工作。」

「我有一個問題，純粹出於個人的好奇心，我想知道你會告訴我們這個故事，是否還存在其他原因？如果單純只為了通過出院審查，我不認為你有必要說一個這麼長的故事。你是不是把我們當成了藏在你耳朵裡面的那傢伙？」

五個人的臉上都綻放出微微的笑容，但我笑不出來。

「我也需要一個滑翔場。」

所有的笑容全都凝住，女醫師點點頭，似乎鼓勵我進一步說下去。

出獄後六個月的某一天，我買了一支原子筆和一本小學生作業簿，我是以能接受精神鑑定委員會的現場審查為目的而買的，別人都嘲笑我，叫我少作白日夢，但我還是堅持自己的夢想。儘管在數家醫院之間輾轉，但我總相信，有一天一定能站在鑑定委員會上，到了那一天，我要證明自己有資格回歸正常社會。為了達到這個目的，我必須做好準備，我不想因為說話顛三倒四，就錯失了這個機會。每天晚上，我都會寫筆記，一點一點的，在別人不知道的情況下，每天寫一頁。有的時候，甚至一個晚上就寫了十來頁。寫著寫著，我卻突然意識到，我根本不是在為自己的辯護做準備，而是在寫承民的故事，同時也是我的故事、那年夏天的故事。一打原子筆就這麼用完了，作業本也累積了十本。在這段日子裡，我感到無比輕鬆，書寫故事的時候，我才是真正的自己，因為我已經在遊蕩於人生表層的幽靈身上，注入了「我」這個形象。所以我想確定，我的夢想是否也能從心中飛出去。

「這麼說，我們就是見證你首次飛行的人囉？」委員長問。

這句話不像在提問，而像是一句總結，因此我回答：「是的。」

尾聲

從精神鑑定委員會那天算起，才過了一個星期而已，主治醫師便把我叫到會客室，我們面對面坐了下來。

「我下午不在位子上，所以先把你找了過來。有幾件事情要交代你，首先是藥的問題，暫時你還是像現在一樣三天服用一次，看看中間情況如何，再慢慢拉大服藥的間隔時間。所以你千萬不能焦急，也不能隨便調整用藥……」

肩膀似乎傳來一陣抽搐，主治醫師的話我一句都沒聽進去，感覺一點都不真實，主治醫師這番喋喋不休的嘮叨，是我所期待的那個意思嗎？表示「你自由了」的意思嗎？

沒錯，我自由了！由於姑媽的反對，到了太陽快下山的時候，我才總算辦完出院手續。當我揹上背包，隻身走出醫院大門時，我終於真正自由了。這是屬於我的自由，任何人都不能撼動。

腳下有一片斜坡，兩排水杉延伸出一條林蔭大道。斜坡盡頭是一條國道公路，公車和自用車輛來來往往。國道另一邊有一個都市，那裡有很多的人，有他們的家，有他們的世界，屬於他們自己的世界……

我停下腳步，不，該說不自覺地站住才對。很多的人，他們的家，他們的世界，那個地方看起來就像一個禁止飛航區，國道像是一塊禁止入內的標示牌，兩排長長的水杉則像是瞄準我的槍口。

身體裡的某處，有個蓋子被打了開來，體溫從那裡「唰」一下全都流失。冷卻的胸口下方，鳥兒們不停拍著翅膀，這些鳥兒的名字叫「恐懼」，是對於存在於斜坡下面的、正常人世界的一種恐懼。害怕自己是不是又會像過去無數次的經歷一樣，東張西望，躊躇徘徊之下，受到無法復原的致命性傷害，又退回原點。害怕自己終究得承認，或許父親的決定是對的。

閉上眼睛，手伸進褲子口袋裡，握緊承民的手錶。屏住呼吸，靜靜等待鳥兒消失。

不知不覺間，我又回到水里峰懸崖邊上，站在燃燒的橙色強光中。承民從另一端向我飛奔而來，輕輕地不發出一點聲音。冷得全身顫抖的寒氣和火辣辣的疼痛再度出現，我想起了遙遠渺茫的星星，和如黑暗一般深沉的絕望。

秀明啊！

承民在呼喚我，我睜開眼睛轉身向後看。之前一起住院的醫院同伴們，全都擠在吸菸室的窗口，大聲喊著一路順風，用力揮著手。夕陽在天空暈開，火紅的天空裡，承民在大聲慫恿。

好久沒跳了，來跳一次扭扭舞吧？

五月的晚風吹亂我的頭髮，口琴聲夾雜在風中一起送了過來。耳朵裡脈搏劇烈鼓動，手掌上的手錶滴答滴答跳個不停。我把裝了藥、衣服、個人用品的背包從肩上一把扯下，把這個像條尾巴一樣跟著我輾轉在數家醫院之間的東西，甩進醫院大門裡去。高舉雙臂，雙手打著拍子，膝蓋微彎，腳跟點地。

Come on everybody, clap your hands!

趴在窗口上的人都發出「哇」的一聲大喊，我轉身背對喊聲，水杉全都舉起槍口，瞄準著我。我張開雙臂，高高抬起下巴，直直望著槍口，開始扭起屁股來。

Come on, let's twist again like we did last summer...。

夕陽在天空裡燃燒餘暉，等那火紅消失之後，夜晚的星星就會出現。

口琴聲叩響我的心，熱血在心臟裡沸騰，身體的律動一如沸騰的熱血般越來越激昂。

你是誰？

承民問。

你猜！

我回答。

是小鳥嗎？

不是。

是飛機嗎？

不是。

那到底是誰？

我張開雙臂，對著槍口露出我的胸膛，開始往斜坡下飛奔而去。

我啊，是挺身面對自己人生的傢伙，這就是我！

作者的話

當我的人生被命運擊沉時，我該怎麼辦？

我第一次到精神病院實習，是在大三暑假的時候。我所負責的病患是一個年輕人，一整天什麼事都不做，只看著窗外。有一天，我問他：「你整天站在窗戶旁邊，想什麼呢？」他沒有回答，直到我實習結束離開，都沒能打開他的心門。要打開一個人的心門，一個月的時間太短，更別說了解他的心，畢竟我還太年輕。無論如何，我想終有一天，我能了解吧。只是有一句話，長久以來一直留在我腦海裡。

「當我的人生被命運擊沉時，我該怎麼辦？」

這篇小說，就是從這句話開始的。我總共寫了三次，在出版第一本小說和第二本小說之間，寫了一次。第二本小說和第三本小說之間，又改寫了一次。

前兩次的版本都放棄了，理由很簡單，我無法以小說的型態將那句話具體表現出來。

然而，我仍舊依依難捨。於是這篇小說成了我總有一天、無論如何非寫不可的筆債。從那之後我堅持學習精神科學，不時在開放病房和日托中心、療養院四周打轉。有時也會去請教精神科醫師，有時也會和擔任精神科護士的學妹，或曾經住院過的人聊聊。然而，我還是無法掌握核心重點，我最迫切需要的，是實際生活在其中。但是，除非真的住院，否則這是根本不可能實現的事情，沒有一家醫院願意為我打開封閉病房的門。

機會很偶然地到來，在大學學長的斡旋下，我終於有機會進入光州附近一家醫院的封閉病房區。那是二〇〇七年的夏天，以上下班的方式為期一週，醫院方面甚至釋出善意，願意盡最大的力量協助我採集資料。我等於得到了一個不花一毛錢的住院費，就免費有飯吃，和病患一起參加所有療程，一起聊天的機會（進了病房區之後我才知道，這是一家不管是醫師陣容、醫療設備、診療服務水準都屬於高端等級的醫院。環境好到可以無需顧忌地開放給外人看。就算如此，我對這家醫院的感謝之心也不會因此稍減。即使現在，我仍舊真誠地感謝醫院當局能給予一個討厭的外來人最大的照顧與關懷）。

我受到病患們令人受寵若驚的歡迎，比預期更快地得到病患的接納。有人對我朗誦連夜寫的詩，有人遞給我一本寫得密密麻麻的小學生作業簿，想聽我評價自己的文章。有人給我看他打算出院後要做的事業計畫書，還很熱情地做了一個簡報。還有一位說自己是在白金漢宮長大的小公主，對著我喊媽，像個小尾巴一樣跟在我後面，我也順勢虛榮地當了一回「女王」。

當「順勢女王」回歸平民的那一天，一部分老百姓還為我舉行了一個盛大的歡送會。我們用果汁碰杯，大聲唱歌，嘴裡咬著魷魚絲和冰棒玩起火車遊戲繞行整個病房區。最後一首同聲齊唱的歌曲是〈銀河鐵道九九九〉。他們對著即將離去的我小聲地說：「請為我們出一口氣！」我無法回答，無法給予他們任何保證。事實上，我連一句道別都難以好好說出來。

那時我說不出來的話，現在我想藉由文字來表達，如果沒有你們，這部小說就不會問世。那年的夏天，我永遠都忘不了。

感謝各位評審委員的青睞，讓這本不夠完美的小說能夠得獎。更感謝給了我兩次機會的《世界日報》。還有對於在我寫小說的期間，一直鼓勵我的新林洞小美女智英，以及始終如一為我的草稿把關，提供我寶貴意見的安承煥先生，也獻上我誠摯的感激。另外，我想向一直是我堅實後盾的丈夫和孩子，表達最深的愛意。

文學對我來說是仰之彌堅的高山，是可望不可即的存在。多少的日子裡，我為此感到焦躁，陷入絕望。如今，我才終於奇蹟似地踏入這個殿堂一角。

我希望，不管我走到哪裡，不管在那裡有什麼在等待著我，都不要害怕，不要回頭，一步一步勇往直前。

丁柚井

Hit
暢／小說
075

射向我心臟

●原著書名：내 심장을 쏴라●作者：丁柚井●譯者：游芯歆●封面設計：莊謹銘●責任編輯：巫維珍●國際版權：吳玲緯、蔡傳宜●行銷：艾青荷、蘇莞婷、黃家瑜●業務：李再星、陳美燕、杻幸君●副總編輯：巫維珍●編輯總監：劉麗真●總經理：陳逸瑛●發行人：凃玉雲●出版社：麥田出版／10483台北市中山區民生東路二段141號5樓／電話：(02)25007696／傳真：(02)25001966●發行：英屬蓋曼群島商家庭傳媒股份有限公司城邦分公司／10483台北市中山區民生東路二段141號11樓／書虫客戶服務專線：(02)25007718；25007719／24小時傳真服務：(02)25001990；25001991／讀者服務信箱E-mail：service@readingclub.com.tw／劃撥帳號：19863813／戶名：書虫股份有限公司●香港發行所：城邦（香港）出版集團有限公司／香港灣仔駱克道東超商業中心1樓／電話：(852)25086231／傳真：(852)25789337／E-mail：hkcite@biznetvigator.com●馬新發行所：城邦（馬新）出版集團【Cite(M) Sdn. Bhd. (458372U)】／41, Jalan Radin Anum, Bandar Baru Sri Petaling, 57000 Kuala Lumpur, Malaysia.／電話：(603)90578822／傳真：(603)90576622／E-mail：cite@cite.com.my●麥田部落格：http://ryefield.pixnet.net●印刷：中原造像股份有限公司●2017年08月初版●定價NT$360

國家圖書館出版品預行編目資料

射向我心臟／丁柚井著；游芯歆譯. -- 初版. -- 臺北市：麥田出版：家庭傳媒城邦分公司發行, 2017.08
面；　公分. --（暢小說；RQ7075）
ISBN 978-986-344-481-7（平裝）

862.57　　106012209

城邦讀書花園
www.cite.com.tw